Laura Lee Guhrke

Laura Lee Guhrke a exercé plusieurs métiers avant de se consacrer entièrement à l'écriture. Aujourd'hui auteure de quinze romans, elle est devenue une figure essentielle de la romance historique. Son écriture fluide et rythmée, ses personnages très travaillés et son talent pour restituer l'atmosphère victorienne lui ont permis de gagner le RITA Award de la meilleure nouvelle historique en 2007. *L'héritière* est le deuxième tome de sa série *Jeunes filles en fleurs*.

L'héritière

Du même auteur
aux Éditions J'ai lu

LES TRÉSORS DE DAPHNÉ
N° 7604
SOUS CHACUN DE TES BAISERS
N° 7891
LES NOCES DE LA PASSION
N° 8074

JEUNES FILLES EN FLEURS
1. ET IL L'EMBRASSA...
N° 9404

LAURA LEE

GUHRKE

JEUNES FILLES EN FLEURS - 2

L'héritière

ROMAN

Traduit de l'américain
par Catherine Berthet

Titre original :
THE WICKED WAYS OF A DUKE

Éditeur original :
Avon Books, an imprint of HarperCollins Publishers, New York

1

Le duc de St. Cyres sombre de plus en plus dans la dépravation ! Il serait allé jusqu'à lorgner sous les robes des jeunes filles lors d'un bal de charité. Nous sommes horrifiés !

Les Potins mondains, *1894*

L'opinion de Mlle Prudence Bosworth sur l'incident en question aurait sans doute été plus nuancée que celle des journaux de la bonne société, mais au cours de la fameuse soirée, elle ne songea pas une minute à ce que les scribouillards des journaux à scandale auraient à dire. Elle était bien trop occupée pour s'en inquiéter.

Cela faisait maintenant des semaines qu'elle préparait frénétiquement, avec les couturières de l'atelier de Madame Marceau, les robes des jeunes filles élégantes qui venaient passer la saison à Londres pour faire leur entrée dans la société. Et justement, l'ourlet d'une de ces robes était décousu. Si seulement lady Alberta Denville avait bien voulu se tenir tranquille pendant qu'elle le réparait !

— Dépêchez-vous, Bosworth !

Lady Alberta tira avec impatience sur sa jupe. La soie blonde échappa aux doigts de Prudence qui était en train d'y fixer une garniture de perles minuscules, et se déchira.

— Pourquoi êtes-vous si lente ?

Consternée, Prudence s'assit sur ses talons et contempla ce nouvel accroc à la robe qu'elle finissait de recoudre. Repoussant de son front des mèches de cheveux humides de sueur, elle prit dans sa corbeille sa bobine de fil d'or et une paire de ciseaux.

— Je vais essayer de coudre plus vite, mademoiselle, murmura-t-elle en s'efforçant de garder l'air humble et déférent qui convenait à sa position.

— Vous avez intérêt à vous presser ! Le duc de St. Cyres m'a invitée pour la danse suivante, et ce sera peut-être l'événement le plus important de ma vie. Il revient tout juste d'Italie et il cherche à se marier, vous savez.

Prudence ne le savait pas, et elle s'en moquait. Ce bal était le premier événement social important de la saison, et les préparatifs avaient été si exténuants, ces derniers jours, qu'elle avait eu très peu de temps pour manger et se reposer. Sauter des repas n'était pas ce qui l'ennuyait le plus. En tant que première couturière dans le plus célèbre atelier de couture londonien, elle avait une conscience aiguë de sa silhouette voluptueuse et s'efforçait d'en réduire les courbes. Pour ce qui était du sommeil, c'était entièrement différent. Il lui tardait de regagner son douillet petit appartement de Little Russell Street et de se glisser dans son lit. Or, elle savait qu'elle n'aurait pas le droit de se reposer avant encore une bonne douzaine d'heures.

— Oui, mademoiselle. Bien sûr.

Ces murmures serviles ne semblèrent pas apaiser lady Alberta. La jeune fille poussa un soupir excédé, croisa les bras, et tapa du pied en faisant claquer le talon de ses élégantes petites mules de satin.

— Je n'arrive pas à le croire ! Pourquoi est-ce que ça m'arrive, *à moi* ? Tout d'abord, ce balourd de George Laverton piétine ma robe et la déchire. Et ensuite, on me colle la plus empotée des couturières de Madame Marceau pour réparer les dégâts !

La couturière en question songea qu'on lui avait « collé », à elle, la plus odieuse des débutantes. Malheureusement, elle devait garder ses réflexions pour elle. Prudence serra donc les dents en se disant que la maîtrise de soi forgeait le caractère, et se mit à coudre aussi vite qu'elle le pouvait.

— Je vous préviens, poursuivit la jeune fille, si je manque cette valse à cause de vous et que je perds ma chance avec Rhys, Madame Marceau en entendra parler !

Ces paroles provoquèrent chez Prudence un accès de panique. Elle avait travaillé dur pendant onze ans pour s'élever au rang de première couturière, et un seul mot défavorable de lady Alberta pouvait en un instant lui faire perdre sa situation. Lord Denville était l'un des rares pairs du royaume à pouvoir payer ses factures rubis sur l'ongle, et ses filles faisaient partie des clientes privilégiées de Madame Marceau. Sans marquer la moindre pause dans son travail, Prudence prit une inspiration aussi profonde que possible, malgré son corset très ajusté.

— Oui, mademoiselle.

Une autre jupe de soie apparut dans son champ de vision, et une voix rieuse teintée de malice demanda :

— Tu prépares déjà ton mariage avec St. Cyres, Alberta ? C'est un peu précipité, tu ne crois pas ? On ne passe pas du stade de la relation mondaine au mariage en une seule valse !

— J'ai plus de chances que n'importe qui de l'épouser, et tu le sais, Hélène Munro. Nos familles possèdent des domaines voisins, et nous nous connaissons depuis l'enfance.

— Tu veux dire *ton* enfance ! Tu ne trouves pas que tu es un peu jeune pour St. Cyres ? Il a trente-trois ans, ma chère, et tu n'en as même pas vingt. Pour lui, tu n'es qu'une enfant.

— Pas du tout ! Je n'avais que huit ans quand il est parti, c'est vrai, mais il ne me considère plus comme une enfant. À peine avait-il posé les yeux sur moi, qu'il m'a demandé de lui réserver une valse. Cela veut sûrement dire quelque chose.

— On peut le supposer ! dit une autre femme en riant. Il y a moins d'une semaine qu'il est rentré chez lui, et il s'est déjà renseigné sur le montant de ta dot et sur tes revenus !

— Et il aura besoin de chaque penny, affirma Hélène Munro. St. Cyres aime mener la grande vie, et il croule sous les dettes, à ce qu'on dit. Ce n'est pas le fait d'avoir hérité du titre de son oncle qui le mettra à l'abri des créanciers. Les dettes du vieux duc étaient dix fois plus élevées que les siennes, et c'est la pagaille dans le domaine. Munro et moi nous rendons chaque été dans le Derbyshire, chez lord et lady Tavistock. J'ai pu constater dans quel état est le château de St. Cyres. C'est une ruine, et Dieu seul sait à quoi ressemble le reste du duché !

— Winter Park est en assez bon état. C'est là que nous vivrons, bien sûr, puisque les terres de St. Cyres sont voisines des nôtres. Quant à ses dettes, la plupart des pairs du royaume en ont. À part mon père, naturellement. Il a des tonnes d'argent.

— Oui. Et il y a à Londres des tonnes d'héritières américaines dont les pères ont encore beaucoup plus d'argent que le tien, et qui adoreraient attraper un duc dans leurs filets !

— Des Américaines ? Ces filles n'ont aucune éducation ! Rhys ne choisira jamais une Américaine pour en faire une duchesse.

— Pourtant, certaines ont beaucoup de charme.

— Je suis mille fois plus charmante que n'importe laquelle de ces horribles filles, rétorqua lady Alberta sans se démonter.

Elle donna un méchant coup de pied dans le genou de Prudence, puis ajouta :

— Pour l'amour du ciel, Bosworth, vous n'en finissez plus !

— J'ai presque terminé, mademoiselle, répondit Prudence en agrippant le tissu de crainte que la jeune fille ne tire de nouveau sur sa jupe.

— Vous avez intérêt à ce que cette robe soit comme neuve ! Si quelqu'un remarque qu'elle a été recousue, je vous le ferai payer cher…

La tirade fut interrompue par une voix masculine légèrement amusée.

— Je vois que vous n'avez pas perdu l'habitude de houspiller les servantes, Alberta ? C'est réconfortant de savoir que certaines choses ne changent jamais.

L'arrivée inattendue d'un homme provoqua une vague de murmures choqués dans l'assistance exclusivement féminine. Cette alcôve et la chambre de repos adjacente étaient en effet réservées aux dames. Lady Alberta ne sembla toutefois pas se formaliser.

— Rhys ! s'exclama-t-elle, radieuse. Que faites-vous ici ?

— Je vous cherchais, naturellement.

Prudence ne leva pas les yeux de son travail tandis que le duc s'approchait.

— Vous m'avez bien réservé une valse, n'est-ce pas ? Je n'ai pas rêvé ?

— Non, vous n'avez pas rêvé, répondit lady Alberta, que l'arrivée inopinée du duc avait soudain mise de fort bonne humeur. Mais il faut absolument que vous sortiez d'ici. Votre présence va provoquer un scandale.

— Vraiment ?

Il s'arrêta à côté de Prudence, qui était toujours agenouillée sur le sol, et son ombre tomba sur les mains de la jeune femme. Elle marqua une légère pause dans son travail pour lui jeter un coup d'œil. En vingt-huit ans, elle n'avait jamais vu de duc, et celui-ci avait tout pour exciter la curiosité d'une femme. Ce coup d'œil furtif ne lui en apprit cependant pas beaucoup. Les lampes de la petite alcôve se trouvaient derrière lui, ce qui ne permit à Prudence de distinguer qu'une silhouette vêtue de drap noir et de lin blanc, et des cheveux brun doré.

Reportant son attention sur son travail, elle constata avec désarroi que les larges épaules du duc lui masquaient le peu de lumière dont elle disposait. Comme il aurait été grossier et impertinent de lui demander de se déplacer et qu'elle ne voulait pas risquer d'augmenter la colère de lady Alberta en irritant son futur époux, Prudence se pencha donc davantage sur son ouvrage, mais ses mouvements étaient ralentis.

— Rhys, il faut absolument que vous sortiez ! répéta lady Alberta en riant. Vous n'auriez jamais dû entrer ici, vous savez.

— Et pourquoi pas ?

— Cela ne se fait pas.

— C'est justement pour cette raison que c'est drôle. De plus, je ne vous ai pas trouvée dans la salle de bal, et c'est ce qui m'a poussé à m'aventurer dans cette enclave féminine. Mais je crains d'être arrivé trop tard… Il me semble entendre des accords de Strauss.

— Des accords de quoi ?

— De Strauss, ma chère, répondit-il d'un ton patient. La valse a commencé sans nous.

La jeune fille exprima sa déception en poussant un cri strident.

— Inutile de briser les vitres, ma chère Alberta, dit-il aussitôt.

Prudence sourit intérieurement. Le gentleman n'avait pas l'air aussi amoureux qu'Alberta voulait bien le croire.

— Ce n'est qu'une valse, ajouta-t-il. Il y en aura d'autres.

— Nous aurions dû danser celle-ci ensemble. C'est la faute de cette Bosworth, qui n'est même pas capable de faire un point aussi simple à ma robe !

Le sourire de Prudence s'évanouit, et elle éprouva l'envie irrésistible de planter son aiguille dans le mollet de lady Alberta. Juste une petite piqûre de rien du tout. Elle s'excuserait ensuite abondamment de sa maladresse.

L'idée était tentante, mais Prudence savait qu'elle ne pourrait la mettre à exécution. Cette jeune fille était la fille d'un comte fortuné, alors qu'elle-même n'était qu'une obscure couturière. Elle ne pouvait se permettre de perdre sa situation pour une petite satisfaction passagère. Parfois, la vie vous mettait à rude épreuve...

Impatiente de se débarrasser de cette méchante pimbêche, Prudence donna un coup de coude dans la jambe du gentleman pour attirer son attention.

— S'il vous plaît, monsieur, dit-elle sans lever les yeux de son ouvrage, pourriez-vous vous pousser un peu sur le côté ? Vous cachez la lumière.

Lady Alberta eut une exclamation indignée.

— Quelle insolence !

— Elle est effrontée, n'est-ce pas ?

Le gentleman paraissait plus amusé qu'irrité, mais si Prudence espérait s'en sortir sans mal, elle se trompait.

— C'est au duc de St. Cyres que vous parlez ! dit lady Alberta, comme si Prudence ne le savait pas déjà.

Pour souligner ses mots, elle donna un coup de pied dans le panier à ouvrage dont le contenu se répandit sur le tapis d'Aubusson.

— Comment osez-vous lui donner des ordres ?

Prudence contempla son matériel de couture éparpillé. Malgré tous ses efforts pour faire preuve de la servilité attendue, elle craignait d'être destinée à perdre sa place avant la fin de la soirée. Si elle n'en trouvait pas d'autre, elle serait obligée de retourner vivre dans le Sussex, avec oncle Stéphane et tante Edith. Une horrible perspective.

— Je ne mérite rien d'autre, déclara le duc avec bonne humeur. Cela m'apprendra à m'interposer entre une femme et sa couturière. Je crois que je ferais mieux d'obéir.

Prudence poussa un soupir de soulagement mais, à sa grande surprise, au lieu de s'éloigner, il s'agenouilla à côté d'elle. Elle observa ses mains alors qu'il redressait la corbeille et ramassait la pelote d'épingles.

— Oh ! Non, monsieur ! chuchota-t-elle, déconcertée. Ne prenez pas cette peine.

— Ce n'est rien, je vous assure.

Tout en enfonçant son aiguille dans la soie, elle lui décocha un bref coup d'œil et s'aperçut qu'il l'observait. Leurs regards se croisèrent. Le cœur de Prudence fit un bond et ses doigts s'immobilisèrent.

Il était beau. Beau comme une matinée d'automne dans le Yorkshire, quand les bouleaux arboraient des feuilles d'or et que les prairies encore vertes étaient recouvertes d'un givre argenté. Elle perçut son parfum, un parfum boisé, où elle retrouva l'odeur de la tourbe, des feux de bois, et du cidre de son enfance.

Involontairement, elle entrouvrit les lèvres et inhala profondément. Il lui sourit, et elle se demanda s'il pouvait lire dans ses pensées et se moquait de la petite campagnarde qu'elle était. Quand bien même, cela lui était égal. Son parfum était divin.

Ses prunelles d'un vert argenté la fixaient d'une façon troublante, mais elle ne put détourner les yeux. Sans cesser de sourire, il se pencha un peu plus vers elle. Son poignet lui frôla le genou, et elle tressaillit. Il ramassa les ciseaux sur le sol, et les remit dans la corbeille. Puis ses longs cils noirs s'abaissèrent et son sourire s'élargit, dévoilant des dents régulières et d'un blanc aussi éclatant que le lin de sa chemise.

— Remettez-vous à coudre, je vous en prie, murmura-t-il. Je ne pourrais supporter qu'Alberta recommence à pleurnicher.

Réprimant un rire, Prudence reporta son attention sur son travail, tandis qu'il ramassait des écheveaux de fil entremêlés. Elle continua cependant de l'observer à la dérobée tout en cousant. Jamais un homme aussi splendide ne s'était approché d'elle.

Son habit de soirée était impeccable et coupé à la toute dernière mode, mais de nombreux détails laissaient soupçonner un certain dédain pour ce qui était en vogue. Ses cheveux épais, d'un brun cuivré à la lueur des lampes, n'étaient pas disciplinés par une huile et bouclaient légèrement sur sa nuque. Il était rasé de près, ce qui ne correspondait pas aux critères de la mode actuelle mais qui, selon Prudence, était un excellent choix. Une barbe aurait caché ses traits réguliers et sa mâchoire carrée, et une moustache aurait détruit l'équilibre parfait de ses lèvres et de son nez aquilin. C'était la première fois qu'elle voyait un homme aussi beau.

— Rhys, enfin, que faites-vous? lança lady Alberta avec un petit rire. C'est incroyable! Vous voilà à genoux, en train de jouer au galant avec une couturière!

L'irritation perçait sous le rire, et Prudence se crispa. Lançant un coup d'œil au gentleman, elle secoua imperceptiblement la tête et l'implora du regard.

Le duc laissa échapper un grognement d'impatience. Était-ce dirigé contre elle ou contre lady Alberta ? Prudence n'aurait su le dire. Il renversa la tête en arrière, et fixa la jeune fille.

— Moi, jouer au galant ? répliqua-t-il d'un ton hautain. Quelle idée !

— Alors au nom du ciel, que faites-vous ?

Il laissa tomber une bobine de fil dans le panier de Prudence, et ramassa un morceau de soie blonde sur le sol.

— Je jette un coup d'œil sous vos jupons, naturellement, répondit-il en soulevant légèrement la jupe d'Alberta.

Des exclamations choquées fusèrent parmi les dames qui les entouraient.

— Que pourrais-je faire d'autre, à genoux devant vous ?

Lady Alberta émit un gloussement ravi, et Prudence la sentit se détendre.

— Quelles jolies chevilles ! ajouta-t-il en observant les pieds de la jeune fille.

Il y eut encore des murmures et des regards indignés qu'il ignora totalement.

— Eh bien, il me semble que la petite Alberta est devenue une grande fille.

La grande fille en question pouffa de façon très sotte, mais Prudence trouva cela moins pénible que les jérémiades qui avaient précédé. Sa tâche enfin terminée, elle tendit la main pour prendre les ciseaux. Le mouvement la rapprocha du duc, et elle inhala une dernière fois son merveilleux parfum boisé.

— Merci, monsieur, chuchota-t-elle en coupant le fil.

— De rien, lui glissa-t-il à l'oreille. Ce fut un plaisir pour moi.

Il rajusta la jupe de lady Alberta et se releva.

— J'ai fini, mademoiselle, annonça Prudence en reculant.

— Ce n'est pas trop tôt !

La jeune fille prit le bras que lui offrit le duc, et ils quittèrent l'alcôve ensemble.

Partagée entre le soulagement à l'idée d'être débarrassée d'Alberta et la déception de voir le duc s'en aller, Prudence les suivit des yeux. Elle ne croiserait sans doute plus jamais le chemin d'un homme tel que lui.

Avec un haussement d'épaules fataliste, elle planta son épingle dans la pelote que le duc avait déposée dans le panier, et se redressa. Une main sur les reins, elle étira ses muscles ankylosés, et aperçut Maria qui lui faisait signe depuis le pas de la porte.

Sa très chère amie, Maria Martingale, partageait un logement avec elle et travaillait le jour dans une boulangerie. Le soir, elle complétait ses revenus en aidant à servir dans des réceptions comme celle-ci.

Prudence jeta un regard autour d'elle, puis ramassa sa corbeille et se dirigea vers son amie qui l'attendait devant le couloir menant aux cuisines, un lourd plateau d'argent dans les mains.

— Qui était-ce ? s'enquit Maria.

— Un duc.

— Quoi ? s'exclama Maria, incrédule. Vraiment ?

Prudence confirma d'un hochement de tête.

— Lady Alberta, la jeune fille dont j'ai raccommodé la robe, a dit qu'il s'appelait le duc de St. Cyres.

— Eh bien, sa galanterie paraissait assez *sincère,* répondit Maria en riant de l'analogie entre le nom et l'adjectif. À ta place, j'aurais été incapable de faire un seul point !

— Ce n'était pas facile, admit Prudence avec un demi-sourire. Mais j'y suis arrivée. Il est agréable à regarder, non ?

— Plutôt ! Les dames le couvaient des yeux pendant qu'il t'aidait. Et il en a profité pour jeter un coup d'œil sous la jupe de la fille, ce gredin ! Elles étaient toutes scandalisées.

Prudence éprouva un délicieux frisson. Il avait fait cela pour elle, elle le savait, et n'était toujours pas revenue de son étonnement. Qu'un homme de son rang prenne une telle peine pour une femme aussi insignifiante qu'elle !

— La jeune fille n'a pas du tout apprécié, continua Maria. Elle te lançait des regards noirs, mais lui, cela ne semblait lui faire ni chaud ni froid.

Elle se balança d'un pied sur l'autre et grimaça.

— J'ai mal aux pieds.

— Cela n'a rien d'étonnant. Tu as passé toute la soirée à courir des cuisines au salon, en transportant ces plateaux à bout de bras.

La grimace de Maria disparut, et un sourire illumina son visage malicieux.

— Mais il y a des compensations. J'ai pu goûter à tout. Ces petits pâtés au crabe sont délicieux, ajouta-t-elle, en brandissant son plateau presque vide.

Prudence soupira. Son estomac criait famine.

— Ne me tente pas ! Je n'ai presque rien mangé, ces derniers temps.

— Parce que tu veux toujours mincir ! Et ces corsets serrés que tu portes ! Cela me fait mal au cœur, de les lacer pour toi. Je ne comprends pas pourquoi tu te tortures ainsi.

Maria jeta un coup d'œil autour d'elle pour s'assurer que personne ne les regardait, puis fit glisser les minuscules pâtés au crabe qui restaient dans la main de Prudence.

— Tiens.

Incapable de résister à la tentation, Prudence fourra un des canapés dans sa bouche, et poussa un grognement de satisfaction.

— Je n'avais jamais rien mangé d'aussi bon, avoua-t-elle, la bouche pleine. Comment ça se passe, dans les cuisines ?

Maria leva les yeux au ciel.

— André est affreusement capricieux ! Il pique une colère si les choses ne sont pas arrangées sur le plateau exactement comme il le veut. Ces chefs français sont tous les mêmes, ils font des histoires à n'en plus finir. Et les autres servantes...

Elle s'interrompit et laissa échapper une petite exclamation de mépris.

— Je n'ai jamais vu de fille aussi frivole que cette Sally McDermott ! Elle est trop occupée à faire du charme aux valets pour s'occuper de son travail.

— Sally est une aguicheuse, concéda Prudence. Mais je dois avouer que si j'étais aussi jolie qu'elle, je flirterais aussi.

— Sally McDermott ne se contente pas de flirter.

— Tu n'en sais rien.

— Tu es trop gentille, Pru, répliqua Maria avec un soupir exaspéré. C'est ça, le problème. Tu ne vois le mal nulle part, tu es douce et pure comme de la crème, et bien trop modeste. Cela me met en colère parfois, tu sais.

Prudence se sentit obligée de protester.

— Je ne suis pas gentille ! Chaque fois que je vois Sally McDermott, j'ai envie de lui arracher ses boucles blondes ; elle n'a rien dans la tête. Et cette affreuse lady Alberta non plus. Je lui aurais volontiers planté mon aiguille dans la jambe. Là, tu vois bien ! Je ne suis pas gentille du tout, ajouta-t-elle en riant.

— Ah, tu crois ? Si je devais faire ton travail, je finirais par perdre ma place et par mourir de faim. Je supporte André, parce que je peux lui rendre la monnaie de sa pièce de temps en temps. Ça lui est égal, et en fait il aime bien ça. Mais ces femmes pour lesquelles tu fais des robes ? Je ne tiendrais pas un seul jour dans ce métier ! J'ai vu cette fille renverser ta corbeille et te houspiller. Et toi, tu continuais à coudre en disant : « Oui, mademoiselle ». Tu aurais dû la transpercer avec ton aiguille, c'est moi qui te le dis !

— Remercie le ciel que je n'en aie rien fait. J'aurais perdu mon travail, et tu aurais été obligée de payer le loyer toute seule.

Prudence regarda par la fenêtre et constata qu'il faisait encore nuit noire.

— La réception devrait toucher à sa fin, tu ne crois pas ?

— Nous en avons encore pour deux heures au moins. Il est à peine trois heures du matin.

C'était décourageant. Les épaules de Prudence s'affaissèrent un peu. L'excitation de sa rencontre avec le duc s'était estompée, et elle ne ressentait plus qu'une immense fatigue. Maria l'observa avec inquiétude.

— Tu as l'air exténué, Pru.

— Je vais bien. Mais il fait très chaud, ici, et les émanations des lumières au gaz me donnent mal à la tête.

— Quand le bal sera fini, nous prendrons un cab pour rentrer, d'accord ?

Prudence secoua la tête.

— Je ne rentrerai pas à la maison. Madame m'a demandé d'être à l'atelier à sept heures. Nous devons tout préparer pour un groupe de dames autrichiennes qui veulent des robes pour le bal de l'Ambassade. Elles doivent venir à neuf heures, et je n'aurai donc pas le temps de retourner à Holborn.

— Madame Marceau est une esclavagiste.

Maria posa son plateau vide contre le mur, et s'empara de la corbeille de Prudence.

— Va prendre l'air. Je te remplacerai un moment.

— Mais ce n'est pas possible, tu ne peux pas !

— Eh bien, tu es drôlement aimable ! répliqua Maria avec un petit reniflement offensé. Je suis capable de coudre un bouton ou de réparer un ourlet déchiré, tout de même ! Pas aussi bien que toi, mais...

— Ce n'est pas ce que je voulais dire. Quelqu'un risque de remarquer que tu as pris ma place.

— Personne ne remarque jamais les servantes et les couturières, répondit gaiement Maria. Nous faisons partie des meubles, tu ne le sais pas encore ?

— Je voulais parler de Madame. Elle s'en apercevra.

Les deux jeunes femmes jetèrent un coup d'œil vers la patronne de Prudence. Celle-ci leur tournait le dos, et supervisait le travail d'une petite main qui réparait la jupe de lady Wallingford. La célèbre couturière, qui était en réalité née du côté de Lambeth, s'extasiait avec son faux accent français sur la belle silhouette de la marquise de Wallingford, et sur l'élégance de sa coiffure.

— Elle est trop occupée à lécher les bottes de ses clientes pour remarquer quoi que ce soit, dit Maria.

— Nous ne pouvons pas prendre ce risque. Nous perdrions toutes les deux notre travail, et il n'y aurait plus personne pour payer le loyer, répondit Prudence en secouant la tête. De plus, si je me repose maintenant, je tomberai tout simplement de fatigue.

Son amie relâcha la corbeille à regret.

— D'accord. Mais viens me retrouver après le bal. Nous prendrons un cab ensemble jusqu'à New Oxford Street. Le cocher te déposera devant l'atelier, puis il m'emmènera jusqu'à Little Russell Street.

— Entendu. Je descendrai te chercher à la cuisine. Et, Maria…

Prudence hésita, puis ajouta d'une voix précipitée :

— S'il reste quelques canapés au crabe…

— Petite ?

Une voix impérieuse retentit dans le couloir. Prudence et Maria se retournèrent et découvrirent une femme corpulente, saucissonnée dans une robe bleu glacier beaucoup trop serrée pour elle.

— Oui, madame ? répondirent-elles d'une seule voix en s'inclinant respectueusement.

La grosse dame chaussa un pince-nez et observa Prudence comme si elle était une sorte d'insecte.

— Vous êtes une des couturières de Madame Marceau, n'est-ce pas ?

Sans attendre de réponse, elle lui fit signe d'approcher en agitant impatiemment sa main gantée de blanc.

— Venez avec moi. Une des coutures de ma robe a craqué, et il faut la réparer. Et vous avez intérêt à vous dépêcher, ma petite. Je n'ai pas toute la nuit devant moi.

Les deux jeunes femmes échangèrent des coups d'œil désabusés.

— Oui, madame, murmura Prudence.

Tandis que la grosse dame pénétrait dans l'alcôve, elle sourit à Maria, et lança à voix basse :

— Finalement, j'ai changé d'avis. Tu veux toujours prendre ma place ?

— Trop tard ! répliqua Maria avec un clin d'œil. Tu as laissé passer ta chance, ma puce. Mais je te garderai tous les pâtés au crabe que je pourrai.

Sur ces mots, elle repartit vers la cuisine, laissant à Prudence le soin de faire tenir la grosse dame dans sa robe bleue trop étroite.

Comme Maria l'avait prédit, le bal se prolongea encore pendant deux heures et demie. L'aube commençait de poindre lorsque les invités se décidèrent à partir, et Prudence se mit alors à la recherche de son amie. Quand elle entra dans la cuisine, elle constata que Maria n'avait pas encore fini son service.

— Je vais t'attendre dans la ruelle, annonça Prudence en récupérant son manteau accroché à une patère près de la porte de l'office. J'ai besoin de prendre l'air.

— D'accord ! Je n'en ai plus que pour quelques minutes.

Prudence mit son manteau et le boutonna tout en traversant le corridor jusqu'à la porte de service. Elle ouvrit et sortit dans la ruelle, inspirant avec délices l'air frais de ce petit matin de printemps. C'était un bonheur, après la chaleur étouffante et les horribles émanations des lampes à gaz. Elle avança dans la petite rue, avec l'intention de marcher de long en large en attendant Maria, mais elle se figea presque tout de suite.

Un couple se tenait dans un coin, tout au bout de l'allée. L'homme lui tournait le dos et elle ne pouvait pas voir grand-chose, mais de toute évidence il s'agissait de deux amoureux en train de s'embrasser. Terriblement gênée, Prudence fit demi-tour et revenait sur ses pas lorsque les cris de la femme l'arrêtèrent dans son élan.

— Non, monsieur ! Non !

Il y avait dans cette voix une protestation violente, et le genre de peur que n'importe quelle femme pouvait comprendre sur-le-champ. Consciente qu'elle s'était trompée, Prudence se retourna et sentit l'affolement la gagner en voyant l'homme agripper les poignets de la femme et les plaquer contre le mur au-dessus de sa tête.

— Non, monsieur, je vous en prie ! Laissez-moi ! sanglota la jeune femme en faisant de violents efforts pour se libérer. Laissez-moi partir !

— Ne fais pas tant d'histoires, ma belle. Tu auras un shilling, après.

Tout en lui maintenant les poignets d'une main, il lui remonta sa jupe.

La gorge nouée, Prudence s'élança vers eux, mais quelqu'un la poussa sur le côté avant qu'elle n'ait eu le temps de faire trois pas. Elle reconnut le beau duc qui avait ramassé son nécessaire de couture un peu plus tôt dans la soirée.

— Restez en arrière, murmura-t-il en passant devant elle. Mettez-vous à l'écart.

Elle poussa un soupir de soulagement tandis que le duc se dirigeait vers le couple qui luttait dans l'ombre. Sans dire un mot, il agrippa l'homme par les bras et le tira en arrière. Un rai de lumière tomba sur la femme qui sanglotait contre le mur. C'était Sally McDermott.

Prudence laissa fuser une exclamation de surprise. Sally s'écarta aussitôt pour se mettre à l'abri, et le duc fit brutalement pivoter l'homme vers lui.

— St. Cyres ? s'écria celui-ci, interloqué. Vous êtes fou ? Que diable essayez-vous de faire ?

— Je viens au secours d'une demoiselle en détresse, à ce qu'il semble.

— Quoi ? fit l'autre en secouant les épaules pour tenter de se dégager. Pour l'amour du ciel, ce n'est qu'une fille de cuisine !

— Une fille de cuisine qui vous a dit non, Northcote.

— Et alors, qu'est-ce que ça peut faire ?

Prudence n'aurait su dire ce qui provoqua la colère du duc. La question elle-même ou le rire qui l'accompagnait ? St. Cyres plaqua violemment le dénommé Northcote contre le mur.

— Pour moi, ça fait quelque chose, dit-il en assenant un coup de poing sur la mâchoire de son adversaire.

La tête de Northcote fut brutalement projetée sur le côté, mais cela ne sembla pas satisfaire St. Cyres, qui abattit plusieurs fois son poing sur l'homme qui tenta sans succès de se défendre. Quand il s'arrêta enfin, Northcote s'affaissa, et resta prostré sur les pavés.

St. Cyres l'observa un moment, comme pour s'assurer qu'il était bien hors de combat, puis il s'en détourna. Sally se précipita alors dans ses bras.

— Oh ! monsieur, merci, monsieur ! cria-t-elle en se cramponnant à son cou. Merci !

Prudence entendit la porte de service s'ouvrir derrière elle.

— J'ai fini, Pru ! s'exclama joyeusement Maria. Rentrons vite avant que tous les cabs soient… Oh ! mince alors !

Elle s'arrêta à la hauteur de Prudence, et ses yeux se posèrent sur l'homme inconscient sur le sol, puis sur Sally McDermott qui sanglotait, terrifiée, le nez dans le jabot de dentelle du duc.

— Que s'est-il passé ?

Sans répondre, Prudence s'avança vers eux et prit gentiment Sally par le bras.

— Comment te sens-tu ? Pouvons-nous faire quelque chose pour toi ?

— Non, rien, répondit Sally, le visage toujours caché dans la chemise du duc. Ça ira.

Repoussant la main de Prudence, elle leva vers son sauveur un regard plein d'adoration.

— Je voudrais juste m'asseoir un peu, s'il vous plaît.

— Naturellement.

St. Cyres regarda autour de lui, puis se dégagea doucement et attrapa un grand cageot de bois posé près d'un tas d'ordures. Il ôta sa veste et la posa sur la caisse.

— Cela vous va ? Les ruelles ne sont pas meublées, et c'est fort dommage.

Sally émit un petit rire tremblotant et se laissa tomber sur la caisse.

— Merci, monsieur, répéta-t-elle, en se cramponnant à sa main comme à une bouée de sauvetage.

Le duc lança un regard de côté à Prudence.

— Il vaut mieux que vous et votre amie rentriez chez vous. Après toutes les méchancetés d'Alberta, ajouta-t-il en souriant, vous devez être exténuée. De plus, il fait un froid de canard, ici. Si vous traînez trop longtemps dans cette rue, vous allez attraper mal.

Faisait-il froid ? Prudence ne s'en rendait pas compte, car le sourire de cet homme la réchauffait.

— Vous êtes très bon, mais...

— Je m'arrangerai pour faire raccompagner cette jeune fille chez elle, dit-il comme s'il avait deviné ce que Prudence allait dire. Ne vous inquiétez pas.

— Merci.

Elle sentit Maria la tirer par la manche et la suivit, consciente qu'elles ne pouvaient rien faire de plus. Quand elle atteignit le coin de la rue, elle ne put toutefois résister à l'envie de se retourner pour jeter un dernier regard au duc. Elle le vit se pencher vers Sally avec sollicitude, tel un vrai gentleman.

Cet homme était splendide. Courageux, attentionné, et absolument splendide.

Il fallait qu'il soit décidément tombé bien bas, pour en arriver à coucher avec des filles de cuisine.

Rhys De Winter fit glisser sa main sur les reins nus de Sally McDermott. Coucher avec une servante quelques minutes seulement après l'avoir secourue aurait posé un problème moral à la plupart des hommes… du moins une fois leur désir satisfait. Pour sa part, Rhys ne connaissait pas ce genre de remords. Quand une jolie fraise vous tombait sous la main… ou pour être exact se jetait à votre cou, il aurait fallu être fou pour ne pas profiter de l'aubaine. Or, Rhys n'était pas fou, et Sally se révélait être une fraise très savoureuse.

À vrai dire, il était un peu surpris car, *a priori,* ce n'était pas sur elle qu'il aurait porté son choix. Il avait l'œil sur cette ravissante petite couturière aux cheveux noirs. Elle avait exactement les courbes qui lui plaisaient chez une femme, et quand Alberta avait renversé sa corbeille d'un coup de pied, cela lui avait procuré l'occasion idéale pour aller la regarder de plus près.

Il avait été aussitôt séduit par son teint éclatant, ses beaux yeux bruns, et sa chevelure qui sentait la lavande, un parfum qu'il avait toujours adoré. Cependant, il ne lui avait fallu que quelques secondes pour comprendre que toute idée coquine devait être bannie. Elle l'avait regardé avec ses grands yeux très doux comme s'il était le roi du monde, juste parce qu'il avait ramassé quelques bobines de fil. Puis elle avait tressailli et s'était troublée quand il l'avait frôlée de la main. De toute évidence, la petite couturière était aussi innocente qu'un enfant qui venait de naître, et l'innocence n'avait jamais eu beaucoup de charme pour lui.

Sur le moment, il s'était dit que c'était aussi bien ainsi. Il n'était pas venu à ce bal pour courir les jupons, mais pour dénicher une riche héritière parmi les jeunes filles à marier. Il était donc retourné dans la grande salle avec Alberta, une des héritières les mieux dotées du royaume, et s'était évertué à bien se conduire pendant le reste de la soirée. Il devait donner l'apparence d'un homme vertueux, responsable, et désireux de se marier… surtout devant le père de la jeune fille.

Il roula sur le dos et contempla le plafond décoré de chérubins et de moulures dorées. Seigneur ! Milbray avait un goût déplorable ! Toutefois, cet hôtel particulier que son vieil ami d'école lui avait prêté pour la saison était mieux que rien et l'adresse était chic. Rhys avait beau être fauché comme les blés, il était tout de même duc, et s'il voulait trouver une héritière à épouser, il devait avoir une résidence digne de son rang.

La dot d'Alberta aurait pu le tirer du bourbier de dettes dans lequel il pataugeait, mais quelques heures en sa compagnie avaient suffi pour le dissuader de jeter son dévolu sur elle. Il n'avait pas l'intention de connaître l'enfer avant d'être bel et bien mort.

Quoi qu'il en soit, bien que lady Alberta Denville se soit révélée être une solution inenvisageable, il ne pouvait se plaindre de l'issue de la soirée. À la fin du bal, comme une foule dense attendait devant la porte que les carrosses approchent, Rhys s'était éclipsé par l'arrière de la maison dans l'intention d'aller chercher lui-même sa voiture à l'écurie. Et c'est ainsi que cette soirée plutôt décevante s'était terminée sur une note très satisfaisante.

Il tourna la tête pour regarder la femme allongée sur le ventre à côté de lui, nue et les bras repliés sous la tête.

Oui, il était décidément tombé bien bas, puisqu'il ne pouvait rien s'offrir de mieux qu'une fille de cuisine ou une couturière se contentant de quelques shillings en remerciement de ses faveurs.

Mais il n'avait pas de goût pour les prostituées, et il était hors de question d'entretenir une maîtresse. Cela faisait déjà quelque temps qu'il ne pouvait plus se permettre un tel luxe, et il était peu vraisemblable que les circonstances changent de sitôt. Il n'était arrivé en Angleterre que depuis cinq jours, mais toutes les courtisanes dignes de ce nom savaient déjà que le duc de St. Cyres n'avait pas un sou vaillant, et qu'il aurait bien été en peine de leur fournir un logement.

Sally se tourna, leva les yeux, et vit qu'il la regardait. Elle eut un sourire ensommeillé, le visage en partie caché par ses boucles blondes comme les blés. Le désir de Rhys se réveilla. Il lui rendit son sourire, roula sur le côté, et déposa un baiser sur son épaule ronde tout en insinuant la main entre ses cuisses.

— Tu veux déjà recommencer ? susurra-t-elle avec un grand sourire. Quel gourmand !

— Oui, je suis très gourmand, admit-il en lui mordillant l'épaule.

Elle gloussa, et la main de Rhys s'aventura un peu plus loin. Satisfait par cette exploration, il glissa son bras libre sous l'estomac de la jeune femme.

— D'accord, d'accord, tu vas en avoir encore, murmura-t-elle en se pressant contre lui. Mais c'est seulement parce que tu m'as secourue.

Il lui souleva les hanches et se plaça derrière elle en se disant qu'il avait rudement bien fait de se montrer aussi chevaleresque.

2

Ducs endettés, disponibles au rabais. Mesdemoiselles les héritières, quelle offre ferez-vous ?

La Gazette sociale, *1894*

Un bruit de seau à charbon traîné sur le sol tira Rhys du sommeil à une heure indue. Il roula sur le ventre et enfouit la tête sous l'oreiller, maudissant la routine implacable de son personnel anglais. En Italie, aucun domestique n'aurait osé interrompre le repos d'un gentleman avant que le soleil ne soit passé à l'ouest de l'horizon. En Angleterre, c'était une autre histoire.

Il jeta un coup d'œil par-dessus les draps, et entrevit près de la cheminée une jupe rayée, un tablier blanc et un bonnet qui ne pouvaient appartenir qu'à une femme de chambre. Pourtant, même la plus obtuse des servantes ne pouvait manquer de remarquer qu'il y avait deux personnes dans le lit ! Avec une jolie fille à côté de lui, Rhys n'avait guère besoin de la chaleur d'un feu, mais il ne prit pas la peine d'en faire la remarque. Parler aurait nécessité un trop grand effort, à une heure aussi matinale. Il n'était que huit heures du matin, et il s'était endormi moins d'une heure plus tôt. Il referma donc les yeux.

La seconde fois qu'il fut tiré du sommeil, ce fut par son valet. Celui-ci aurait pourtant dû savoir que ce n'était pas le moment !

— Fane, marmonna-t-il en repoussant la main qui le secouait par l'épaule. Si vous ne sortez pas de cette chambre sur-le-champ, je vous fiche à la porte !

Une menace vaine, puisqu'il devait au moins six mois de gages au valet de chambre et qu'il n'avait pas les moyens d'en engager un autre. Surtout pas un aussi fidèle que Fane, qui acceptait de rester à son service malgré sa déroute financière. De toute évidence, le valet était parfaitement conscient de la situation, car non seulement il ne bougea pas, mais il secoua une deuxième fois son maître.

— Monsieur, je suis vraiment désolé, dit-il, mais nous avons un grave problème domestique, qui requiert votre présence.

— Un problème domestique ? Dites à Hollister de s'en occuper. C'est le majordome de Milbray, après tout !

Roulant sur le côté pour échapper au valet, il passa une jambe et un bras sur la femme endormie près de lui, et s'apprêta à replonger dans le sommeil.

— Je n'ai pas l'intention de sortir de ce lit avant deux heures de l'après-midi, ajouta-t-il. À moins qu'on ait annoncé la fin du monde.

— Madame votre mère est dans le salon, et des valets apportent ses malles. Apparemment, elle compte s'installer ici.

— Seigneur !

Rhys se redressa d'un bond et posa sur Fane un regard horrifié.

— *C'est* la fin du monde ! Ne restez pas planté là, mon vieux. Allez me chercher ma robe de chambre tout de suite.

Cinq minutes plus tard, un cab ramenait Sally chez elle et Rhys était habillé. Ou presque. Vêtu d'un pantalon, d'une chemise, et d'une veste d'intérieur, il dévala l'escalier, ne s'arrêtant qu'un bref instant pour jeter un coup d'œil dans le hall d'entrée par-dessus la rampe. Ses craintes se virent confirmées. Il y avait effectivement un grand nombre de malles, de valises, et de cartons à chapeaux empilés là. Consterné, il vit deux valets de pied franchir la porte avec une nouvelle malle.

Il se précipita vers le salon. Comment Laetitia pouvait-elle croire un instant qu'il allait l'autoriser à vivre sous le même toit que lui ? Il avait passé les douze dernières années sur le continent dans le seul but de se trouver aussi loin que possible d'elle et de son abominable beau-frère, qui ne la quittait pas d'une semelle. Grâce au ciel, oncle Evelyn avait fini par mourir, mais Rhys tenait toujours à éviter sa mère à tout prix. Depuis l'âge de douze ans, il n'avait jamais pu supporter de passer plus de cinq minutes en sa compagnie, et elle le lui rendait bien !

Lorsqu'il pénétra dans le salon, il la trouva assise dans l'un des fauteuils, près du feu. Elle se leva et il fut stupéfait de constater à quel point elle était marquée par l'âge. Aussi loin qu'il remontât dans ses souvenirs, Laetitia avait toujours été une femme éblouissante. Une beauté glacée aux cheveux blond platine, qui dans son esprit de petit garçon offrait une ressemblance magique et troublante avec la Reine des Neiges.

Seuls de rares vestiges de cette beauté subsistaient. Sa peau était parcheminée, son teint cireux, et ses joues s'étaient creusées sous les pommettes saillantes, autrefois parfaites. Elle n'avait que cinquante-six ans, mais son extrême maigreur et son air défait la faisaient paraître bien plus âgée. Seuls ses yeux, gris-vert comme ceux de Rhys, n'avaient pas changé et ils dégageaient toujours autant de chaleur qu'un iceberg. Elle ne lui adressa pas l'ombre d'un sourire quand il traversa le salon et s'approcha d'elle.

— St. Cyres, dit-elle en esquissant une brève révérence.

Rhys ne prit même pas la peine de s'incliner.

— Mère. Quel plaisir de vous voir !

Le ton était empreint de moquerie, mais Laetitia était trop insensible pour s'en soucier. Ils gardèrent un moment le silence, s'observant un peu comme des duellistes sur le point de s'affronter. Il remarqua qu'elle n'avait pas encore ôté sa cape et son chapeau. Elle tenait son parapluie de sa main gantée, comme si elle était simplement passée lui rendre visite.

La vérité lui apparut tout à coup.

— Vous n'avez pas du tout l'intention de vous installer ici.

Elle n'eut pas l'ombre d'une hésitation.

— Vivre avec vous ? Seigneur ! Non, jamais !

Sa voix exprima tant de dédain qu'il eut une moue désabusée.

— Votre affection maternelle me réchauffe le cœur, comme toujours.

Elle se laissa retomber dans le fauteuil en s'appuyant lourdement sur son parapluie.

— Vous ignorez mes lettres. Je vous ai rendu visite trois fois depuis que vous êtes en ville, et chaque fois vous avez refusé de me recevoir. Je n'ai pas trouvé d'autre moyen d'attirer votre attention que de vous faire croire que j'emménageais sous votre toit.

— C'est pousser la mascarade un peu loin que de faire transporter vos malles dans mon hall d'entrée, ne pensez-vous pas ? D'autant que vous n'avez jamais semblé désireuse d'attirer mon attention, jusqu'à présent. Nous n'avons pas dû nous parler plus d'une douzaine de fois depuis ma naissance. Pourquoi ce désir soudain de rechercher ma compagnie ?

— Je suis venue vous mettre au courant de la situation familiale.

Rhys ne répondit pas. S'accoudant au dossier d'une bergère face à sa mère, il observa son expression résolue tout en évaluant les deux possibilités qui s'offraient. Il pouvait soit la mettre à la porte sur-le-champ, soit endurer une discussion déplaisante, mais inévitable, sur leur position financière. Après quoi il serait débarrassé d'elle. Il opta pour la seconde solution. Loin d'être aussi réjouissante que la première, elle se révélerait cependant moins pesante à long terme. Il contourna donc le fauteuil, et s'assit.

— Parce qu'il y a une situation familiale ? murmura-t-il en se renversant contre le dossier.

Les coudes reposant sur les accoudoirs, il joignit le bout des doigts et pencha la tête de côté, feignant une attitude décontractée.

— Cela ne laisse rien augurer de bon.

— Inutile de perdre du temps en palabres inutiles, dit sa mère. Je sais que vous avez déjà vu M. Hodges, et qu'il vous a mis au courant de la situation dans laquelle nous sommes.

— Votre promptitude à découvrir certaines choses est étonnante, mère. Puisque vous savez que j'ai vu le notaire de la famille, et que vous savez aussi ce qu'il m'a dit, votre but en venant ici n'est visiblement pas de m'informer de la situation.

Il lui adressa un sourire provocant puis ajouta :

— Vous êtes venue pour me taper, n'est-ce pas ?

— Pourquoi faut-il que vous soyez aussi vulgaire ?

— Vous avez fait tous ces efforts en vain, annonça-t-il avec un plaisir évident. Et tous ces bagages ont été transportés jusqu'ici pour rien. Car, ma chère, je n'ai pas un radis.

Laetitia eut un reniflement de mépris.

— Vous êtes un menteur.

— Je sais, vous me l'avez déjà dit.

Rhys pressa ses mains l'une contre l'autre, avec une telle force qu'une douleur se propagea dans ses poignets. Il garda néanmoins le sourire.

— En l'occurrence, je ne vous trompe pas. Je suis fauché comme les blés.

Elle posa sur lui un regard dur, comme pour le percer à jour.

— L'argent de votre père s'est donc envolé ? Vous l'avez dilapidé ?

— Jusqu'au dernier shilling, avoua-t-il d'un ton enjoué. Et comme je suis un vrai libertin, j'y ai pris le plus grand plaisir.

Laetitia blêmit, et il crut la voir vieillir de plusieurs années en quelques secondes.

— Les dettes contractées par les domaines sont immenses, et notre crédit a atteint ses limites. Il faut que vous fassiez quelque chose.

— Que suggérez-vous ? J'ai bien pensé à gagner ma vie, mais j'ai décidé que je ne pouvais pas vous faire ça. Vous seriez trop humiliée si je m'abaissais à m'engager dans une vie professionnelle. De plus, je serais obligé de travailler, ajouta-t-il avec un frémissement d'horreur. Une très mauvaise habitude ! Je m'efforce de ne pas sombrer dans ce travers.

— Ne soyez pas ridicule ! lâcha-t-elle d'un ton sec. Vous êtes le duc de St. Cyres. Il est hors de question que vous vous mettiez à travailler.

— Tomberions-nous enfin d'accord sur quelque chose, vous et moi ? Le doux climat d'Italie a dû me rendre trop aimable et facile à vivre. Mais pour en revenir à notre affaire, nous n'avons guère de solutions. Je pourrais faire appel à l'Armée du Salut et leur demander de nous venir en aide, mais je doute qu'ils acceptent de secourir une famille d'aristocrates en faillite. Ce n'est vraiment pas charitable de leur part, mais…

— Tout est hypothéqué, l'interrompit sa mère, revenant à la charge comme s'il était trop obtus pour prendre la mesure de la catastrophe. Le peu de revenus que nous rapportent nos terres est absorbé par les intérêts de nos emprunts. Cela fait plusieurs années que nous sommes cernés par les créanciers, qui nous guettent comme des vautours. Avant la fin de la semaine, ils auront aussi jeté leur dévolu sur vous.

Rhys s'abstint de lui annoncer que c'était déjà le cas.

— Si vous ne faites pas rapidement quelque chose, ils nous prendront le peu qu'il nous reste. Nous serons dans la misère.

Rhys ne répondit pas. Sa mère avait résumé la situation, et il n'y avait rien à ajouter. Comme le silence se prolongeait, elle s'agita.

— Eh bien ? Qu'allez-vous faire ?

— Ce que je fais toujours quand je suis confronté à un problème, répondit-il en se levant pour se diriger vers l'armoire à liqueurs. Je vais boire un verre.

— Un verre ? répéta-t-elle d'un ton méprisant. Vous pensez que cela apportera une solution à nos difficultés ?

— Non, dit-il en se servant une bonne rasade de whisky. Mais c'est une excellente réponse à *mes* difficultés.

Il se tourna, croisa le regard de Laetitia, et sourit.

— Quant à vos problèmes, chère mère, je m'en fiche royalement.

Ils se défièrent du regard pendant un long moment. Rhys continua de sourire, l'air parfaitement détendu. Ce fut Laetitia qui détourna les yeux la première.

— Rhys, cela fait quatre ans que votre oncle ne paye plus mon douaire.

Il lança un regard appuyé à sa luxueuse cape garnie de fourrure, et à la broche de diamants qui en maintenait le col.

— En effet, vous semblez être dans la misère.

Elle leva la tête et, voyant où portait son regard, posa la main sur son col.

— Ce sont de fausses pierres. Tous mes bijoux sont faux. J'ai vendu les vrais, les uns après les autres. Je n'ai plus rien à vendre, et l'argent qui me reste me permettra à peine de survivre jusqu'à la fin du printemps.

Hodges ne lui avait pas dit cela. Les mâchoires serrées, Rhys la dévisagea.

— Encore une fois, vous croyez que cela me fait quelque chose ?

Elle se raidit et renonça tout à coup aux efforts qu'elle avait faits jusque-là pour tenter d'apitoyer son fils.

— Vous ne pensez toujours qu'à vous, à ce que je vois, dit-elle avec la froideur qu'il lui connaissait si bien. Vous avez toujours été égoïste, même lorsque vous étiez enfant.

Sa voix était dure, coupante comme un rasoir, mais Rhys s'était forgé une solide carapace au fil des ans.

— Terriblement égoïste, admit-il en levant son verre. Et menteur. Ne l'oubliez pas.

Laetitia haussa un sourcil blond, signe qu'elle allait sortir l'artillerie lourde.

— Si Thomas était encore en vie, il ne permettrait pas qu'on me traite ainsi, répliqua-t-elle. Thomas a toujours été un gentil garçon. Contrairement à vous, il respectait sa mère. Il ne se serait pas enfui en Italie en m'abandonnant ici.

Cette allusion à son jeune frère fit perdre en un instant à Rhys son attitude nonchalante. Son sourire s'évanouit. Il reposa brusquement son verre et fit involontairement un pas en direction de sa mère. Voyant un sourire de satisfaction plisser les lèvres de Laetitia, il se figea. Certaines choses ne changeaient jamais, songea-t-il, furieux contre elle et contre lui-même. Personne, personne, ne savait le mettre hors de lui comme Laetitia !

Il plaqua de nouveau un sourire sur ses lèvres.

— Ah, mais Thomas s'est tout de même enfui, n'est-ce pas, mère ? remarqua-t-il d'une voix douce. Il est parti aussi loin qu'il l'a pu. Le ciel est à une assez grande distance, vers le nord, je crois.

Laetitia ne répondit pas. S'efforçant de recouvrer son allure détendue, Rhys s'adossa au buffet et posa les mains sur le plateau de marbre.

— J'adore ces réunions de famille, reprit-il d'une voix grave. C'est si chaleureux ! Puisque vous êtes d'humeur à plonger dans les souvenirs, nous pourrions parler du jour où Thomas s'est pendu.

Le visage de Laetitia s'empourpra.

— Voulez-vous que je vous dise comment il était quand je l'ai trouvé ? poursuivit-il avec une indifférence étudiée. Je peux vous décrire la scène, si vous le désirez. Son corps était suspendu à la rampe, la nuque brisée, bien entendu. On aurait vraiment dit une marionnette au bout d'un fil, et sa peau avait un curieux ton bleuâtre qui…

— Arrêtez !

— Vous ne voulez pas la description physique ? Alors, je devrais peut-être parler de la raison pour laquelle il a fait cela. Vous posez-vous parfois la question, mère ?

Elle donna un coup sec sur le sol avec son parapluie et se leva.

— Arrêtez, vous dis-je !

— C'est vous qui avez abordé ce sujet.

Laetitia étrécit les yeux. Quand il était petit, ce regard flambant de haine avait le don de l'anéantir. Rhys était rudement content d'avoir grandi.

— Mon Dieu ! murmura-t-elle d'une voix sourde. Comment ai-je pu engendrer un fils tel que vous ?

— Avec l'aide du démon, probablement.

Il tendit le bras pour tirer sur le cordon.

— En tout cas, ce n'est certainement pas en faisant une chose aussi dégoûtante que de coucher avec votre époux.

Elle ouvrit la bouche pour répondre, mais avant qu'elle n'ait pu articuler un son, Hollister apparut à la porte du salon.

— Monsieur le duc ?

Rhys s'adressa au majordome sans quitter Laetitia des yeux.

— Ma mère a changé d'avis. Elle séjournera ailleurs, cette saison. Raccompagnez-la, je vous prie, et faites envoyer ses malles à l'adresse qu'elle vous indiquera.

Laetitia lui tourna le dos et gagna la porte avec un grognement de dédain.

— J'imagine que je n'aurai pas le plaisir de vous voir pendant encore une bonne douzaine d'années, mère ?

La porte du salon claqua derrière elle, et Rhys se dit que ce devait être une réponse affirmative à sa question. Il prit son verre, avala d'un trait le reste de son whisky, puis s'adossa au buffet et ferma les yeux, pressant le verre froid contre son front.

Il inspira plusieurs fois profondément en s'efforçant de bannir de son esprit l'image du corps sans vie de son frère. Ravalant sa colère et son chagrin, il parvint peu à peu à atteindre cet état familier et bienheureux d'engourdissement qui lui permettait d'oublier.

Il demeura ainsi, très, très longtemps.

C'était un fait bien connu à Londres : les omnibus étaient comme les chats. Chaque fois qu'il pleuvait à verse, les uns comme les autres se faisaient extrêmement rares. Se haussant sur la pointe des pieds, Prudence se pencha sur la chaussée, tout en abritant soigneusement sous un parapluie son panier et l'ouvrage qu'il contenait. Elle examina les différents véhicules qui avançaient en cahotant dans New Oxford Street.

Au bout d'un moment, elle retomba sur ses talons avec un soupir de découragement. Pas le moindre omnibus en vue. Soit elle décidait de rester là et de patienter encore, soit elle prenait un cab. Les cabs étaient chers, et Maria et elle avaient déjà fait une folie en en prenant un moins de douze heures auparavant. Mais Prudence était si fatiguée que la pensée de faire ne serait-ce qu'une partie du chemin à pied jusqu'à Holborn lui paraissait insupportable. Elle n'avait pas envie non plus de rester là, dans la pluie et le froid, à attendre l'arrivée de l'omnibus. Après le bal de la nuit précédente et une journée entière passée à l'atelier, elle n'en pouvait plus.

Elle se pencha une fois de plus vers la chaussée, afin d'examiner la circulation à sa gauche, cette fois en essayant de localiser un cab. Si seulement elle avait pu se permettre de prendre des cabs tous les jours ! songea-t-elle avec regret. Elle chassa vite cette pensée futile. Désirer ce qu'on ne pouvait avoir était un jeu ridicule. Certains jours, cependant, la tentation d'y jouer était grande. Elle aurait aimé pouvoir quitter Madame Marceau et se trouver une meilleure situation. Et aussi ne pas être obligée de travailler autant. Si seulement elle était riche…

À cet instant, une voiture surgit au coin de la rue dans un grand vacarme de sabots et de cliquetis métalliques. Prudence fit un bond en arrière, laissant tomber son parapluie et heurtant la personne qui se trouvait derrière elle. Un luxueux coupé passa en trombe devant elle. Prudence leva son panier au-dessus de sa tête pour protéger son ouvrage et tourna le visage de côté. Sa joue fut éclaboussée par l'eau glacée et boueuse du ruisseau.

— Oh ! s'exclama-t-elle en lançant un regard de dépit à sa jupe.

En un instant tous ses rêves impossibles furent oubliés, et elle contempla avec un désarroi indigné les traces brunes qui maculaient le tissu rayé blanc et beige. La boue du ruisseau était une chose abominable. Elle serait obligée de laver sa jupe tout de suite en arrivant à la maison, sans quoi les taches ne partiraient plus, et sa plus jolie tenue de travail serait irrémédiablement gâchée. Elle devrait alors en acheter une autre à Madame, et cette somme serait prélevée sur ses gages, ce qui signifiait qu'il lui faudrait travailler encore plus longtemps la semaine prochaine pour compenser cette dépense imprévue. Cette contrariété supplémentaire lui parut tout à coup insurmontable, et elle éprouva l'envie stupide de se mettre à pleurer.

Au lieu de fondre en larmes, elle exprima sa colère en lançant au cocher un des plus jolis jurons que lui avait enseignés Maria. Puis elle ramassa son parapluie, héla un fiacre, et se querella avec deux horribles hommes qui tentèrent d'y grimper avant elle.

Elle s'endormit sur la banquette, et fut réveillée trois fois par les cahots avant que la voiture n'atteigne enfin la maison de Little Russell Street où elle habitait. Elle paya la course et entra, bien décidée à laver sa jupe et à se mettre au lit au plus vite. Hélas! à peine eut-elle fait un pas dans le hall, qu'elle comprit qu'elle n'aurait pas l'opportunité d'aller dormir avant encore quelque temps.

Sa logeuse, Mme Morris, avait dû la guetter par la fenêtre, car elle l'attendait derrière la porte.

— Vous avez une visite, annonça-t-elle en refermant la porte d'entrée, tandis que Prudence se débarrassait de son parapluie et de son panier à ouvrage. Un gentleman..., chuchota la vieille dame d'un ton animé.

Ses yeux brillaient de curiosité, ce qui était fort compréhensible. Cette maison n'était occupée que par des dames de bonne famille. Il était fort rare que des gentlemen leur rendent visite, et un tel événement suscitait toujours beaucoup d'excitation et un grand nombre de questions.

Or, Prudence était trop fatiguée pour être excitée par la nouvelle. En outre, elle était sûre qu'il s'agissait d'une erreur. Elle n'était qu'une vieille fille de vingt-huit ans, au physique banal, qui travaillait douze heures par jour dans un atelier fréquenté uniquement par des femmes. Elle n'avait jamais eu la visite d'un gentleman, pour la bonne raison qu'elle n'en connaissait aucun.

— Qui est-ce?

— Il m'a dit qu'il s'appelait M. Whitfield, et cela fait déjà une heure qu'il vous attend.

Mme Morris baissa les yeux et s'exclama:

— Oh! ciel! Vous avez vu votre jupe? Vous devriez aller vous changer.

Prudence n'avait pas l'intention de se donner tant de mal pour un inconnu. Dénouant les rubans de son chapeau, elle ôta le couvre-chef de paille et de plumes détrempé par la pluie et l'accrocha à une patère. Puis elle se pencha légèrement sur le côté afin de jeter un coup d'œil dans le salon par la porte entrouverte.

Assis sur l'inconfortable canapé de crin, elle vit un gentleman âgé, qui arborait un bouc extrêmement soigné. Un chapeau melon d'un très beau feutre était posé à côté de lui, et ses mains reposaient sur la poignée d'une superbe canne d'ébène et d'or. Un porte-documents de cuir noir se trouvait à ses pieds. Il sourit d'un air affable en apercevant Prudence qui recula dans le couloir pour échapper à son regard.

— Je ne l'ai jamais vu de ma vie, chuchota-t-elle en déboutonnant son manteau. Que me veut-il ?

— Il dit qu'il est venu d'Amérique dans l'unique but de vous rencontrer, mais il a refusé de m'expliquer pourquoi.

Le visage rond de Mme Morris se plissa d'inquiétude.

— Ma chère Prudence, j'espère que vous n'avez pas répondu à une de ces annonces, n'est-ce pas ?

Prudence était trop épuisée pour chercher à comprendre ce que Mme Morris voulait dire.

— Quelles annonces ?

— Des annonces matrimoniales, répondit la vieille dame dans un murmure. Les Américains en font passer des quantités dans les journaux londoniens. Ils semblent ne pas avoir assez de femmes chez eux.

Une nuance réprobatrice se mêla à l'inquiétude comme elle poursuivait :

— Il est normal que vous souhaitiez vous marier, bien sûr. Toutes les jeunes femmes le souhaitent, et il est devenu si difficile de trouver un époux de nos jours ! Mais l'Amérique est vraiment très loin. Et à vrai dire, ma chère, répondre à ce genre d'annonce implique un tel désespoir…

— Je n'ai répondu à aucune annonce, assura Prudence.

Parfois, le seul moyen de placer un mot était d'interrompre la vieille dame. Elle accrocha son manteau à côté de son chapeau, et ajouta :

— Je ne comprends vraiment pas pourquoi ce monsieur veut me voir.

— Dois-je lui proposer du thé ?

Prudence sentit son estomac se contracter, lui rappelant cruellement qu'elle mourait de faim, mais elle décida d'être forte.

— Je ne pense pas que ce soit nécessaire.

— Mais Prudence, il est presque cinq heures ! Et ce gentleman me paraît des plus courtois, et très respectable. Il me semble que la moindre des politesses serait de lui offrir du thé, des sandwichs, et des gâteaux.

Prudence en eut l'eau à la bouche.

— Madame Morris, vous savez bien que je suis au régime, dit-elle, résistant vaillamment à la tentation.

— Oh ! ces filles qui sont perpétuellement au régime ! Vous êtes si soucieuses de votre ligne que vous refusez de vous nourrir correctement. Je me demande pourquoi je m'obstine à servir des repas, dans cette maison ! Enfin, ma chère, il n'est pas *sain* de se donner autant de mal pour avoir un tour de taille de cinquante centimètres !

Prudence aurait volontiers fait du régime toute sa vie, pour atteindre de telles mensurations. Malheureusement, son corps semblait se moquer de la mode et de ses diktats car, en dépit de ses efforts continuels, son tour de taille se maintenait à quatre-vingts centimètres. Elle passa une main sur ses côtes, désespérée en constatant que son corset était toujours aussi serré. Deux jours passés à se contenter d'une poignée de pâtés au crabe et de quelques misérables biscuits à l'atelier… et elle n'était pas plus mince pour autant !

Elle finit par capituler, en se disant qu'il fallait tout de même bien qu'elle mange de temps à autre.

— Eh bien, d'accord pour le thé, madame Morris.

— Je vais dire à Dorcas de tout préparer ! s'exclama la logeuse en partant aussitôt à la recherche de sa servante.

Prudence s'efforça d'étouffer le sentiment de culpabilité lié à son manque de résistance, et entra dans le salon.

Le gentleman, un bel homme à la chevelure argentée, se leva à son entrée.

— Mademoiselle Bosworth ?

— Oui, je suis Prudence Bosworth.

Elle détailla d'un œil expérimenté ses vêtements de belle qualité. Les affaires de ce gentleman étaient prospères et, à en juger par le gardénia qui ornait sa boutonnière ainsi que par le pommeau ouvragé de sa canne, il aimait l'élégance.

— Mon nom est Elliot Whitfield, dit-il en s'inclinant pour lui présenter sa carte.

Prudence prit la carte et l'examina en allant s'asseoir dans un confortable fauteuil de chintz, près de la cheminée.

— Pourquoi un avocat ferait-il un aussi long voyage dans le seul but de me rendre visite ? demanda-t-elle, en proie à une soudaine inquiétude en déchiffrant l'inscription impressionnante sur le bristol.

La firme d'avocats Whitfield, Joslyn et Morehouse, avait des bureaux à New York, Londres et Paris. Pour elle, les hommes de loi étaient un peu comme les policiers, une rencontre avec eux était rarement agréable.

Le gentleman reprit place sur le canapé et posa sa canne à côté de lui.

— Je viens de la part de votre père, M. Henry Abernathy.

Prudence battit des paupières, et déposa la carte sur une petite table.

— Monsieur, je pense qu'il doit y avoir une erreur. Je ne connais personne du nom d'Abernathy. Mon père était Henry Bosworth, de Little Furze, dans le Yorkshire.

À sa grande surprise, le pimpant gentleman acquiesça d'un hochement de tête.

— Oui, c'est bien cela. Quand il partit pour l'Amérique, Henry Bosworth décida de changer de nom et se fit alors appeler Abernathy.

Prudence eut un reniflement hautain.

— Dans le but d'échapper à ma mère, je suppose.

M. Whitfield toussota discrètement.

— Quoi qu'il en soit... Je suis venu vous annoncer une bonne et une mauvaise nouvelle, mademoiselle Bosworth. Tout d'abord, je dois vous informer du fait que votre père est mort récemment.

À en juger par l'expression sombre de l'homme de loi, il s'agissait de la mauvaise nouvelle. Cependant, comme son sinistre gredin de père avait refusé d'avoir une conduite honorable et avait abandonné sa mère avant sa naissance, Prudence ne se sentait pas obligée de le pleurer.

— Et la bonne nouvelle, monsieur ?

— Il vous a laissé un héritage. C'est la raison de ma présence ici.

Cette information ne provoqua pas de plus grande émotion que l'annonce de sa mort. D'après ce que Prudence savait, son père était un homme qui ne valait pas cher. Il était par conséquent peu vraisemblable qu'il lui ait laissé des biens.

— Il avait donc quelque chose à me léguer ?

— Sans cela, je n'aurais pas fait le voyage depuis New York, mademoiselle Bosworth.

M. Whitfield souleva son porte-documents.

— J'ai là une copie de son testament. Vous êtes la seule bénéficiaire.

Étonnée, elle regarda le petit homme élégant placer le porte-documents sur ses genoux et l'ouvrir. Il en sortit une épaisse liasse de papiers, et Prudence éprouva un vague espoir. Peut-être y avait-il réellement un héritage, une somme d'argent qui lui permettrait de présenter sa démission à Madame Marceau, afin de chercher une meilleure situation. Un poste qui n'exigerait pas autant d'heures de travail et ne l'obligerait pas à s'abaisser devant des gens comme cette lady Alberta Denville. Oh ! si seulement...

— D'après les termes de ce testament, continua l'homme de loi, tous les revenus issus de ses propriétés vous échoient. En outre, vous héritez de ses biens personnels, qui sont considérables.

Les mots « biens » et « revenus » étaient prometteurs, et l'espoir de Prudence augmenta. Peut-être n'aurait-elle même pas besoin de chercher une nouvelle situation ; peut-être y aurait-il assez d'argent pour la protéger des ravages de la misère, et lui procurer un logement bien à elle pour ses vieux jours. Tout à coup, elle se mit à imaginer une charmante petite maison dans le quartier de Hackney, avec des rideaux de dentelle aux fenêtres.

— Les revenus des propriétés, poursuivit l'avocat, seront placés en fidéicommis.

Elle se sentit obligée de chasser tout espoir insensé avant que celui-ci ne s'ancre trop profondément en elle. Ce devait être un rêve. Dans la vie réelle, les héritages ne vous tombaient pas du ciel. Elle allait se réveiller d'un moment à l'autre, et se retrouver dans le cab qui la ramenait chez elle. Toutefois... un fidéicommis, c'était merveilleux. Elle adorerait avoir de l'argent placé ainsi.

— La somme est-elle importante ? s'enquit-elle, la gorge serrée.

— Importante ?

L'homme de loi se mit à rire.

— Mademoiselle Bosworth, comme je vous l'ai dit, votre père était Henry Abernathy.

Comme Prudence le regardait avec des yeux ronds, il ajouta :

— Même ici, en Angleterre, vous avez sûrement entendu parler de la chaîne de magasins Abernathy ?

Naturellement, elle avait déjà entendu ce nom. Les magasins Abernathy étaient les plus connus de toute l'Amérique. On disait même que leur magasin sur la Cinquième Avenue était plus imposant que le Harrod's de Londres. Toutefois, en tant que loyal sujet britannique, Prudence refusait de croire qu'une chose pareille soit possible.

— Mon père est le propriétaire des magasins Abernathy ? Il est… il était un de ces millionnaires américains ? demanda-t-elle avec un petit rire incrédule.

— En effet, confirma M. Whitfield avec un sourire. Comme je vous le disais, cet héritage est soumis à certaines conditions. Mais si vous remplissez ces conditions, vous serez une femme riche. Une des femmes les plus riches du monde.

Prudence ne pouvait tout simplement pas le croire. Ce devait être une farce ou alors une sorte d'escroquerie. Elle se leva d'un bond, prête à mettre cet aigrefin à la porte, mais elle fut arrêtée dans son élan par un étourdissement. Pressant une main contre son front, elle balbutia :

— Je ne… vous crois… pas…

— C'est pourtant la stricte vérité, je vous l'assure.

— Ce n'est pas…

Les mots moururent sur ses lèvres et elle perdit le fil de ses idées. La pièce se mit à tourner autour d'elle de façon très étrange et elle ferma les yeux, essayant de réfléchir. Cet homme disait qu'elle allait hériter d'une somme importante. Une immense fortune. Qu'elle serait une des femmes les plus riches du monde.

— Combien...

Elle ne put finir sa phrase, mais M. Whitfield comprit tout de même.

— Les revenus varient naturellement selon les conditions économiques, dit-il.

Sa voix lui parvenait à peine, dominée par le vrombissement qui emplissait ses oreilles.

— Mais si l'on se base sur le cours actuel, la somme s'élève environ à un million de livres par an.

La fatigue des derniers jours passés à travailler dur, avec très peu de nourriture et pratiquement pas de sommeil, finit par se faire sérieusement sentir.

Pour la première fois de sa vie, Prudence Bosworth s'évanouit.

3

Le millionnaire américain Henry Abernathy lègue toute sa fortune à sa fille illégitime !

La Gazette sociale, *1894*

L'horrible odeur âcre de l'ammoniaque pénétra la conscience de Prudence, qui secoua la tête en signe de protestation et repoussa la main qui tenait la fiole de liquide nauséabond sous ses narines.

La voix de Mme Morris lui parvint, très, très lointaine.

— Elle revient à elle.

— Excellente nouvelle, vraiment, répondit un homme.

Ce fut cette voix qui ramena Prudence à l'incroyable réalité. Elle se redressa vivement.

— Ne faites pas de mouvements brusques, mon petit, lui conseilla Mme Morris en posant la main sur son épaule. Vous pourriez vous évanouir de nouveau.

— Je me suis évanouie ?

Prudence battit des paupières et essaya de se repérer. Elle était assise dans son fauteuil et Mme Morris se tenait tout près d'elle, un flacon de sels à la main. De l'autre côté du fauteuil se trouvait l'avocat qui venait de lui annoncer qu'elle avait hérité d'une immense fortune.

— Est-ce bien vrai ? chuchota-t-elle.

— Tout à fait vrai, mademoiselle Bosworth.

Il alla reprendre place sur le canapé.

— C'est une nouvelle un peu bouleversante, je suppose.

— C'est le moins que l'on puisse dire ! Un million de livres par an ? Seigneur !

Prononcée à voix haute, la somme lui parut encore plus invraisemblable.

— Un million de livres par an ? répéta Mme Morris, dont le regard passa de Prudence à l'homme de loi. Qu'est-ce que cela veut dire ?

— Votre chère Mlle Bosworth vient d'hériter de son père. Elle va devenir une femme très riche. En fait, une des femmes les plus riches du monde.

— Ce n'est pas possible !

Bouche bée, Mme Morris agrippa l'accoudoir du fauteuil voisin de celui de Prudence et s'assit.

— Mais..., murmura-t-elle d'une voix étranglée. Mais Prudence, ma chère enfant, je croyais... je croyais que votre père était mort depuis des années. Quand vous étiez une petite fille. C'est du moins ce que vous m'avez dit quand vous êtes venue vivre ici.

Prudence lança à la vieille dame un regard d'excuse.

— Je vous ai menti sur ce point, je suis désolée. Vous comprenez, mon père a abandonné ma mère avant ma naissance. Il...

Elle s'interrompit, le visage brûlant de honte.

— Il n'a pas voulu l'épouser, et il est parti en Amérique.

— Vous vivez sous mon toit depuis onze ans, et vous ne m'avez jamais dit la vérité ?

— Je ne voulais pas que vous sachiez que… que je suis une enfant illégitime, avoua Prudence d'une voix tremblante. Votre pension est si respectable ! Quand je vous ai demandé un logement, j'ai craint que vous ne me mettiez dehors si je vous disais la vérité.

— C'est votre père qui devrait avoir honte ! s'exclama Mme Morris avec une évidente indignation. Abandonner votre mère d'une façon aussi grossière ! Quel horrible malotru !

M. Whitfield toussota d'un air gêné.

— Eh bien, il s'est racheté à présent, j'espère ? Il vient de léguer à Mlle Bosworth l'intégralité de sa fortune.

— J'avoue que je ne sais que dire, reconnut Mme Morris. Un million de livres par an ! Bonté divine ! Je comprends que vous vous soyez évanouie, ma chère enfant, ajouta-t-elle avec un petit rire.

Replongeant dans un état d'excitation, Prudence rit avec elle.

— J'ai du mal à réaliser, dit-elle en posant une main sur son front. Je suis un peu étourdie, et je n'arrive pas à rassembler mes esprits.

— C'est tout à fait compréhensible, dans de telles circonstances, assura M. Whitfield. Je serais moi aussi sens dessus dessous, à votre place. Quoi qu'il en soit, nous devons discuter des termes très spécifiques du testament de votre père. Cet héritage est soumis à certaines conditions, et je dois vous en informer…

— Je vous demande pardon, monsieur, intervint alors Mme Morris. Cette nouvelle est très excitante, et nous sommes tous bouleversés, naturellement. Mais il faut laisser à Mlle Bosworth le temps de se ressaisir.

— Je me sens bien à présent, déclara Prudence en se redressant dans son fauteuil. Je veux connaître le contenu du testament.

— Non, non, votre logeuse a parfaitement raison. Je vous prie de pardonner ma précipitation. Nous pourrions sans doute prendre le thé d'abord, suggéra-t-il en désignant la table d'un geste de la main.

Mme Morris se leva et prit la théière en argent.

— J'espère qu'il n'a pas refroidi. J'entrais justement avec le plateau quand je vous ai vue vous évanouir, Prudence. J'ai alors couru chercher les sels, et il m'a fallu un temps fou pour les retrouver.

— C'est la première fois de ma vie que je m'évanouis. J'espère que je l'ai fait avec grâce.

— Oui, ma chère. Vous vous êtes effondrée dans votre fauteuil fort convenablement, une main sur le front, comme on nous a toujours appris à le faire. Prendrez-vous du sucre, monsieur Whitfield ?

— Oui, je vous remercie. Non, pas de lait. Comme on vous a appris à le faire ? répéta le vieux monsieur, perplexe. On apprend donc aux jeunes filles à s'évanouir, en Angleterre ?

— Oh oui ! expliqua Mme Morris en emplissant une autre tasse pour Prudence. Nous nous entraînions souvent, quand j'étais jeune.

Elle fit passer les sandwichs et les gâteaux, tout en exposant à M. Whitfield les préceptes d'éducation que devait recevoir une vraie dame. Prudence ne prêtait plus attention à la conversation. Elle mangea les sandwichs et but son thé, en essayant de comprendre ce qui venait de lui arriver, mais elle baignait dans une persistante sensation d'irréalité.

Un million de livres...

Impossible d'imaginer ce que représentait une telle somme. C'était trop. C'était énorme. Et disposer chaque année de tout cet argent ? Ciel... Lady Alberta Denville elle-même n'avait pas une telle fortune. À cette pensée, elle fut envahie par une bouffée de joie.

Posant son assiette et sa tasse vides dans un tintement de porcelaine, elle bondit de son fauteuil en laissant échapper un petit cri joyeux, telle une enfant de cinq ans un matin de Noël. Incapable de refréner son élan, elle entraîna Mme Morris dans un pas de danse autour du salon, avec plus d'exubérance que de grâce.

— Je suis plus riche que lady Alberta, chantonna-t-elle en sautillant sur le tapis. Je suis plus riche que lady Munro. Je suis riche, riche, je suis la femme la plus riche que je connaisse ! Oh ! Oh !

Sa logeuse se mit à rire avec elle, ne s'interrompant que pour lui signaler la présence d'un pot de fougère derrière elles.

— Si nous renversons le vase, je vous en achèterai un autre ! promit Prudence tout en continuant de chanter et de tournoyer dans le salon. Je suis plus riche que lady Alberta...

— Mademoiselle Bosworth ? intervint M. Whitfield, en s'efforçant de dominer sa voix de soprano légèrement fausse. Nous devons discuter des conditions du testament.

Prudence lui jeta un coup d'œil, tout en faisant décrire un tour complet sur elle-même à Mme Morris.

— Les conditions ?

— Il y a certaines choses que vous devez faire, si vous voulez toucher votre héritage. Pour commencer, il faut vous marier.

— Me marier ?

Prudence s'arrêta, relâchant Mme Morris si brusquement que la pauvre vieille dame chancela et faillit démolir le pot de fougère.

— Oui. Il y a peut-être dans votre vie...

M. Whitfield s'interrompit avec délicatesse, avant d'ajouter :

— Il y a peut-être un jeune homme qui convient ?

— Non, répondit Prudence, un peu déstabilisée par ce développement inattendu de la situation. Il n'y a personne. C'est-à-dire que j'ai été très occupée… par mon travail, vous comprenez.

— Je vois.

M. Whitfield reprit la liasse de documents posée sur le canapé.

— Votre père stipule que vous avez un an pour trouver un mari convenable. En attendant, vous recevrez chaque mois une rente généreuse, prélevée sur les revenus des placements, afin de subvenir à vos dépenses courantes. Mais à la fin du temps imparti, il faudra impérativement que vous soyez mariée, sinon l'héritage sera partagé entre les divers parents de sa femme.

— Sa femme ? Mon père était marié ?

— Oui. À une héritière new-yorkaise qui se nommait Elizabeth Tyson. Elle est décédée il y a quelques années. M. Abernathy et elle n'ont pas eu d'enfants ensemble.

— Et donc, mon père m'a légué toute sa fortune ? Mais il ne me connaissait même pas ! Il n'a jamais cherché à me connaître, précisa-t-elle avec un brin d'amertume.

— Les liens du sang sont souvent plus forts que nous ne le pensons. Ce qui nous ramène à cette clause. Votre père voulait absolument avoir des héritiers de son sang. Une fois que vous serez mariée, tous ses biens vous appartiendront, ainsi qu'à votre mari naturellement. À votre décès, ils iront à vos héritiers directs. L'époux que vous choisirez devra donc obtenir l'approbation des curateurs. Je resterai à Londres en attendant que cette situation soit réglée et que vous soyez mariée. Ensuite, je retournerai à New York. Après cela, vos biens seront gérés par nos bureaux londoniens. J'espère que vous serez satisfaite des services de notre firme et…

— Attendez.

Prudence leva la main pour l'interrompre.

— Il faut que vous approuviez mon mariage ?

— Oui, mais je suis sûr qu'avec les conseils de votre oncle et de votre tante, vous ferez un choix convenable auquel nous pourrons donner notre aval de tout cœur.

— Mon oncle et ma tante ? répéta Prudence, dont la joie retomba un peu. Ils sont au courant ?

— Naturellement. Mon premier souci à mon arrivée en Angleterre a été de vous localiser, et je me suis rendu directement chez votre oncle, dans le Sussex, en pensant que vous viviez sous son toit. Votre oncle et votre tante m'ont informé que vous viviez désormais à Londres. Bien sûr, ils n'auraient pas donné votre adresse à un parfait inconnu, sans connaître d'abord les raisons de cette visite. Ils sont enchantés de ce qui vous arrive, et ne tarderont pas à arriver à Londres pour vous prêter leur assistance.

— Leur assistance ?

Prudence n'aimait pas du tout la tournure que prenaient les événements. Un nœud se forma au creux de son estomac, comme chaque fois qu'elle pensait à tante Edith, obscurcissant la joie du moment présent.

— En quoi veulent-ils m'assister ?

— Pour votre introduction dans la bonne société, bien entendu. Votre tante fera fonction de chaperon.

Prudence étouffa un grognement de protestation. Tante Edith était bien la dernière personne qu'elle aurait choisie pour la chaperonner. À quatorze ans, après la mort de sa mère, elle était allée vivre chez le frère de celle-ci, qui avait une femme et deux filles. Pendant trois ans, les trois femmes de la maisonnée n'avaient cessé de lui rappeler qu'elle n'était qu'une parente pauvre, une enfant illégitime, un fardeau qu'elles supportaient par obligation. Finalement, sa situation était devenue si intolérable qu'elle avait décidé de partir à Londres pour y faire son chemin toute seule dans la vie.

— Est-ce que Mme Morris ne pourrait pas me servir de chaperon ?

Elle sut, au moment même où elle prononça ces paroles, que cette proposition n'était pas acceptable.

— Ma chère mademoiselle Bosworth, avec tout le respect que je dois à votre amie…

L'homme de loi s'interrompit pour faire un signe de tête aimable à la vieille dame, puis reprit :

— Vous devez faire un beau mariage. Pour cela, il faut que vous soyez introduite dans un échelon de la société qui n'est pas celui que vous êtes accoutumée à fréquenter. Votre oncle est squire, et votre tante est la cousine d'un baronnet. Ces relations vous ouvriront des portes.

Ce qu'il disait était sans doute vrai, mais Prudence résista tout de même, avec l'espoir de trouver une solution.

— J'aimerais faire un autre choix.

— Avez-vous d'autres relations ?

Elle songea aussitôt à son amie Emma, qui avait aussi vécu dans la pension de Mme Morris, jusqu'à son mariage le mois précédent. Emma avait épousé son patron, qui était vicomte.

— Je connais bien la vicomtesse Marlowe. C'est une de mes amies.

— Ma chère, vous savez bien qu'Emma et Marlowe passent leur lune de miel en Italie, murmura Mme Morris. Ils ne rentreront pas avant le mois de juin.

Prudence lança à M. Whitfield un regard plein d'attente.

— J'imagine que je ne peux pas patienter jusque-là pour faire mon entrée dans le monde ?

L'homme de loi fit un signe de tête négatif.

— Je vous le déconseille formellement. La saison londonienne tirera alors à sa fin, et vous n'avez qu'un an pour trouver un mari. Il y a aussi le problème des journaux. Les journalistes seront très vite au courant de votre situation. Vous ne pouvez espérer garder le secret. Dans quelques jours, on ne parlera plus que de vous, et toutes sortes de gens, dont la plupart ne seront pas très recommandables, chercheront à attirer votre attention. Comme vous êtes une jeune dame convenable, vous n'avez pas conscience des aspects les plus déplaisants de la nature humaine. Il faut que vous soyez protégée.

— Je vis seule depuis l'âge de dix-sept ans. J'en ai maintenant vingt-huit, et je ne pense pas avoir encore besoin de protection.

— Mademoiselle Bosworth, une énorme somme d'argent est en jeu, et l'argent est une chose très étrange. Il fait ressortir ce qu'il y a de pire chez les gens. Pour choisir votre futur époux, vous avez besoin de vous appuyer sur des personnes en qui vous avez toute confiance. Il faut que vous puissiez vous fier à leur jugement, et à leurs conseils.

Prudence n'avait nullement l'intention de se fier au jugement de tante Edith. Surtout pas pour choisir son mari ! Mais elle avait effectivement besoin d'un chaperon pour se montrer dans la bonne société, et oncle Stéphane avait toujours été bon avec elle.

— J'imagine que vous avez raison, concéda-t-elle, se résignant à l'inévitable. Après tout, c'est ma famille ; vivre avec eux est probablement le meilleur choix que je puisse faire. Du moins jusqu'au retour d'Emma, en juin.

— Si vous n'êtes pas mariée d'ici là, fit remarquer Mme Morris. Avec votre dot, les prétendants ne manqueront pas !

Le moral de Prudence remonta aussitôt.

— C'est vrai. Les gentlemen vont faire la queue devant ma porte, à présent !

— C'est encore plus vrai que vous ne le pensez ! déclara M. Whitfield. Et bien que je comprenne votre joie, je me sens obligé de vous mettre en garde, mademoiselle Bosworth. La richesse peut devenir un fardeau très lourd à porter.

— Un fardeau ?

Cette idée parut si absurde à Prudence qu'elle ne put contenir un rire, en dépit de la gravité de l'homme de loi.

— Comment la richesse pourrait-elle être autre chose qu'une bénédiction ? Avec l'argent, on peut tout faire. Toute ma vie, j'ai rêvé d'être riche !

L'avocat l'observa d'un air pensif et répondit :

— Il n'y a qu'une seule chose plus difficile à supporter qu'un rêve non réalisé, ma chère demoiselle, et c'est un rêve qui se réalise.

Prudence commença à avoir une petite idée de ce que M. Whitfield avait voulu dire dès le lendemain, en sortant de la messe, lorsque tante Edith arriva.

Maria et elle étaient dans leur logement, en train d'ôter leurs gants et leur manteau avant de descendre rejoindre les autres occupantes de la pension au salon, pour le thé du dimanche après-midi, quand Dorcas, la femme de chambre, leur annonça qu'Edith venait d'arriver.

— Cela n'a pas traîné, murmura Maria lorsque Dorcas fut ressortie. Elles ont dû prendre l'express.

Prudence fit la grimace tout en enlevant ses gants.

— Ma tante n'avait jamais été aussi pressée de me voir.

— Jusqu'à maintenant, répliqua Maria, d'un ton si sec que Prudence marqua une pause.

— À cause de l'argent, je suppose, admit-elle avec un soupir.

— Naturellement ! Ce n'est pas par affection pour toi !

Maria enfonça son épingle à chapeau argentée dans son bibi en feutre, et jeta ce dernier sur le lit.

— Non, dit doucement Prudence. Je le sais.

Maria se mordit la lèvre d'un air contrit.

— Je suis désolée. Je suis heureuse pour toi, bien sûr. Tu n'auras plus jamais besoin de travailler ni de compter sou par sou.

— À condition que je me marie. Et il n'est pas du tout certain que ça arrive.

— Oh ! tu trouveras quelqu'un ! Tu nous laisseras là, pour fréquenter les cercles huppés où tu rencontreras toutes sortes de gentlemen, et il y en aura bien un qui te plaira. À partir de maintenant, ta vie va être complètement différente. Tout va changer…

La voix de Maria se brisa, et elle tourna le dos à son amie.

— Les autres nous attendent pour prendre le thé, allons-y, ajouta-t-elle.

Maria se dirigea vers la porte, mais Prudence l'attrapa par le bras pour la retenir. C'était la première fois qu'elle avait l'occasion de discuter de la situation avec son amie. La veille, Maria avait encore servi dans un bal, et était rentrée très tard. Trop tard pour Prudence qui s'était couchée, exténuée, à dix heures du soir. C'était à peine si elle avait eu le temps de lui annoncer la grande nouvelle ce matin, sur le chemin de l'église.

— Maria, tout va changer pour le mieux. Je ne serai pas la seule à pouvoir m'arrêter de travailler.

Si je me marie et que j'hérite, je te donnerai une partie de cet argent. C'est comme ça ! ajouta-t-elle, comme son amie voulait protester. Je veux que tu aies ta part.

— Je ne veux pas de ton argent.

— Mais moi, je veux te le donner. Cela te constituera une dot ou bien un petit pécule, ou...

— Je te dis que je n'en veux pas ! s'écria Maria avec tant de véhémence que Prudence en fut interloquée.

— Mais pourquoi ? J'en aurai bien plus qu'il n'en faut.

— Ce n'est pas la question. La richesse est un poison. Elle... elle transforme les gens.

Cette phrase faisait écho à ce qu'avait dit M. Whitfield la veille, mais Prudence ne comprenait pas davantage ce qu'elle impliquait.

— Comment peux-tu dire cela ? Nous achetons chaque semaine des billets de loterie, en imaginant ce que nous ferions si nous avions un tas d'argent. Et maintenant, nous l'avons !

— Non, pas « nous ». *Tu* en as.

— Mais ce qui est à moi est à toi, rétorqua Prudence avec fermeté. Tu auras une partie de cet argent, un point c'est tout. Et je veux que nos amies en aient également. Lucy, Daisy, Miranda, et Mme Morris... Je veux que tout le monde à Little Russell Street ait sa part. Et j'en donnerai aussi aux bonnes œuvres.

— Oh ! Pru !

Maria se dégagea et alla s'asseoir au bord de son lit en soupirant.

— Tu ne peux pas distribuer ton argent à tous les gens qui en ont besoin. Ce n'est pas aussi simple. Tu ne le vois pas ?

— Bien sûr, je n'en donnerai qu'à ceux qui le méritent, répondit Prudence en allant s'asseoir sur son propre lit. J'y ai réfléchi toute la matinée, et j'ai quelques idées. Je veux en donner aux orphelins, et aux enfants illégitimes, et...

Elle fut interrompue par le bruit de la porte d'entrée. Une voix haut perchée résonna dans le hall.

— Prudence ?

Prudence poussa un grognement de contrariété, mais quand sa tante fit irruption dans la chambre, elle se leva pour l'accueillir.

— Prudence, te voilà ! s'exclama la vieille dame en lui tendant les bras. Ma chère Prudence !

— Tante Edith, murmura Prudence, en se laissant embrasser sur la joue. Quelle surprise !

— Je ne vois pas pourquoi tu es surprise. M. Whitfield devait t'informer de notre arrivée en ville.

— Mais il ne lui avait pas dit que vous preniez l'express de nuit, lança Maria d'une voix enjouée.

Prudence faillit éclater de rire, mais elle parvint à se contenir et toussota discrètement.

— Ma tante, je crois que vous connaissez Mlle Martingale ?

Le sourire d'Edith se figea.

— Naturellement. Il me semble que nous nous sommes rencontrées lors de ma dernière visite.

— Quelle merveilleuse mémoire vous avez, madame Feathergill ! s'exclama Maria. Vous rappeler une chose qui a eu lieu il y a si longtemps !

L'allusion était claire, et tante Edith se hérissa.

— Écoutez mon petit, je ne suis pas venue à Londres pendant quelques années, et j'ai de bonnes raisons pour cela. Je trouve vos insinuations...

— Voulez-vous prendre le thé avec nous, ma tante ? proposa Prudence, pour couper court à la prise de bec.

Au prix d'un effort visible, Edith se ressaisit.

— Le thé ? Oh ! non, ma chère, pas aujourd'hui ! Nous allons toutes les deux prendre le thé avec sir Robert et sa mère. Tu te souviens du cousin de Stéphane, sir Robert Ogilvie, et sa mère Millicent ? Ils ont passé tout un été chez nous, quand tu vivais sous notre toit.

— Oui, bien sûr, répondit poliment Prudence.

En fait, elle n'avait qu'un très vague souvenir de sir Robert et de sa mère, et elle doutait fort que ces derniers se souviennent d'elle, car ils n'avaient même pas répondu à ses lettres quand elle était arrivée à Londres, onze ans auparavant.

— Ils nous ont invitées à prendre le thé ?

— Oui. Sir Robert est devenu baronnet, tu sais. Il ne t'avait pas beaucoup impressionnée quand tu avais quinze ans, mais tu changeras peut-être d'avis quand tu le verras. C'est un très bel homme, et il est impatient de te revoir.

— Et pour cause..., marmonna Maria.

Comme Prudence lui lançait un regard implorant, elle ajouta d'un ton léger :

— Il vaut mieux que je descende, car les autres nous attendent pour le thé. Je les préviendrai que tu ne viendras pas, Pru. Si vous voulez bien m'excuser...

Elle esquissa une rapide révérence devant Edith, et s'échappa. Prudence la regarda partir avec une pointe d'envie.

— Quelle impertinente ! s'exclama Edith lorsque la porte se fut refermée. Est-elle toujours aussi directe ?

Prudence commençait à se rappeler très nettement les raisons pour lesquelles elle avait fui le Sussex.

— Maria est mon amie. Elle ne se soucie que de mon intérêt.

— C'est ce que nous faisons tous, ma chérie. Mais tu n'appréciais pas particulièrement mes conseils quand tu étais plus jeune. Tu étais tellement rebelle, à l'époque ! Tellement entêtée !

Prudence gardait un souvenir tout différent des trois années qu'elle avait passées dans la maison de son oncle, mais elle savait qu'il était inutile d'aborder ce genre de discussion maintenant.

— Seigneur ! Tu as vu l'heure ? reprit Edith en jetant un coup d'œil à la montre épinglée à son corsage. Il faut nous dépêcher. Nous avons tant de choses à faire.

— Vraiment ? s'enquit Prudence, heureuse de changer de sujet de conversation.

Edith désigna l'armoire.

— Tes robes sont rangées là, je suppose ?

Sans attendre de réponse, elle alla ouvrir l'armoire pour examiner les toilettes de Prudence et poussa un profond soupir.

— C'est bien ce que je pensais. Tu n'as pas une seule robe digne de ce nom.

Prudence, qui avait fait elle-même toutes les robes en question, pinça les lèvres, croisa les bras, et ne répondit pas.

— Ma chère enfant, poursuivit Edith en continuant d'inspecter la garde-robe, que fais-tu des deux livres et six pence que ton oncle t'envoie chaque trimestre ?

Je m'en sers pour me loger, et me nourrir. Des futilités de ce genre. Elle se mordit la lèvre.

Edith lui lança un coup d'œil.

— Cette robe en laine verte que tu as sur toi fera l'affaire pour aujourd'hui, je suppose. Mais il faut absolument que nous te fassions confectionner des toilettes convenables le plus rapidement possible. Par chance, même les couturières les plus en vue ont toujours une ou deux robes toutes faites disponibles dans leur atelier. Nous devrions pouvoir te trouver quelque chose de décent pour mardi soir.

— Mardi soir ?

— Oui, ma chère. Nous allons à l'opéra. Sir Robert nous invite dans sa loge. Il va falloir te trouver une robe pour cette occasion.

Elle sortit un tailleur de serge gris, l'examina, et le remit à sa place.

— Au moins, nous n'aurons pas besoin d'emporter tout cela dans des malles. Nous les enverrons directement aux bonnes œuvres.

Prudence était d'une nature placide, absolument pas sujette aux emportements, mais ces manières autoritaires lui étaient insupportables.

— Je n'ai pas l'intention de donner mes vêtements à des œuvres de charité !

À peine eut-elle prononcé ces mots, qu'elle se sentit un peu stupide, car elle avait déjà décidé de donner ses vieux vêtements.

Edith se tourna vers elle, l'air offensé.

— Naturellement, si tu préfères donner tes vieilles robes à tes amies, ma chère, fais comme il te plaît.

Prudence voulait que toutes ses amies aient aussi des robes neuves, mais elle décida de ne pas en dire un mot à sa tante. Elle détestait les disputes et ne tenait pas à se quereller avec Edith au bout de cinq minutes. Prenant une inspiration pour se calmer, elle ramassa les gants qu'elle avait enlevés peu auparavant.

— Vous avez raison, bien sûr, dit-elle en s'efforçant d'être gracieuse. Il faudra les donner.

Avec un sourire conciliant, Edith passa son bras sous celui de Prudence et l'entraîna hors de la chambre.

— Ton oncle est avec M. Whitfield pour mettre au point les arrangements pour le versement de ta rente. Oh ! et il cherche aussi à acheter un coupé ! En attendant, j'ai loué une voiture. Nous pourrons rendre plusieurs visites avant d'aller prendre le thé.

— Des visites ?

— Oui, mais il ne faut pas t'inquiéter, ajouta Edith en lui tapotant le bras. Aujourd'hui, nous ne rendrons visite qu'à mes filles.

— C'est un soulagement, murmura Prudence sans enthousiasme.

Elle prit son réticule, accroché au portemanteau. Beryl et Pearl étaient des personnes sinistres.

— Je craignais que nous n'allions voir des gens désagréables.

Par chance, tante Edith ne perçut pas le sarcasme.

— Le fait d'entrer dans la bonne société est toujours un peu usant pour les nerfs, mais essaye de te détendre. Ton oncle et moi prendrons bien soin de toi. Tu auras droit aux adresses les plus en vogue, aux meilleurs spectacles, et tu rencontreras les personnes les plus raffinées. Je ferai en sorte que tu sois présentée aux gens qui conviennent, ma chérie. À partir de maintenant, j'entends me consacrer entièrement à ton entrée dans le monde.

— Merveilleux !

Réprimant un soupir, Prudence referma la porte de l'appartement derrière elles. Le mois de juin était encore très loin, songea-t-elle en faisant tourner sa clé dans la serrure.

— Ton oncle trouvera une maison en ville pour nous, poursuivit Edith en s'engageant dans l'escalier. D'ici là, nous logerons au Savoy. J'ai demandé à ce que tu aies une chambre juste à côté de la mienne. Ce sera bien, n'est-ce pas ?

Prudence eut l'impression d'être un animal pris au piège.

— Je ne veux vous causer aucun souci, protesta-t-elle, désespérée. Je préférerais de loin rester ici.

— Ici ?

Tante Edith s'immobilisa à mi-chemin du palier et contempla l'escalier plongé dans la pénombre.

— Ne sois pas idiote ! s'exclama-t-elle avec un petit rire. C'est une pension.

— Une pension respectable.

— Très respectable, j'en suis sûre, mais tu es une riche héritière, à présent, Prudence. Tu ne peux pas rester seule ici. Si ton oncle et moi n'étions pas là pour veiller sur toi, tous les vauriens et coureurs de dot de Londres seraient déjà à ta porte !

Rhys passa le lundi à calculer ce que le duché lui rapportait, et le mardi à patauger dans le bourbier compliqué que représentaient les dettes de la famille De Winter. Quand il eut étudié les rapports des divers agents, banquiers et notaires, son moral était aussi bas que son compte bancaire, et il décida d'aller dîner au Clarendon. Là, il se consola avec un délicieux filet de bœuf et une excellente bouteille de bordeaux puis s'esquiva sans payer la note, une pratique dont il était coutumier depuis quelques années.

— Les aristocrates ne devraient jamais payer au Clarendon, expliqua-t-il à lord Standish, un peu plus tard à l'opéra. Nous devrions remercier le ciel pour la prétention de la bourgeoisie.

Standish, un de ses vieux compagnons d'Oxford, dont il était l'invité ce soir-là, se mit à rire.

— Qu'est-ce que la prétention de la bourgeoisie a à voir avec le fait que tu prennes tes repas gratis au Clarendon ?

— Tout ! répondit Rhys en prenant la coupe de champagne que lui proposait un valet. Les bourgeois n'iront jamais dîner dans un établissement qui n'est pas fréquenté par la noblesse. Et c'est une excellente chose pour nous qu'ils aient les moyens de payer. Sans eux, les restaurants seraient obligés de fermer, et nous ne pourrions plus dîner dehors.

Lord Weston, dont l'amitié avec Rhys remontait à l'enfance, lui lança un sourire désabusé.

— Seuls certains pairs du royaume peuvent encore se comporter ainsi à Londres de nos jours, St. Cyres. Le fait d'avoir un duc comme client donne à un établissement un cachet spécial. Hélas ! je ne suis que baron, et je ne m'en sors pas aussi bien que toi. Chaque fois que je fais mine d'oublier de régler ma note, ils me l'envoient chez moi.

— Raison de plus de ne pas avoir de chez soi ! répliqua Rhys.

Sa remarque fit rire tout le monde.

— Mais où vit-on, quand on n'a pas de chez soi ? demanda lord Standish, perplexe.

Standish avait toujours été le genre d'homme droit et scrupuleux qui n'envisageait pas un instant de dépenser plus d'argent qu'il n'en avait ou de ne pas régler sa note.

— C'est très simple, expliqua Rhys. Il faut voyager. Partir à l'étranger pour fuir ses dettes dans son pays. Puis revenir, pour fuir les dettes contractées à l'étranger. De cette façon, un type peut faire le tour du monde avec moins de cinq cents livres en poche.

Tout le monde rit encore, y compris Standish.

— Mais alors, où un gentleman vit-il quand il est en ville ? demanda le comte.

— Chez ses amis, naturellement ! s'exclama Rhys en donnant une tape dans le dos de Weston. Au fait, Wes, tu n'aurais pas une chambre libre ? Je ne peux demeurer plus longtemps chez Milbray. Son majordome est beaucoup trop courtois. Il a laissé entrer ma mère, il y a quelques jours. Ce fut horrible !

— Te loger chez moi ?

Weston secoua la tête en souriant.

— Pas question ! Je dois penser à la réputation de ma sœur.

— Tu n'as pas confiance en moi ?
— Pour ma sœur ? Pas la moindre.
Un gong résonna, informant l'assistance que le spectacle allait commencer. Les invités de Standish allèrent prendre place dans les sièges qui dominaient la scène et le parterre. Rhys s'apprêtait à les suivre, mais Weston l'arrêta.
— Tu t'es rendu dans le Nord, depuis ton retour ?
— Pour visiter mes propres domaines ? Seigneur ! Non. Je trouve ce genre de démarche déprimante et malsaine. Si tu me dis un jour que tu vas visiter tes domaines, Wes, je me ferai du souci pour toi.
La remarque ne fit pas rire Weston.
— J'ai vu le château de St. Cyres. Je suis allé chasser par là-bas avec Munro, à l'automne dernier. La bâtisse n'était pas... en très bonne condition.
— Exactement ce que je disais. Visiter ses maisons de campagne est excessivement déprimant.
— Rhys..., reprit Weston en soupirant. Tu connais les rumeurs qui courent la ville, je suppose ?
Le sourire de Rhys vacilla, mais il parvint à garder bonne contenance. Après tout, on attendait d'un gentleman qu'il sache faire bonne figure en toutes circonstances.
— Sais-tu que j'ai l'honneur de posséder deux titres de duc ?
Déconcerté par le brusque changement de sujet, Weston cligna les paupières.
— Deux titres ?
— Oui. Le lendemain de mon retour, le journal *Les Potins mondains* a décidé que j'étais non seulement le duc de St. Cyres, mais aussi le duc des Dettes. Et selon la *Gazette sociale,* on peut m'acheter au rabais. Ces journalistes londoniens sont tellement malins, ajouta-t-il en avalant une gorgée de champagne.

— Comment peux-tu prendre de telles choses à la légère ?

Rhys haussa les épaules.

— Il faut savoir garder le sens de l'humour.

— Plaisanterie mise à part, mon vieux, la situation est-elle aussi désespérée qu'on le dit ?

— Si elle était telle que les journalistes la décrivent, je fêterais ça. Malheureusement, c'est pire. Evelyn, qui non content d'être un salopard était aussi un triple idiot, n'a gardé que des biens fonciers. Comme si posséder des terres pouvait servir à quelque chose de nos jours !

— Il n'avait pas fait d'autres placements ? Pas d'investissements ? s'exclama Weston avec un étonnement compréhensible. Même mon père, vieux jeu comme il l'était, a placé un peu d'argent dans les mines de charbon de Newcastle, et les chemins de fer américains. Ce sont ces revenus qui nous sauvent de la ruine, à présent.

— C'est une chance pour toi. Pour ma part, je suis l'heureux propriétaire de quelques milliers d'hectares de terres hypothéquées. Mais j'ai décidé de voir le bon côté des choses. Je suis sûr que mes domaines sont les plus beaux de Grande-Bretagne. Pas la moindre mine de charbon ou ligne de chemin de fer pour gâcher la vue !

Weston lui posa la main sur le bras.

— Je suis désolé, Rhys. Vraiment. J'ai moi-même pas mal de biens hypothéqués, mais je pourrais sans doute obtenir un prêt, si tu as besoin de…

Rhys se détourna brusquement. La pitié était un sentiment qui lui faisait horreur. Il refusait d'en éprouver pour les autres et refusait plus encore d'en inspirer.

— Nous allons manquer le début.

— Manquer une minute de Wagner ? Ce serait un péché ! murmura Weston.

Toutefois, avec son tact coutumier, il laissa tomber le sujet.

Une fois assis, Rhys ne prêta pas grande attention au spectacle. Une profonde tristesse s'était abattue sur lui. Il avait beau plaisanter sur le fait qu'il dînait gratuitement au Clarendon et vivait aux crochets de ses amis, il ne pouvait ignorer le désespoir inéluctable qui teintait ses paroles.

Il avait toujours été cynique, croyant toujours au pire, car le pire se produisait souvent. Et en ce qui concernait les possessions de la famille, il avait toujours été assez pessimiste. Sept jours seulement après son retour en Angleterre, il devait admettre qu'il s'était trompé dans son évaluation de la situation. Celle-ci était bien plus catastrophique qu'il ne l'avait cru.

Si les rapports qu'il avait lus cet après-midi étaient exacts, Winter Park était le seul de ses domaines qui soit en bon état, et ce probablement parce que oncle Evelyn l'avait choisi comme principal lieu de résidence. C'était une demeure que Rhys détestait, la maison où Thomas et lui avaient passé ces vacances fatales, l'été de ses douze ans. Et il n'avait pas l'intention d'aller vivre là-bas à la fin de la saison. Mieux valait encore dormir dans la rue. Winter Park serait loué.

À ce qu'on lui avait dit, les autres domaines étaient en trop mauvais état pour être mis en location. Le château de St. Cyres était le plus abîmé de tous. Le manoir fortifié, qui appartenait à la famille depuis l'époque d'Edward Ier, était apparemment en ruine et déserté. On lui avait cependant assuré qu'il pourrait y vivre moyennant quelques réparations. Il faudrait environ cent mille livres pour remplacer le mobilier qui avait été vendu, réparer la toiture et les poutres pourries, refaire la plomberie, reconstruire les cottages des fermiers, labourer les terres, semer les prochaines récoltes, et régler toutes les sommes dues aux artisans du village.

Cent mille livres ? Quelle bonne blague ! Il ne pouvait même pas s'offrir un steak au Clarendon ! Il posa la tête contre le dossier de son fauteuil et ferma les yeux. Dominant la terrifiante musique de Wagner, il croyait entendre la voix de Laetitia. Et sous cette voix aiguë et dédaigneuse d'aristocrate perçait la même peur qui lui nouait l'estomac.

Qu'allez-vous faire ?

Il songea à tout l'argent qu'il lui faudrait bientôt débourser. Les droits de succession à payer au gouvernement pour le vieil Evelyn. Les intérêts du premier trimestre sur les terres hypothéquées des De Winter, qui étaient dus en juin. Les douaires, les rentes, les gages des domestiques, les factures des commerçants… la liste était interminable. Où allait-il prendre cet argent ? Il demanderait un nouveau crédit aux banques, mais il n'y avait pas la moindre chance qu'elles le lui accordent.

Une vague de frustration monta en lui. Il ne voulait pas de tout cela. Ni des titres ni des domaines, et encore moins des responsabilités qui allaient avec. Bon sang ! S'il avait voulu être duc de St. Cyres, il aurait tué Evelyn depuis longtemps. C'était tout ce que ce crétin méritait. Au lieu de quoi, ses diplômes d'Oxford en poche, il avait pris l'argent que son père lui avait laissé et sur lequel Evelyn n'avait pas pu mettre la main, et s'était enfui en Italie où il avait mené la grande vie. Jamais il n'avait regardé en arrière, ni songé à rentrer, pas plus qu'il ne s'était soucié de ce qui se passait chez lui. Jusqu'à maintenant.

Et maintenant, la misère le menaçait, comme la grande faucheuse. Mais à dire vrai, n'avait-elle pas toujours été là, à ses côtés ? N'était-ce pas pour cette raison qu'il avait mené si grand train, si longtemps, sans jamais penser aux conséquences, sans se préoccuper de ce qui l'attendait au bout du chemin ? Pendant son séjour à Florence, d'autres pairs du royaume, parmi lesquels Weston, lui avaient tenu compagnie. Ils s'amusaient eux aussi de devoir esquiver les notes au restaurant, de vivre aux crochets de leurs amis, et de partir à l'étranger pour tenter de fuir l'inéluctable, un avenir sans les revenus nécessaires pour maintenir leur position dans la société. Ils avaient la conviction absolue de faire partie de l'élite, mais n'avaient même pas les moyens de payer leurs repas. Rhys avait toujours su que c'était ce qui l'attendait lui aussi. Et chaque fois qu'un de ses amis s'était trouvé dans l'obligation de quitter l'Italie pour retourner s'occuper de ses affaires en Angleterre, la perspective que son tour viendrait l'avait poussé à dépenser son argent deux fois plus vite.

Quoi qu'il en soit, il ne regrettait rien. S'il avait été prudent et parcimonieux au cours de ces douze années, cela n'aurait rien changé à la montagne de dettes accumulées par ses prédécesseurs. Cela faisait au moins six générations que les ducs de St. Cyres vivaient comme lui sur leur capital, dilapidant leur argent en extravagances et, ce faisant, s'amusant comme des petits fous.

Mais le bal était maintenant terminé, et c'était lui qui devait payer la note.

Qu'allez-vous faire ?

Rhys ouvrit les yeux et étouffa un petit rire de dérision. Il n'y avait qu'une réponse possible à la question de Laetitia.

Il allait épouser une riche héritière, naturellement ; il savait depuis longtemps que c'était la seule solution. Les rapports qu'il avait lus aujourd'hui ne faisaient que souligner le caractère inéluctable de cette obligation.

Puisqu'il fallait en passer par là, autant avancer en besogne, décida-t-il. Il se redressa dans son fauteuil, tira ses jumelles de théâtre de la poche de sa veste de soirée, et déclara la chasse à la nouvelle duchesse de St. Cyres officiellement ouverte.

Il tenta de dissiper sa mélancolie en passant en revue les atouts qu'il détenait. Il était duc et, comme l'avait fait observer Weston, cela comptait encore pour quelque chose. Il était aussi conscient de l'attrait qu'il exerçait sur les femmes, et le pouvoir de séduction était une indéniable qualité quand on devait faire un mariage d'argent. Comble de chance, il était assis à côté de Cora Standish, une femme qui connaissait toute la société londonienne et pouvait le renseigner sur le statut financier et la position sociale de toutes les demoiselles présentes. S'il repérait un joli minois, Cora pourrait lui dire le nom et la dot qui allaient avec.

Il se mit à scruter les loges en face de lui, et son attention fut aussitôt attirée non par une héritière, mais par quelque chose de beaucoup plus étonnant. Vêtue d'une robe de soie rose au décolleté délicieux, parée d'une simple rangée de perles, se trouvait la ravissante jeune femme qu'il avait vue quelques jours plus tôt, en train de recoudre l'ourlet d'Alberta.

Depuis quand les couturières portaient-elles de la soie et des perles, et venaient-elles à l'opéra ? Rhys se pencha un peu en avant, en se disant qu'il avait dû se tromper.

Après l'avoir observée pendant plusieurs minutes, il fut certain qu'il n'y avait pas d'erreur. C'était bien elle. Une vague de désir l'enflamma, comme la première fois qu'il l'avait vue, agenouillée dans cette attitude faussement soumise. Il imagina qu'il glissait les doigts dans ses cheveux bruns.

Le désir se fit plus puissant, et il grimaça en changeant de position dans son fauteuil. Des pensées érotiques ne pouvaient mener nulle part. Pas avec ce genre de femme, et certainement pas en ce moment. Malgré tout, il ne put détacher ses yeux de la gracieuse créature.

Que faisait-elle ici ? Cette robe de soie était sans aucun doute empruntée à une dame, et ses perles provenaient vraisemblablement d'une usine de Manchester et non des huîtres, mais cela n'expliquait pas sa présence dans une loge de Covent Garden. La petite couturière aurait-elle décidé de s'embarquer dans une carrière plus lucrative ? Son regard glissa sur sa peau blanche et crémeuse, et s'arrêta sur le profond décolleté qui dévoilait la naissance de deux seins bombés. Rhys maudit son actuelle situation financière.

— Pour l'amour du ciel, qu'est-ce qui vous fascine autant ? s'exclama Cora en agitant son éventail. Ce doit être vraiment captivant, pour que vous ignoriez non seulement votre hôte et vos amis, mais aussi le spectacle !

S'efforçant de réprimer le désir qui lui embrasait les reins, Rhys inspira profondément, mais il ne put détacher les yeux de la ravissante jeune femme.

— Je déteste Wagner, expliqua-t-il. Les Walkyries me donnent la migraine. Et vous, je vous ignore parce que vous êtes mariée, ma chère, et que vous faites partie de ces rares personnes qui sont amoureuses de leur mari. Un mari qui ne vous quitte pas d'une semelle, et qui est d'une jalousie assommante ! De plus, comme Standish est décidé à faire des économies ces temps-ci, vous ne pouvez même pas m'avancer de l'argent.

— Donc, vous tournez votre attention vers quelqu'un de plus intéressant. Une riche héritière, je présume ?

Il fit remonter son regard des seins de Mlle Bosworth jusque sur son visage. Ce n'était pas une beauté, mais elle était plutôt jolie avec ses joues rondes, son nez retroussé, et sa bouche sensuelle. Mais si elle avait vraiment l'intention de devenir courtisane, ce seraient ses yeux qui feraient son succès. Ces grands yeux sombres et doux.

— À mon grand regret, la jeune femme en question n'est pas une héritière.

— Vous m'intriguez. Montrez-la-moi.

— Juste en face de nous. La deuxième loge à droite. Des cheveux sombres, une robe de soie rose pâle et un rang de perles.

Armée de ses jumelles de théâtre, lady Standish scruta les loges qui se trouvaient en face d'eux, et poussa un petit cri de triomphe.

— Vous êtes un plaisantin, St. Cyres ! Vous prétendez ne pas vous intéresser à une héritière, alors que vous visez la plus riche de toutes celles qui se trouvent dans cette salle !

— Je vous demande pardon ?

— Celle que vous contemplez avec autant d'attention est Mlle Prudence Abernathy, la fille de ce célèbre millionnaire américain.

Rhys se mit à rire.

— Vous devez confondre, Cora ! Elle ne s'appelle pas Abernathy. Son nom est Bosworth, et ce n'est pas la fille d'un millionnaire. Elle est couturière.

— Elle *l'était,* mon cher. Mais elle est aussi la fille illégitime de Henry Abernathy. Vous avez entendu parler des Grands Magasins Abernathy, je suppose ?

Rhys décida de ne pas la contredire.

— Comment savez-vous tout cela ?

— Parce que j'ai vu moi-même cette jeune fille chez Madame Marceau, cet après-midi.

— C'est bien ce que je dis. Elle travaille pour Madame Marceau.

— Comment pouvez-vous connaître toutes les petites mains employées par les couturières de la ville, St. Cyres ? Cela me dépasse !

— J'ai consacré une vie entière à l'étude des vêtements féminins, répliqua-t-il avec un sourire coquin.

— Afin d'apprendre à les enlever rapidement, sans doute ? rétorqua-t-elle d'un ton sec. Quoi qu'il en soit, elle n'était pas là-bas pour travailler, croyez-moi. Sa tante l'accompagnait, et elle commandait des toilettes. Madame Marceau était dans un état d'agitation indescriptible, et elle se mettait en quatre pour lui faire plaisir. Une de mes amies, lady Marley, les accompagnait. C'est une vague relation de sa tante, et elle connaît leur cousin, sir Robert Quelque-chose. Je crois qu'il est baronnet. Elle nous a présentées, et après le départ de la jeune fille, elle m'a raconté toute l'histoire.

Impatiente de lui révéler les derniers cancans de la ville, Cora se pencha vers lui.

— Henry Abernathy, le père de la jeune fille, n'a pas toujours été aussi riche. C'était un fermier du Yorkshire, son nom était Bosworth, et il avait séduit la fille du squire local.

— Oh ! comme c'est vilain !

— Très vilain. Elle s'est retrouvée enceinte, chuchota Cora.

— Ah ! De notre héritière, je présume ?

Cora acquiesça d'un mouvement de tête, et il ajouta :

— Je suppose que le squire n'avait pas de dot à offrir à sa fille enceinte ?

— Exactement. Les revenus fonciers du squire Feathergill ne s'élevaient pas à plus de quelques centaines de livres par an. Alors, au lieu de se conduire honorablement et d'épouser la fille, Bosworth s'est enfui en Amérique. Là-bas, il a pris le nom d'Abernathy et a épousé une riche héritière new-yorkaise.

— C'était un malin, remarqua Rhys d'un air approbateur.

— La mère de la jeune fille est morte il y a quelques années, et sa fille alla vivre avec la famille de son oncle pendant quelque temps. L'oncle avait hérité du domaine de son père, mais la famille n'était toujours pas très à l'aise financièrement. Aussi la fille décida-t-elle de venir à Londres et de gagner sa vie comme couturière.

— Cela ressemble à l'une de ces histoires que les dames écrivains racontent dans leurs romans à l'eau de rose.

— En effet. Mais de plus en plus de jeunes filles vivent ainsi, de nos jours. On les appelle des « jeunes femmes célibataires ». C'est une idée scandaleuse ! Bref, le père fit fortune avec ses grands magasins. Il est mort récemment, en laissant toute sa fortune à sa fille naturelle.

Rhys croisa les mains.

— Combien de pennies, Cora ?

— À ce qu'on dit, ses revenus seraient supérieurs à un million de livres par an.

Il secoua la tête, stupéfait.

— Seigneur ! Même moi, je serais incapable de dépenser autant d'argent dans l'année.

— Il y a cependant un hic, et c'est ce détail qui risque de vous intéresser, mon cher. Il faut qu'elle se marie pour pouvoir toucher son héritage.

Rhys revit ces grands yeux bruns se posant sur lui avec un air d'adoration, et la tristesse qui l'accablait se dissipa un peu. Il reprit ses jumelles pour observer de nouveau Mlle Bosworth-Abernathy, et la trouva encore plus appétissante.

— Vous avez bien dit plus d'un million de livres, Cora ? murmura-t-il. Voyez-vous cela…

4

Un certain duc et une certaine héritière aperçus en tête à tête à l'opéra. Qu'est-ce que cela veut dire ? Une romance est-elle en train de s'épanouir à Covent Garden ?

Les Potins mondains, *1894*

Prudence n'était pas sûre d'aimer l'opéra. Elle aimait bien les revues de music-hall, gaies et entraînantes, ou les opérettes de Gilbert et Sullivan, mais la représentation de ce soir n'avait rien à voir avec tout cela. L'atmosphère était sombre et pesante, et l'entracte fut le bienvenu.

À l'instant où le rideau retomba et où les lumières s'allumèrent, elle se pencha sur son siège pour examiner la salle. Éclairés par de riches appliques de cristal que l'électricité faisait scintiller de mille feux, et installés dans des loges luxueuses, se trouvaient les dames aux toilettes élégantes, et les gentlemen en habit de soirée.

C'était donc ainsi que vivaient les riches, songea-t-elle, fascinée. Elle avait encore du mal à croire qu'elle faisait désormais partie de ce cercle de privilégiés. Depuis deux jours, elle logeait dans une luxueuse chambre du Savoy, décorée de blanc et d'or. Elle disposait d'une salle de bains en marbre pour elle toute seule, et on changeait ses draps tous les jours. Elle portait des robes de soie, prenait ses repas dans les plus grands restaurants, achetait des bijoux, baguenaudait dans les rues de Londres dans un coupé aux sièges de cuir rouge, et rendait visite à des personnes que sa tante qualifiait de « gens bien ». Pourtant, la situation lui paraissait toujours irréelle.

Au-dessous des balcons, elle vit les gens se diriger vers le foyer, et elle décida de les imiter.

— Je vais faire un tour en bas, annonça-t-elle en se levant.

Tous ceux qui l'entouraient se levèrent aussitôt.

— Excellente idée, ma cousine, dit Robert en lui offrant son bras. Nous avons tous besoin de nous dégourdir les jambes.

Elle descendit avec Robert et sa mère. Tante Edith et oncle Stéphane leur emboîtèrent le pas, et Prudence se demanda avec exaspération s'ils allaient continuer de la couver ainsi toute la saison. Cela faisait deux jours qu'ils l'entouraient avec assiduité, et elle avait déjà l'impression d'étouffer.

— Voulez-vous un rafraîchissement ? proposa Robert quand ils atteignirent le foyer envahi par une foule dense. Je vais aller vous chercher un verre de limonade.

— Merci, mais cela ne me dit rien. Je préférerais du champagne.

— Du champagne ? s'exclama tante Edith d'une voix stridente. Oh non, ma chère Prudence ! Tu n'as pas l'habitude de boire de l'alcool, et tu risques de te réveiller demain avec un affreux mal de tête. Un verre de limonade, ce sera très bien, Robert.

L'exaspération de Prudence augmenta. Pour l'amour du ciel, elle n'avait plus seize ans ! Elle ouvrait la bouche pour réclamer sa coupe de champagne, lorsqu'elle aperçut un homme dans la foule. Elle oublia aussitôt ce qu'elle s'apprêtait à dire.

C'était lui !

Elle aurait reconnu entre mille la silhouette bien découplée et la chevelure cuivrée du duc de St. Cyres. Il se trouvait face à elle, entouré d'un groupe d'amis.

Tante Edith proposa d'aller faire un tour dans le vestiaire des dames. Millicent approuva sa suggestion, mais Prudence avait la ferme intention de rester où elle était.

— Allez-y, je vous en prie, dit-elle aux deux femmes. Je vous attends ici.

Oncle Stéphane intervint pour dire qu'il espérait qu'elles ne seraient pas trop longues, car il aurait aimé aller fumer une pipe avant la fin de l'entracte.

— Inutile d'attendre qu'elles reviennent, dit Prudence sans lâcher le duc des yeux. Allez fumer votre pipe, mon oncle.

— Non, non, protesta-t-il sans conviction. Je ne peux pas te laisser seule ici.

— Ne vous inquiétez pas pour cela. Robert sera de retour dans un instant. En attendant, je vous promets de ne pas bouger d'ici. Allez-y.

Oncle Stéphane ne se le fit pas dire deux fois, et gagna vivement le fumoir. Prudence se retrouva enfin seule. Elle continua d'observer le duc tandis qu'il bavardait avec ses amis. L'un d'eux dit quelque chose qui le fit sourire, et elle éprouva une sensation tout à fait étrange. Elle eut l'impression que son estomac se soulevait, un peu comme lorsqu'elle était montée dans un de ces nouveaux ascenseurs.

Soudain, le regard du duc changea de direction, et il la vit. Ses yeux se fixèrent sur elle, et Prudence se figea. Elle se trouva incapable de bouger, de respirer. Se souvenait-il d'elle ? Sûrement pas ; un duc ne faisait pas attention à une petite couturière. Cependant, il ne se détourna pas, et une légère ride se forma entre ses sourcils, comme s'il essayait de se rappeler où il l'avait déjà vue.

Puis il murmura quelques paroles d'excuses et quitta le cercle de ses amis, se frayant un chemin dans la foule pour s'approcher d'elle. Prudence éprouva un élan de joie, suivi presque aussitôt par une vague de panique. Quand il parvint enfin à sa hauteur, son cœur battait si fort qu'elle en était étourdie.

Elle ne s'était pas rendu compte qu'il était si grand. Malgré ses hauts talons, elle lui arrivait à peine au menton. Son physique imposant ne fit rien pour calmer sa nervosité.

— Ça par exemple ! Mademoiselle Bosworth ! s'exclama-t-il.

Avant qu'elle ait eu la présence d'esprit de répondre, il lui prit la main et approcha les doigts de ses lèvres sans toutefois poser celles-ci sur son gant de soie, comme il était convenable.

— Quelle merveilleuse surprise ! ajouta-t-il en lui relâchant la main. Je pensais ne jamais vous revoir.

Il avait donc pensé à elle ? Une délicieuse chaleur se répandit dans le corps de Prudence, s'ajoutant au tourbillon d'émotions qu'elle éprouvait.

— Bonjour.

Elle aurait aimé trouver quelque chose de charmant et de spirituel à dire, mais ce fut le seul mot qu'elle put articuler. Sa gorge était nouée, et elle était paralysée par le plaisir que lui procurait sa présence. Était-il vraiment content de la voir ? Elle ne pouvait y croire.

— J'espère que vous n'avez pas eu à subir les scènes d'Alberta, ce soir, dit-il avec une lueur taquine dans ses beaux yeux verts. Si elle vous maltraite de nouveau dites-le-moi, et je volerai à votre secours.

Prudence comprit qu'il ignorait encore qu'elle venait d'hériter. La vague de chaleur se répandit plus profondément, s'étendant à tous ses membres.

— Quelle offre courageuse ! dit-elle avec nonchalance, comme si elle bavardait tous les jours avec des ducs. Mais ce ne sera pas nécessaire. Je suis venue pour le spectacle, précisa-t-elle en désignant l'escalier à sa gauche. Mes cousins ont une loge.

— Une loge ? Mais pourtant, une couturière…

Il s'interrompit et détourna les yeux, l'air un peu embarrassé.

— En effet, une couturière n'a pas les moyens de s'offrir une loge. Elle ne peut aller qu'au poulailler, n'est-ce pas ? Et encore.

St. Cyres rajusta sa cravate, comme un écolier qui se fait réprimander.

— Désolé, marmonna-t-il. Vous devez me trouver terriblement snob.

— Non, votre réaction est tout à fait compréhensible, étant donné les circonstances dans lesquelles nous nous sommes rencontrés. Mais voyez-vous, ma situation a changé depuis…

Elle se tut, répugnant un peu à s'expliquer. Quand il apprendrait qu'elle avait hérité, il découvrirait aussi qu'elle était une enfant illégitime et alors, son attitude changerait. Après tout, il était duc et pour les gens de son rang, la légitimité était capitale. Tôt ou tard, il apprendrait la vérité, c'était inévitable, mais elle décida de retarder ce moment le plus longtemps possible.

— J'étais un peu brouillée avec la famille de ma mère, dit-elle, contournant la question. Nous faisons en sorte de nous réconcilier.

À son grand soulagement, il ne lui posa pas de questions embarrassantes.

— Les familles, c'est une drôle d'histoire. Mais je vous souhaite de réussir, mademoiselle Bosworth.

Quoique, pour ma part… je ne crois pas que Wagner puisse me rendre plus aimable ou plus indulgent. Qu'en pensez-vous ?

Elle fit la grimace et il éclata de rire, renversant la tête en arrière.

— Je vois que Wagner n'est pas non plus à votre goût.

Son rire était grave, sonore, et Prudence rit aussi.

— C'est peut-être parce que je ne comprends pas ce qu'ils disent. Je ne parle pas allemand.

— Parlez-vous italien ?

— Hélas ! non. En revanche, je connais un peu le français. Ma mère me l'a enseigné quand j'étais petite.

— Je vous pose cette question, car je pense que l'opéra italien vous plairait beaucoup plus que l'opéra allemand, dit-il en se rapprochant d'elle. C'est la dernière représentation de Wagner, ce soir. Les représentations d'*Aïda* de Verdi commenceront dans deux jours. Si vous y assistez, je me ferai un plaisir de vous servir de traducteur.

Le cœur de Prudence fit un bond.

— Merci. Je vous…

— Prudence !

Elle réprima un grognement de contrariété en entendant la voix de sa tante. Ce n'était vraiment pas le moment !

St. Cyres se contenta de sourire en reculant d'un pas, mettant entre eux une distance plus convenable. Tante Edith et cousine Millicent fondirent sur eux.

— Qu'est-ce que je vois ? s'exclama Edith. La nouvelle mode à Londres est-elle d'accoster les jeunes femmes sans chaperon, monsieur ? Je n'ai jamais vu…

— Tante Edith, puis-je vous présenter le duc de St. Cyres ? Monsieur le duc, voici ma tante,

Mme Feathergill, et ma cousine au deuxième degré, lady Ogilvie.

— Oh ! je ne... c'est-à-dire..., bredouilla Edith.

Puis, laissant fuser un petit rire gêné, elle enchaîna :

— J'ignorais que tu connaissais un duc, ma chère Prudence. Tu évolues dans les plus hauts rangs de la société...

Millicent et Edith firent une profonde révérence. Le duc s'inclina respectueusement et adressa un clin d'œil espiègle à Prudence.

— J'ai fait la connaissance de votre nièce dans un bal, madame Feathergill.

— Vraiment ? C'est merveilleux. Prudence, où est ton oncle ? Encore en train de fumer son horrible pipe, je suppose. Je ne comprends pas qu'il t'ait laissée seule ici.

Prudence aurait bien aimé que sa tante et Millicent suivent l'exemple d'oncle Stéphane.

— Monsieur le duc, dit-elle, revenant au précédent sujet de conversation. Vous me parliez de l'opéra italien ?

— Voilà, voilà ! lança la voix enjouée de Robert, avant que le duc ait pu répondre. Des rafraîchissements pour ces dames.

Prudence jeta un bref coup d'œil aux quatre verres de limonade, et en prit un avec un sourire figé.

— Merci, Robert.

— C'est un plaisir, Prudence.

Il lança un coup d'œil au duc, et son expression changea brusquement, comme s'il venait de respirer une mauvaise odeur.

— St. Cyres, dit-il avec raideur. J'ignorais que vous connaissiez ma cousine.

— Sir Robert. Attention, mon vieux, ajouta Rhys en désignant les verres d'un signe de tête. Vous renversez de la limonade sur vos gants. Dépêchez-vous de distribuer ces verres avant d'en renverser davantage.

— Oh ! en effet…

Robert se tourna, et le duc vint se placer à côté de Prudence, la séparant du groupe.

— Où en étions-nous ? murmura-t-il.

— L'opéra italien.

— Ah ! oui ! L'opéra. Un sujet fascinant.

Il se pencha vers elle, et le camélia accroché à sa boutonnière effleura le bras nu de Prudence, la faisant frissonner. Elle but une gorgée de limonade et grimaça.

— Vous adorez la limonade, n'est-ce pas ? demanda-t-il en riant doucement.

— Je la déteste, admit-elle. Surtout quand elle est tiède. Je voulais du champagne, mais ma tante a dit non. Elle craint sans doute que je m'enivre et que je lui fasse honte.

— J'aimerais voir ça.

— Vous aimeriez que je lui fasse honte ?

— Non. J'aimerais vous voir ivre, murmura-t-il avec un léger sourire.

Il avait dit ces mots à voix basse, leur donnant un caractère étrangement coquin. Prudence sentit ses joues s'enflammer.

Un gong retentit, signalant que l'entracte était presque terminé. Tante Edith se précipita vers Prudence.

— Il faut regagner nos sièges, annonça-t-elle en lui prenant le bras comme pour l'entraîner avec elle.

Prudence ne fit pas mine de la suivre.

— Nous avons encore le temps, protesta-t-elle, espérant gagner quelques précieuses minutes supplémentaires en compagnie de St. Cyres.

— Je ne crois pas, ma chérie. Monsieur le duc, vous nous pardonnerez ?

— Naturellement. Je dois moi-même regagner la loge, avant que mes amis ne se demandent ce que je suis devenu.

Prudence éprouva un pincement de déception et baissa les yeux pour cacher sa déconvenue.

— Bien sûr, murmura-t-elle.

Levant le menton, elle s'efforça d'afficher une indifférence qu'elle était loin de ressentir.

— J'ai été ravie de vous revoir.

— Tout le plaisir a été pour moi, mademoiselle Bosworth. Lady Ogilvie, madame Feathergill, sir Robert. Je vous souhaite une bonne soirée.

Il leur tourna le dos et s'éloigna. Après l'avoir regardé un moment, Prudence suivit tante Edith.

— Tu vois, Prudence ? C'est exactement ce que je te disais l'autre jour, déclara Edith en montant l'escalier. Il a suffi que nous te laissions seule un instant, pour qu'aussitôt des vauriens coureurs de dot se jettent sur toi.

— Ce n'est pas vrai ! protesta énergiquement Prudence. Le duc est un parfait gentleman.

— Je ne suis pas étonnée que tu le croies, ma chère. Tu es tellement innocente ! Mais je suis une femme d'expérience, et je connais ce genre d'homme. Il cherche une proie.

— Votre tante a raison, dit Robert, qui les suivait. Cet homme est un vaurien de la pire espèce. Maman et moi avons fait sa connaissance en Italie, il y a quelques années. Vous vous rappelez, maman ?

— Certainement, répondit Millicent, un peu essoufflée par l'ascension des marches. Vous ne pouvez pas savoir toutes les histoires que nous avons entendues à son sujet. Il organisait des réceptions dans sa villa, où les gens s'enivraient et se baignaient nus dans les fontaines avec des comtesses russes. Et encore d'autres choses, tout aussi scandaleuses.

Prudence se dit que si elle avait été réellement vertueuse, elle aurait désapprouvé un tel comportement. À vrai dire, elle aurait bien aimé pouvoir nager nue dans une fontaine, elle aussi. Cela devait être merveilleux.

— Et il est sérieusement endetté, poursuivit Robert. Des milliers et des milliers de livres, d'après ce que j'ai entendu.

— En cela, il n'est pas différent des autres pairs du royaume, répliqua Prudence. Il me semble d'ailleurs que vous avez vous aussi quelques dettes, Robert.

Son cousin fit la moue, et garda le silence.

Tante Edith ne se laissa cependant pas clouer le bec aussi facilement.

— La situation de Robert est totalement différente, déclara-t-elle en pénétrant dans la loge. Il fait partie de la famille. Ah ! Stéphane, vous êtes là ! ajouta-t-elle en voyant son mari se lever à leur entrée. Comment avez-vous pu laisser Prudence seule dans le foyer ?

Sans attendre de réponse, elle reporta son attention sur sa nièce.

— En dehors des considérations financières, il faut songer à la position sociale. St. Cyres est duc, et donc d'un rang beaucoup trop élevé pour toi. Ce serait une union très mal assortie.

— Que dites-vous ? Vous parlez d'un duc ? demanda Stéphane, l'air ahuri.

— Demandez à votre nièce. Elle le connaît déjà ; elle l'a rencontré dans une réception. Vous ne trouvez pas ça extraordinaire ?

— J'ai eu l'occasion de faire la connaissance du duc de St. Cyres il y a quelques jours, expliqua Prudence en regagnant son fauteuil. Il m'a fait la cour tout à l'heure, dans le foyer.

Stéphane siffla doucement.

— Cela n'a pas traîné.

— Exactement, lança Edith en s'asseyant à côté de Prudence. De toute évidence, il en veut à sa dot.

— Naturellement. Il n'est pas envisageable qu'il soit simplement attiré par moi ! répliqua Prudence, piquée au vif. Vous lui prêtez les sentiments les plus vils, mais je refuse de porter un jugement aussi hâtif sur lui !

— Calme-toi, Prudence, intervint oncle Stéphane. Nous sommes ta famille, et nous ne nous préoccupons que de ton intérêt. St. Cyres est un mauvais sujet, ce n'est pas du tout la compagnie rêvée pour une jeune fille. Quant à épouser cet homme, Edith a raison. C'est hors de question.

— C'est à moi de décider qui j'épouserai, il me semble !

— Inutile d'élever la voix, ma chérie, répondit Edith en prenant un air de chien battu. Nous ne songeons qu'à ton bonheur.

Prudence pressa le bout de ses doigts sur ses tempes, en se disant qu'elle avait encore douze semaines à attendre, avant le mois de juin.

— Ne nous querellons plus, dit-elle. De toute façon, il est beaucoup trop tôt pour parler de mariage.

Tout le monde opina, mais Prudence continua de penser au duc. Sa famille avait raison de voir d'un mauvais œil une idylle entre elle et St. Cyres. Un duc ne prendrait jamais comme épouse une femme dont les parents ne s'étaient pas mariés, et qui avait été pendant plusieurs années ouvrière dans un atelier de couture. Pourtant, il l'avait reconnue et avait faussé compagnie à ses amis pour venir lui parler. Le fait qu'il l'ait appelée « Mlle Bosworth » était la preuve qu'il ignorait tout de son récent héritage. De plus, il avait déjà démontré par son comportement qu'il était galant et attentionné. Sa famille était bien décidée à le voir sous le pire jour possible, mais elle était plus nuancée.

Et bien sûr, il y avait le fait qu'il soit aussi séduisant. Elle se mordit la lèvre et fixa son verre de limonade tiède en songeant aux paroles qu'il avait prononcées.

J'aimerais vous voir ivre.

Elle ne comprenait vraiment pas pourquoi il avait dit une chose aussi étrange. Quand elle rentrait de l'atelier à pied, par de belles soirées d'été, il lui arrivait de voir des hommes ivres tituber le long des trottoirs ou d'apercevoir par les portes entrouvertes les clients des tavernes, chantant à tue-tête. L'ivresse ne lui semblait pas du tout être un état enviable.

Toutefois, quand elle repensait à ce qu'il avait dit, elle regrettait que ses paroles n'aient pas été enregistrées par un de ces gramophones inventés par M. Berliner. Ainsi, elle aurait pu revivre ce moment quand elle l'aurait voulu, entendre de nouveau cette étrange douceur dans sa voix qui l'avait fait rougir jusqu'à la racine des cheveux.

— Je vous prie de m'excuser, monsieur.

Une voix derrière elle tira Prudence de ses rêveries. Elle se retourna et vit un valet en livrée qui se tenait à l'entrée de la loge avec un plateau, des coupes en cristal, et un seau contenant une bouteille de champagne.

— On m'a demandé de vous remettre ceci.

— Ce doit être une erreur ! s'exclama oncle Stéphane, alors que le valet déposait le plateau sur la table. Nous n'avons rien commandé.

— Avec les compliments de Sa Seigneurie le duc de St. Cyres, expliqua le valet en faisant sauter le bouchon.

Il versa le vin doré et pétillant dans les verres et servit Prudence la première, en lui remettant une petite enveloppe blanche avec sa coupe.

— Pour Mlle Bosworth, de la part de M. le duc.

Prudence saisit l'enveloppe avant que sa tante ait

pu l'en empêcher. Posant sa coupe de côté, elle brisa le cachet de cire et lut le message.

Mademoiselle Bosworth, il n'y a qu'une chose plus triste qu'un opéra allemand, c'est la limonade.
Votre serviteur, St. Cyres

Prudence lut la missive trois fois, en faisant courir ses doigts sur l'écriture ferme, puis replia la lettre à regret et la rangea dans son sac de soirée.

— Il est extrêmement prévenant, dit-elle avec un sourire en croisant le regard aigre de sa tante.

Elle prit sa coupe, but une gorgée de champagne frais, et trouva cela aussi délicieux qu'on le disait. Une pensée encore plus délicieuse occupait toutefois son esprit.

Sortant ses jumelles de sa poche, elle s'en servit pour observer les loges, de l'autre côté de la salle.

Elle le trouva presque aussitôt, comme si un lien spécial et mystérieux s'était formé entre eux, lui permettant de savoir instinctivement où il se trouvait, et éprouva un léger choc en s'apercevant qu'il la regardait aussi. Renversé dans son fauteuil, ses jumelles repliées dans une main, sa coupe de champagne dans l'autre, il avait les yeux fixés sur elle. Il esquissa un sourire. Prudence en ressentit un plaisir si intense qu'elle eut le souffle coupé.

Elle reposa ses jumelles et leva sa coupe de champagne pour le remercier de son attention. Il leva sa coupe lui aussi. Ils burent en même temps, et elle se sentit un peu étourdie, comme si elle avait absorbé tout le contenu de la bouteille et pas seulement deux gorgées.

Les lumières s'éteignirent alors et le spectacle reprit, mettant fin à ces instants magiques. Prudence reporta son regard sur la scène, mais tout son esprit était occupé par le duc. La musique s'éleva, emplissant le théâtre, mais elle n'entendit que le murmure de son propre espoir.

Si seulement…

Elle pressa les doigts contre ses lèvres. Il était impossible qu'un duc aussi séduisant puisse tomber amoureux d'une vieille fille rondelette, au physique banal, aux doigts abîmés par les travaux d'aiguille, et avec dans les veines le sang d'ancêtres campagnards du Yorkshire.

Oui, c'était impossible. Pourtant, assise dans l'obscurité du théâtre, elle ne pouvait s'empêcher de l'imaginer.

5

La toute nouvelle héritière londonienne manifeste un profond intérêt pour l'art. Par une heureuse coïncidence, certains célibataires, parmi les meilleurs partis de Londres, partagent son enthousiasme.

La Gazette sociale, *1894*

Rhys prit un des journaux dans la pile à côté de son assiette d'œufs au bacon, et grimaça aussitôt. *Les Potins mondains* ! Une misérable tentative journalistique qui lui faisait regretter de ne pas posséder de perroquet. Ce genre de journal était parfait pour recueillir les déjections de ces volatiles domestiques.

Toutefois, à son grand soulagement, le journal à sensations londonien était bien trop occupé à donner des nouvelles de Mlle Prudence Abernathy pour faire des remarques narquoises sur la situation financière et le comportement scandaleux d'un certain duc. L'article sur la « couturière devenue héritière » reprenait à peu près ce que Cora lui avait raconté la veille, mais en omettant son illégitimité et en faisant allusion à une enfance de rêve dans le Yorkshire, ce sur quoi Rhys avait des doutes. Les enfants illégitimes n'avaient jamais eu la vie facile, et l'enfance était rarement un paradis. C'était le plus souvent une torture, dont il fallait toute une vie pour se remettre. Mais l'enfer qu'il avait lui-même connu dans sa jeunesse avait peut-être déformé sa façon de considérer la question.

Le journal s'étendait aussi longuement sur les jours heureux qu'elle avait passés dans le Sussex, chez son oncle et sa tante, après la mort de sa mère. L'article prétendait que la famille de sa mère avait veillé sur elle avec bonté et générosité, et cela incitait d'autant plus Rhys à considérer ce compte rendu de sa vie d'un œil désapprobateur. Elle avait fait allusion la veille à une réconciliation avec la famille de sa mère ; or, si sa vie chez les Feathergill avait été aussi heureuse que le disaient les journalistes, aucune « réconciliation » n'aurait été nécessaire. En outre, il avait fait la connaissance de sa tante. La bonté et la générosité ne semblaient pas être ses qualités premières.

Tous les journaux n'étalaient pas dans leurs colonnes autant de commentaires sirupeux concernant Mlle Abernathy et sa famille, mais il savait que continuer de lire ce qui la concernait ne ferait pas avancer sa propre cause. Aussi, quand son valet entra dans la salle du petit déjeuner quelques minutes plus tard, délaissa-t-il volontiers la lecture des quotidiens dans l'espoir d'obtenir des renseignements plus utiles.

— Eh bien, Fane, avez-vous découvert quels sont les projets de Mlle Abernathy pour la journée ?

— Elle a l'intention de visiter la National Gallery cet après-midi, monsieur. Il y a une exposition de peintres français en ce moment, et Mlle Abernathy, à ce qu'on m'a dit, s'intéresse à l'art.

— La National Gallery ? Vous en êtes sûr ? s'exclama-t-il, sceptique.

Comment une ancienne couturière pouvait-elle décider de passer son temps à admirer des tableaux ?

— Oui, monsieur, répliqua Fane, visiblement offensé par la réaction de son maître.

— Pardonnez-moi, mon vieux. Mais je suis stupéfié par la facilité avec laquelle vous découvrez ce genre d'information.

Son valet toussota discrètement.

— Il se trouve que j'ai rencontré Mlle Nancy Woddell, la nouvelle femme de chambre de Mlle Abernathy, dans la lingerie du Savoy. Nous partageons la même opinion, monsieur, à savoir que le blanchissage des vêtements de nos employeurs doit se faire sous notre surveillance.

— Je suis enchanté de l'apprendre. Et je serais encore plus heureux si j'avais réellement les moyens de résider au Savoy. Mais continuez.

— Une fois notre tâche terminée, Mlle Woddell et moi avons pu prendre l'ascenseur de service ensemble. Nous découvrîmes alors, avec surprise et ravissement, que nos devoirs respectifs nous menaient au même étage.

— Quelle coïncidence extraordinaire ! s'exclama Rhys, très amusé.

— Oui, monsieur. Mlle Woddell et moi avons bavardé assez longtemps dans le corridor, devant la suite de Mlle Abernathy.

Rhys se mit à rire.

— Fane, espèce de démon, j'ignorais que vous étiez un tel séducteur !

— Cinq ans à votre service ont fait beaucoup pour mon éducation, spécialement dans ce domaine, monsieur. En fait, Mlle Woddell a été très impressionnée d'apprendre que j'étais le valet de chambre du comte Roselli. Le comte a épousé une princesse, monsieur, vous vous en souvenez peut-être. Les femmes de chambre adorent les histoires de princesses.

— Je vous crois sur parole, et j'applaudis votre talent pour charmer les membres du beau sexe dans les blanchisseries et les corridors des hôtels. Toutefois, je vous rappelle que vous n'êtes plus le valet de Roselli, mais le mien.

— Oui, monsieur. Mais j'ai pensé qu'il valait mieux passer ce détail sous silence. Les femmes de chambre répètent beaucoup de choses à leurs maîtresses, et Mlle Abernathy aurait pu avoir l'impression que vous envoyiez votre valet l'espionner. Il ne faut surtout pas que cette dame nous croie capables d'une action aussi désespérée.

— *Nous* ? Je vous trouve extrêmement impertinent, Fane. Vous prenez un intérêt très personnel à l'évolution de ma relation avec Mlle Abernathy.

— C'est que si vous épousez Mlle Abernathy, monsieur, je serai payé.

L'argument était d'une logique implacable, et Rhys ne trouva rien à répondre.

Il arriva à la National Gallery bien avant Mlle Abernathy, avec Fane dans son sillage pour accomplir une nécessaire reconnaissance des lieux. Son valet l'avertit exactement en temps voulu de l'approche de la jeune femme. Au moment où elle entra dans la salle où étaient exposées les œuvres d'artistes contemporains, Fane avait disparu dans un couloir, et Rhys était absorbé dans la contemplation d'un Renoir.

— Monsieur le duc ?

Rhys se retourna en prenant un air surpris. À son grand soulagement, elle aussi semblait surprise de le voir. Elle vint vers lui, la soie de sa robe bleu pâle bruissant à chaque pas. Un de ces énormes chapeaux en forme d'assiette, surmonté d'un flot de rubans bleus et de plumes d'autruche couleur crème, était posé sur ses cheveux bruns.

— Ravi de vous rencontrer encore une fois, mademoiselle Bosworth, dit-il en ôtant son chapeau et en s'inclinant.

Quand il se redressa, il vit qu'elle souriait. Ses yeux brillaient d'un plaisir si sincère qu'il en fut déconcerté. Il fallait qu'elle soit bien stupide, et d'une naïveté affligeante, pour laisser ainsi paraître ses sentiments. Personne ne lui avait donc appris comment on jouait à ce jeu ?

Alors même que ces pensées lui traversaient l'esprit, quelque chose lui serra la gorge. Il éprouva un sentiment qu'il aurait été bien incapable de définir. Un peu comme lorsqu'on voit un rayon de soleil percer entre les nuages, par une sombre journée de pluie.

Furieux d'avoir des idées aussi fantasques, il détacha les yeux de la jeune femme et désigna les toiles d'un geste large.

— Vous aimez la peinture ?

— Oui. Je peignais et je dessinais, quand j'étais petite, et j'adore contempler des tableaux. Mais je n'en ai pas souvent l'occasion. Celui-ci est un Renoir, n'est-ce pas ?

Il acquiesça d'un signe de tête, et elle s'approcha, venant se camper à côté de lui.

— *Danse à la campagne,* lut-elle sur le panneau accroché à côté de la toile.

Tout en l'observant avec autant d'attention qu'elle observait le tableau, Rhys se demanda si une approche directe ne serait pas préférable. Il pouvait lui exposer les faits d'une façon simple et honnête : il l'aimait, elle l'aimait aussi ; il avait besoin d'argent et d'une épouse, elle avait de l'argent et besoin d'un mari. C'était le mariage rêvé, alors pourquoi hésiter ?

— J'aime ce tableau, dit-elle, le tirant de ses réflexions stratégiques. L'expression que le peintre a su donner au visage de cette femme est saisissante. De toute évidence, elle est amoureuse.

— Mais pas de l'homme qui danse avec elle, le pauvre vieux.

Rhys fit un geste avec son chapeau pour désigner la femme du tableau.

— Elle s'appelle Aline. C'était la maîtresse de Renoir quand il a peint cette toile.

— Sa maîtresse ? Oh ! ne me dites pas qu'il était marié avec quelqu'un d'autre ! Je serais très déçue. Les maîtresses détruisent le bonheur d'un couple. Et vous pensez aux enfants ?

Rhys se sentit vaguement mal à l'aise. Dans son cercle social, la plupart des femmes considéraient comme inévitable qu'un homme entretienne une maîtresse, et elles n'en faisaient pas toute une histoire. Mlle Abernathy ne serait probablement pas aussi arrangeante.

— Non, il n'était pas marié avec une autre femme. En fait, il a fini par épouser Aline.

— Oh ! comme je suis contente ! J'adore les histoires qui finissent bien.

— Vous êtes donc romantique, répondit-il, commençant à craindre le pire. Je suppose... je suppose que vous croyez en cet idéal moderne qu'est le mariage d'amour ? s'enquit-il d'un ton qu'il s'efforça de rendre désinvolte.

Cette question parut la surprendre.

— Naturellement. Pas vous ?

Il se figea. Puisqu'il avait été assez stupide pour poser la question, il était bien obligé de répondre.

— Oui, naturellement.

Il lui sembla que le ton n'était pas du tout convaincant, mais elle parut se satisfaire de sa réponse et porta son attention sur un autre tableau.

Bon sang ! Il aurait dû s'en douter depuis le début ! Une femme de la bourgeoisie, qui avait reçu une éducation respectable, aurait forcément les principes moraux rigides de sa classe. Elle ne trouverait jamais acceptable un mariage motivé par des considérations purement matérielles. Elle n'approuvait pas le fait qu'un homme marié ait une maîtresse, et devait donc probablement exécrer certains usages qu'il trouvait, lui, parfaitement raisonnables. Par exemple que deux époux dorment dans des lits séparés, et que les gentlemen passent leurs soirées au club. Diable ! Peut-être même collectionnait-elle ces assiettes commémoratives montrant Victoria et Albert, leurs souverains, dans un merveilleux bonheur domestique. De toute évidence, une approche directe était hors de question. Rhys se résigna donc à lui faire la cour.

— Ce paysage est très beau, dit-elle, attirant son attention sur la toile qu'elle regardait.

Rhys ne put réprimer un petit rire de surprise.

— Par exemple ! C'est l'étang de Rosalind.

— Vous connaissez cet endroit ?

— Oui, et je connais aussi l'artiste, répondit-il en lui montrant la signature dans le coin droit du tableau. Cette toile a été peinte par le comte Camden, un de mes camarades d'école. Toute sa famille est folle de peinture, et Cam s'est toujours amusé à barbouiller des toiles.

— C'est un très bon peintre.

— En effet. Il m'a rendu visite à Florence, une année. Il était venu pour étudier les œuvres des grands maîtres, peindre l'Arno, ce genre de choses.

— Cet étang se trouve-t-il en Italie ? demanda-t-elle, étonnée. Le paysage me paraît pourtant très anglais.

— Il l'est. L'étang de Rosalind se trouve sur les terres de Greenbriar, une maison qui appartient à sa famille. Ce n'est pas très loin d'ici, en fait, juste après Richmond. Il n'y a pas plus d'une heure de train. J'y ai passé l'été, l'année de mes dix-sept ans. Cam et moi avons toujours aimé l'étang de Rosalind. C'est un bon endroit pour pêcher.

Prudence éclata de rire.

— Et moi qui croyais que c'était le lieu idéal pour pique-niquer !

— Vous aimez les pique-niques, mademoiselle Bosworth ?

— Beaucoup. Mais depuis que je vis à Londres, je n'ai pas eu souvent l'occasion de déjeuner sur l'herbe. J'ai grandi à la campagne, et les pique-niques me manquent, ainsi que la cueillette des mûres.

— Ah ! une fille de la campagne ! Vous êtes originaire du Yorkshire, si j'en juge par votre accent ?

— Du nord du Yorkshire, en effet.

— La campagne est belle, là bas. Pas étonnant qu'elle vous manque. Les pique-niques et la cueillette des mûres c'est bien joli, mais le plus important reste la pêche, mademoiselle Bosworth. On trouve de très belles truites, dans cette partie du monde.

Elle se mordit la lèvre, l'air désolé.

— Je ne connais rien à la pêche, malheureusement.

Une toux sèche interrompit leur conversation, et ils s'aperçurent qu'ils empêchaient un groupe d'écoliers et leur maître de voir le tableau. Ils passèrent à la toile suivante, représentant une scène du Moulin Rouge, où une femme au visage vert et aux cheveux orange semblait jouer un rôle prédominant. Mlle Abernathy s'attarda longtemps devant ce tableau, penchant la tête à droite puis à gauche, l'air intrigué.

— Cette toile semble vous fasciner, finit-il par dire.

— Je ne comprends pas pourquoi son visage est vert.

Rhys ne jugea pas nécessaire de lui expliquer que l'artiste faisait ainsi une allusion détournée à l'absinthe.

— Elle a peut-être une indigestion ? suggéra-t-il.

— Cela ne paraît pas très artistique ! protesta Prudence en riant. Non, ce doit être du maquillage.

— Impossible. Ce tableau représente le Moulin Rouge, et aucune des filles de Zidler ne se peindrait le visage en vert. Du moins, je n'ai jamais vu cela.

— Vous êtes allé au Moulin Rouge ?

Le ton trahissait un tel étonnement que Rhys se tourna vers elle. Elle le fixait, les yeux ronds comme des soucoupes. Il craignit d'avoir fait une gaffe en avouant qu'il était allé voir les infâmes danseuses de cancan. La plupart des femmes avaient un faible pour les débauchés, et il en remerciait le ciel chaque jour, mais Mlle Abernathy était peut-être différente. Peut-être aurait-elle préféré un homme droit, avec de grandes qualités morales. Après tout, depuis leur première rencontre, elle avait une tendance ridicule à le considérer comme un chevalier en armure blanche.

Il caressa un instant l'idée de jouer sur ce registre, de s'appuyer sur l'image qu'elle avait de lui. Se faire passer pour un personnage noble et héroïque afin de la conduire jusqu'à l'autel... Il abandonna ce projet presque aussitôt. Les journaux ramenaient à la surface son passé de triste réputation avec une telle régularité qu'il ne pouvait espérer garder le secret très longtemps. D'autre part, jouer un rôle aussi contraire à sa vraie nature lui donnerait un mal fou, et il était trop paresseux pour fournir un tel effort.

— Je suis allé au Moulin Rouge, je l'avoue. J'ai vécu plusieurs années à Paris avant d'aller en Italie, et mon logement était très proche de Montmartre.

Les raisons pour lesquelles il avait élu domicile à quelques pas du quartier le plus bohème de Paris étaient tout à fait ignobles, aussi se garda-t-il de lui fournir plus de détails.

— Comment est-ce ? demanda-t-elle. Est-il vrai qu'il y a une fumerie d'opium ?

— Il y en a même plusieurs à ce qu'on m'a dit, bien que je ne sois jamais allé dans cette partie du club. Je ne suis pas opiomane.

Pour l'absinthe, c'était tout différent. Il avait beaucoup apprécié cette boisson quand il vivait à Paris, mais il ne le lui dit pas non plus. Donner une apparence de franchise était une bonne chose, mais une totale honnêteté n'était pas nécessaire.

— Naturellement, vous n'êtes pas opiomane ! s'exclama-t-elle en secouant la tête. Mon Dieu ! Quelle idée de vous poser une telle question ! Pardonnez-moi. Je ne voulais pas laisser entendre que vous aviez fréquenté des fumeries d'opium. Vous êtes un vrai gentleman, et vos principes vous interdiraient de faire une chose pareille.

Elle le regardait avec tant d'admiration que cela finit par devenir insupportable pour lui.

— Je crains que vous ne vous trompiez sur mon compte, mademoiselle Bosworth. Je ne suis pas quelqu'un de bien. Si je ne suis jamais entré dans la fumerie d'opium du Moulin Rouge, c'est uniquement parce que j'étais fasciné par les danseuses de cancan et que je n'allais dans le club que pour les admirer.

— Oh !

Prudence détourna les yeux, et garda le silence si longtemps que Rhys finit par penser qu'il avait bel et bien gâché toutes ses chances de la conquérir.

— Est-ce que…

Elle marqua une pause, et jeta un rapide coup d'œil alentour avant de continuer à voix basse :

— Est-ce que les filles ont vraiment des petits cœurs rouges tatoués sur les fesses ?

La question était si inattendue qu'il éclata de rire, s'attirant des regards désapprobateurs de la part des autres visiteurs. Ils quittèrent la salle à la hâte, et Rhys se pencha vers elle, passant la tête sous le vaste bord de sa capeline, pour lui chuchoter à l'oreille :

— Les cœurs sont brodés au dos de leurs pantalons. C'est une vraie aubaine pour les hommes. Surtout pour moi, car le rouge est ma couleur préférée. Pour le reste, il se peut qu'elles aient des tatouages, mais je n'en sais rien. On ne voit jamais leur derrière nu, ce qui est fort dommage !

Il ne la voyait que de profil, mais le rose qui envahit ses joues et son cou ne lui échappa pas, lui donnant une nouvelle preuve de son innocence. Le lobe de son oreille semblait très doux, et il fut tenté d'y poser ses lèvres. Que penserait-elle, s'il le faisait ? Il inspira son délicieux parfum de lavande, et laissa délibérément son souffle lui effleurer le cou. Elle s'écarta légèrement en frissonnant.

Des pas retentirent sur les dalles de marbre, interrompant ce délicieux tête-à-tête. Rhys fit un pas en arrière et Prudence jeta un coup d'œil à la porte. Deux dames âgées entrèrent dans la salle, et elle se retourna vers lui avec un soulagement évident.

— Ouf !

Comme il l'interrogeait du regard, elle avoua :

— Je me cache. Ma tante veut absolument m'accompagner partout, et quand elle ne le peut pas, elle envoie Robert à sa place.

— Et à qui cherchez-vous à échapper en ce moment ?

— À Robert. Il est quelque part dans les parages, et il va sûrement me trouver d'un moment à l'autre.

Elle soupira, l'air infiniment triste à cette idée.

— Je vois que la réconciliation avec votre famille est en bonne voie.

— Ne me taquinez pas à ce sujet, monsieur le duc, je vous en prie. Je n'ai jamais une minute à moi.

— Et cela vous déplaît ?

— Je n'en ai pas l'habitude. Je vis seule depuis mon arrivée à Londres, à l'âge de dix-sept ans. Le fait d'être toujours chaperonnée me donne l'impression d'étouffer.

C'était le genre d'opportunité en or qu'il ne pouvait laisser échapper. Il lui prit le coude et l'entraîna vers la sortie.

— Suivez-moi.

— Où allons-nous ?

Il fit une pause et regarda à droite puis à gauche avant de lui faire franchir la porte.

— Si vous voulez vous cacher, il faut le faire convenablement.

Ils traversèrent une salle, puis encore une autre. Rhys cherchait un endroit où il pourrait rester quelques minutes seul avec elle. Ils avaient presque atteint le bout du bâtiment, quand il aperçut un long corridor sombre, dont l'entrée était barrée par une corde de velours tendue entre deux piquets métalliques.

— Voilà une cachette qui me paraît idéale.

— Mais pouvons-nous y aller ? demanda Prudence en désignant un panneau devant le couloir. Cette aile du musée est fermée au public. Apparemment, on y prépare une exposition.

Il saisit le crochet au bout de la corde et le souleva.

— Rien n'est inaccessible pour un duc, assura-t-il en la poussant dans le corridor. De plus, votre cousin n'aura jamais l'idée de nous chercher ici.

— C'est vrai, admit-elle tandis qu'il remettait le cordon en place. Robert n'enfreint jamais les règles.

— Pauvre bougre ! Pas étonnant qu'il soit aussi triste.

— Monsieur le duc ! s'exclama-t-elle d'un ton de réprimande.

Elle rit cependant en s'engageant avec lui dans le long corridor désert. Celui-ci aboutissait à une salle immense, emplie de statues italiennes, de bas-reliefs et de vitrines contenant des sculptures plus petites. Une énorme statue de Neptune entouré de Tritons se trouvait au centre de la pièce, protégée par un échafaudage métallique.

Rhys regarda autour de lui.

— Là, vous voyez ? Pas le moindre chaperon en vue !

— Merci.

Elle le contempla avec un mélange de soulagement et de gratitude, sentiments qu'elle n'aurait jamais éprouvés si elle avait pu se douter de ses véritables motivations. Si Rhys avait encore eu une conscience, cela l'aurait probablement tracassé, mais sa conscience avait disparu depuis longtemps, ainsi que son innocence !

— Toutes ces statues de marbre donnent une atmosphère un peu inquiétante à ce lieu, vous ne trouvez pas ? dit-elle, le tirant de ses réflexions. Le panneau parlait d'une exposition sur Florence. Vous avez vécu à Florence, je crois ?

— Oui, mais j'espère que vous ne voulez pas que je vous fasse un cours sur les sculptures italiennes ?

— Si j'avais voulu un cours, je serais restée avec Robert. Il adore étaler sa culture... Je suis sûre qu'il aurait pu disserter pendant une demi-heure sur cette œuvre, ajouta-t-elle en désignant Neptune et les Tritons.

— Le séjour de votre cousin à l'université a été plus profitable que le mien. Mais je peux au moins vous dire une chose, c'est que cette statue représente Neptune entouré de ses Tritons. Ne soyez pas impressionnée. Je le sais uniquement parce que c'est la réplique de la fontaine de Trévise, à Rome.

Elle posa sur lui un regard brillant de curiosité.

— C'est vrai que vous avez nagé nu dans une fontaine ?

— Bon sang ! grommela Rhys. Il y a encore des gens pour colporter cette vieille histoire ?

— Est-ce que c'est vrai ?

— Oui. Sauf que la fontaine n'était pas assez profonde pour nager.

— Les gens disent qu'une comtesse russe vous accompagnait.

En réalité, elle était prussienne.

Rhys se composa une expression d'extrême dignité.

— En tant que gentleman, je n'ai pas le droit de donner plus de détails.

— Votre discrétion vous honore, et je l'admire. Mais je trouve que ce doit être très ennuyeux d'être un gentleman.

— Ennuyeux ? répéta-t-il en haussant un sourcil.

— Les dames discutent *toujours* des détails, expliqua-t-elle en souriant. Vous ne pouvez pas savoir tous les secrets fascinants qui sont révélés dans un atelier de couturière !

— Vraiment ?

Il imaginait très bien ce que les dames devaient dire de lui en choisissant leurs coupons de soie et de mousseline.

— Mais maintenant que vous êtes réconciliée avec votre famille, vous n'avez plus besoin de gagner votre vie comme couturière, j'espère ?

— Non, et le fait de choisir des robes pour moi au lieu de les faire pour d'autres me paraît encore un peu irréel.

Elle se tourna et posa sa main gantée sur les croisillons métalliques qui entouraient la statue de Neptune.

— En fait, ajouta-t-elle en riant, c'est toute ma vie qui me paraît irréelle, désormais !

Si Rhys avait eu un revenu d'un million de livres par an, cela lui aurait paru irréel à lui aussi, mais il pensait qu'il aurait pu s'y habituer. Cependant, comme il n'était pas censé être au courant de son héritage, il fit semblant de ne pas comprendre ce qu'elle voulait dire.

— Pourquoi, irréelle ?

— Eh bien... par exemple, avant-hier, je me suis rendue chez mon ancienne patronne pour lui remettre ma démission. Et quand je me suis retrouvée dans l'atelier, j'ai décidé de me faire faire quelques robes. C'était un peu pour rire. Madame était tellement horrible avec moi, quand je travaillais chez elle, que j'ai eu envie de la snober un peu. J'ai cru que ce serait amusant.

— Et vous vous êtes amusée ?

— Au début, oui.

Elle marqua une pause et fronça les sourcils.

— Mais elles en ont fait tout un plat ! Toutes ces femmes avec qui j'ai travaillé pendant des années, qui se mettaient en quatre pour me faire plaisir ! Et Madame, qui s'empressait avec ses compliments tout cousus de fil blanc... Tout cela parce que j'ai de l'argent. Ça m'a mise un peu mal à l'aise. Les autres couturières faisaient comme si elles étaient contentes pour moi, mais sous leur agitation et leurs démonstrations de gentillesse, je voyais bien qu'elles n'étaient pas sincères. Et je n'ai pas... je n'ai pas apprécié tout cela.

— Vous vous habituerez.

Tout en prononçant ces mots Rhys regarda ses yeux sombres et doux, et essaya d'imaginer ce qu'elle allait devenir. Ce que l'argent ferait d'elle, inévitablement. Quelque chose de dur lui serra le cœur.

— Je m'y habituerai ? répéta-t-elle d'un air de doute. Il y a longtemps déjà que je gagne ma vie et que je subviens moi-même à mes besoins. Je crois que je ne m'habituerai jamais à être servie, et entourée d'attentions.

— Ni à être chaperonnée à chaque instant de la journée ?

— Exactement ! Quoique... j'apprécie au moins le sens des responsabilités de mon oncle et de ma tante, qui les pousse à veiller sur moi.

Sur vos millions de livres, surtout.

Rhys inspira profondément pour ne pas laisser échapper cette remarque cynique.

— Leur attitude protectrice semble être assez... récente, dit-il en choisissant prudemment ses mots. Cela fait partie de la réconciliation, je présume ?

— On peut dire cela.

— Quelle a été la cause de la rupture ? Vous ont-ils jetée dehors ? Obligée à travailler comme couturière ?

— Oh non ! je vous en prie, n'allez pas imaginer qu'ils ont été cruels envers moi ! protesta-t-elle vivement, comme si elle craignait qu'il ne se fasse une idée fausse de ses parents. C'est moi qui ai décidé de partir vivre seule à Londres pour gagner ma vie. J'ai perdu ma mère à l'âge de quatorze ans, vous comprenez, et sa rente a cessé d'être versée. Son frère m'a alors recueillie, mais son épouse et lui avaient déjà deux filles, et ils avaient si peu d'argent... J'étais un fardeau pour eux. Le fait de devoir économiser sou par sou mettait ma tante de mauvaise humeur. C'est très dur de devoir compter, de ne pas avoir de charbon pour se chauffer et de ne jamais manger de viande... Et puis il y avait souvent des disputes, avec leurs filles, et je me sentais très mal. Finalement, j'ai décidé de partir et de me débrouiller. Je ne veux pas avoir l'air ingrate.

— La gratitude est quelque chose qu'on ne peut pas vous forcer à avaler. C'est un peu comme l'huile de foie de morue.

Prudence se mit à rire.

— C'est très réconfortant de parler avec vous. Vous dites les choses d'une façon franche et directe.

Rhys ne broncha pas.

— En effet.

— Mais mon oncle a tout de même été bon envers moi. Chaque fois qu'il passait en ville, il me rendait visite dans ma pension de famille pour s'assurer que j'allais bien.

Quelle générosité !

Rhys ne fit pas la remarque à haute voix, et demanda simplement :

— Votre oncle vient-il souvent en ville ?

— Le premier de chaque mois, pour vaquer à ses affaires.

Ce renseignement éveilla la curiosité de Rhys. Quelles affaires pouvait-il y avoir à Londres, pour un pauvre squire du Sussex, qui n'avait même pas les moyens de faire servir de la viande à sa table ?

— Quoi qu'il en soit, reprit Prudence, le ramenant à la conversation, j'ai de la reconnaissance pour lui. Il a beaucoup souffert de la dépression qui a touché le monde agricole, et il m'a prise sous son toit alors qu'une bouche de plus à nourrir représentait pour lui une lourde charge. Et chaque trimestre, ponctuellement, il m'envoie une pension. De plus, il représente ma seule famille. Alors, vous voyez, je me sens redevable envers eux, maintenant que je…

Maintenant que je suis riche.

Elle n'alla pas au bout de sa phrase.

Rhys trouva étrange cette réticence à parler de son héritage. Toute autre femme attirée par un homme de son rang se serait empressée de lui faire savoir qu'elle disposait d'une dot immense. Par ailleurs, il ne pouvait se méprendre sur les sentiments qu'elle éprouvait pour lui ; ils étaient clairs comme le jour. Il ne comprenait vraiment pas la raison de son silence. Ne voyait-elle pas l'avantage dont elle disposait pour s'attacher un pair de son rang ? Mon Dieu ! Elle était vraiment romantique !

— Parlons de choses plus plaisantes, décida-t-elle. Parlez-moi de votre famille.

— Je ne peux pas, répondit-il en faisant la moue. Pas si vous voulez parler de choses plaisantes.

— Vous ne vous entendez pas bien avec votre famille ?

— Tout se passait très bien tant que j'étais en Italie, dit-il avec une légèreté forcée.

— Je comprends. Tout va beaucoup mieux aussi entre ma tante et moi quand quelques centaines de miles nous séparent, avoua-t-elle avec un brin de tristesse.

— Si nous faisions un concours pour savoir lequel de nous deux a les parents les plus odieux, mademoiselle Bosworth, je gagnerais haut la main. Votre tante n'est rien, comparée à ma mère.

— Vous êtes duc, remarqua-t-elle d'un ton moqueur. Ce n'est pas digne de vous, de vous vanter.

— Je dis simplement la vérité, telle qu'elle est. Ma chère mère est la reine des remarques cinglantes. Elle serait capable de découper votre tante en morceaux, de n'en faire que deux ou trois bouchées, et de jeter ses os aux chiens.

— Je vois..., dit Prudence d'un air songeur. Pourrions-nous les mettre en présence ?

Rhys éclata d'un rire tonitruant.

— Ce que vous venez de dire est très méchant. Et très inattendu, de la part d'une douce jeune fille comme vous.

Elle ne parut pas apprécier sa remarque.

— Pourquoi est-ce que tout le monde croit que je suis douce ? Je ne suis pas douce !

Elle était douce et tendre comme un chou à la crème.

— Oh ! très bien ! Vous êtes dure comme la pierre.

— Je ne suis pas aussi malléable que les gens le pensent, vous savez, répondit-elle sans rire. Je n'aime pas les disputes, c'est vrai, et je fais confiance aux gens. Mais cela ne veut pas dire que je suis faible ou que je ne sais pas ce que je veux.

— Je ne voulais rien dire de tel, mais je vous trouve douce.

Il se tut un instant et pensa de nouveau à tout cet argent, à ce que cela allait faire changer dans sa personnalité.

— La vraie douceur est une qualité très rare, mademoiselle Bosworth, s'entendit-il dire comme malgré lui. Ne la perdez jamais.

Prudence fronça les sourcils.

— Que voulez-vous dire ?

— Rien, répondit-il en secouant la tête. Hier soir, à l'opéra, je vous ai dit que les représentations d'*Aïda* commenceraient bientôt. En fait, la première a lieu demain soir. Vous y serez ?

— Oh ! j'aimerais beaucoup y assister ! Mais je dois dîner avec mes cousins.

— Encore sir Robert ?

— Non, non, mes autres cousins. Beryl est la fille aînée de mon oncle. Nous dînons avec elle et son mari.

— Vous avez l'air aussi heureuse que si vous alliez chez le dentiste.

— Oh ! je suis sûre que ce sera très agréable ! dit-elle en faisant la grimace. Tout va bien avec Beryl, à présent. Elle est très gentille avec moi, et c'est écœurant, car lorsque nous étions enfants elle était horrible ! Elle se moquait tout le temps de moi.

Elle regarda ses mains, et marqua une longue pause.

— Elle disait que j'étais grosse comme une baleine.

Rhys observa sa tête penchée, une attitude qui faisait ressortir son menton arrondi, et tout à coup il éprouva une vive colère. Jetant son chapeau de côté, il lui prit les bras et la fit se tourner vers lui. D'un doigt, il lui fit lever le menton, et passa la tête sous le bord de son chapeau. Les lèvres tout près des siennes, il plongea le regard dans ses yeux.

— Je vous trouve très appétissante. C'est la pensée que j'ai eue dès que j'ai posé les yeux sur vous.

Il y avait une telle férocité dans sa voix que Prudence écarquilla les yeux.

— Appétissante ? répéta-t-elle en basculant légèrement vers lui.

Elle entrouvrit les lèvres et les humecta du bout de la langue.

— Vraiment ?

La colère de Rhys disparut, remplacée par une vague de désir brûlant. Il posa la main sur sa joue, la caressa doucement du bout des doigts.

— Vraiment.

Il glissa un bras autour de sa taille et la serra contre lui, écrasant sa robe de soie, inhalant son délicieux parfum de lavande. En sentant ses courbes féminines se presser contre lui, il réprima un grognement. Il voulait de tout son cœur lui donner ce qu'elle demandait avec tant d'innocence, mais il ne pouvait pas faire cela.

Reculant d'un mouvement brusque, il relâcha son étreinte. La déception se peignit sur le visage de Prudence, sentiment qu'il comprenait parfaitement étant lui-même assez déçu. Mais pour la conquérir, il devait lui faire la cour, et il était encore trop tôt pour l'embrasser. L'anticipation et l'incertitude étaient les éléments essentiels d'une cour romantique.

— Je vais vous ramener à votre cousin, avant d'oublier que je suis un gentleman, dit-il en tournant les talons.

Il ramassa son chapeau et se dirigea vers la porte. Prudence lui emboîta le pas, et ils ne prononcèrent pas un mot tandis qu'ils longeaient le corridor en direction des galeries d'exposition.

Robert se trouvait dans le hall principal, et regardait les toiles d'un air indifférent. Quand il vit Rhys en compagnie de Prudence, son expression changea.

— St. Cyres, dit-il avec raideur. Que faites-vous ici ?
— Je passais par hasard, répondit le duc d'un ton léger.
Robert recouvra son sang-froid au prix d'un effort visible.
— Prudence, avez-vous fini ?
— Non, j'aimerais voir l'exposition hollandaise. J'ai entendu dire qu'il y avait un Van Gogh. Voulez-vous nous accompagner, monsieur le duc ?
De toute évidence, la proposition n'était pas du goût de sir Robert. Le sourire de Rhys s'élargit.
— Oui, cela me ferait grand plaisir.
— Allons-y, déclara Robert en prenant le bras de Prudence pour l'entraîner vers la salle des Hollandais.
Rhys ne les suivit pas tout de suite. Il sortit un crayon et une carte de la poche de sa veste. Après avoir griffonné quelques mots au dos de la carte, il remit le crayon dans sa poche puis rattrapa Mlle Abernathy et son cousin, en gardant la carte au creux de sa main.
La patience de Robert n'était pas infinie. Au bout d'un quart d'heure passé à admirer Van Gogh et les autres maîtres hollandais, il tira sa montre de son gousset.
— C'est bientôt l'heure du thé, Prudence. J'ai promis à Edith de vous ramener avant 5 heures. Il faut partir.
— L'heure du thé, déjà ? s'exclama Rhys. Mon Dieu, comme le temps passe ! Je dois m'en aller également. Vous me pardonnez ? ajouta-t-il en se tournant vers Prudence.
— Naturellement. C'était un plaisir de vous voir, comme toujours, monsieur le duc.
Elle hésita, puis ajouta d'une voix précipitée :
— J'espère que nous nous reverrons.
— Je l'espère aussi, mademoiselle Bosworth.
Il lui prit la main, et s'arrangea pour lui glisser

la carte sous les doigts. Les yeux de Prudence s'arrondirent de surprise, et il lui fit un clin d'œil avant de s'incliner pour un baisemain.

— Et j'espère que cela arrivera très vite.

Lorsqu'il se redressa, les doigts de Prudence se replièrent sur le bristol, et elle mit la main dans sa poche. Satisfait, Rhys leur dit au revoir et s'éloigna.

Son valet l'attendait sur le trottoir.

— Allez chercher ma voiture, Fane, s'il vous plaît. Ensuite, ajouta-t-il, arrêtant le valet dans son élan, j'aimerais que vous fassiez autre chose pour moi.

— Oui, monsieur ?

— M. Stéphane Feathergill, qui vit dans le Sussex, a l'habitude de venir en ville le premier de chaque mois. Trouvez pourquoi. Discrètement, bien sûr. Et je veux aussi que vous le suiviez ces prochains jours, aussi souvent que vous le pourrez. Notez où il va et ce qu'il fait.

— Très bien, monsieur.

Fane s'éloigna. Tout en attendant son carrosse, Rhys passa en revue les événements de la journée. Il était très content de son choix car, quoi qu'elle en dise, Prudence Abernathy était une femme douce. Elle était confiante, généreuse, et avait un penchant secret pour le démon. Tout cela ne pouvait que jouer en sa faveur.

Oui, décida-t-il en montant dans sa voiture, conduire Mlle Abernathy à l'autel serait facile.

Il s'installa confortablement sur la banquette de cuir, le sourire aux lèvres.

Aussi facile que de prendre un sucre d'orge des doigts d'un bébé.

6

Le cousin de Mlle Abernathy, sir Robert Ogilvie, semble être devenu son compagnon préféré. Il la suit comme son ombre, tel un prétendant en adoration devant elle. À moins que ce ne soit un chien de garde. Nous ne saurions le dire.

Les Potins mondains, *1894*

Elle était « appétissante ». Prudence sourit, les yeux dans le vague, indifférente au luxe du salon du Savoy et à la conversation qui se déroulait autour d'elle. Elle ne pouvait penser qu'à ce qui s'était passé cet après-midi. C'était la première fois qu'un homme lui disait qu'il la trouvait « appétissante ».

Et il lui avait fait ce compliment de façon très énergique, les sourcils froncés, les yeux étincelants de colère. Frissonnante, elle soupira et ferma les yeux en songeant à la caresse de ses doigts sur son visage. Oh ! la sensation qu'elle avait éprouvée quand il l'avait entourée de son bras et serrée contre lui ! Il ne lui était encore jamais rien arrivé d'aussi romantique. À la pensée de son corps viril pressé aussi intimement contre elle, elle sentait une délicieuse vague de chaleur l'envahir.

Et comme si ce n'était pas déjà assez excitant, il y avait le message. Il avait eu l'audace de le lui glisser dans la main, juste sous le nez de Robert. Mais bien que cela se soit passé une heure auparavant, elle n'avait pas encore eu le temps de lire le petit mot, car elle n'avait pu échapper un instant au regard de son cousin. Ils étaient revenus directement au Savoy en quittant la National Gallery, et il l'avait conduite tout de suite dans le salon où Millicent, Edith et Stéphane les attendaient.

— Vous ne semblez pas très emballée, ma chère Prudence.

— Mmm ? Je vous demande pardon ? fit-elle en tressaillant. Pardonnez-moi, cousine Millicent, j'étais dans les nuages. Que disiez-vous ?

— J'ai pu obtenir des billets pour le bal de charité de lady Amberly, qui doit avoir lieu dans deux jours. Je dois avouer que c'est un exploit !

Millicent essaya sans succès de prendre un air modeste, puis enchaîna :

— C'est l'un des événements les plus importants de la saison, et les invitations avaient déjà été envoyées depuis des semaines. Mais cela ne paraît pas vous intéresser !

Prudence aurait été très intéressée si le duc de St. Cyres avait prévu d'assister au bal, mais elle se dit qu'il valait mieux ne pas poser la question. Elle songea de nouveau à la carte qui semblait la brûler à travers l'étoffe de sa robe. Le suspense devenait intolérable.

— Je suis vraiment désolée, marmonna-t-elle en pressant une main sur son front. J'ai une terrible migraine. Je vais aller m'allonger un moment dans ma chambre. Je vous prie de m'excuser.

Edith reposa sa tasse de thé, et la considéra avec inquiétude.

— Mais bien sûr, ma chérie. Va t'allonger. Il faut que tu sois en forme ce soir, pour le théâtre.

Prudence sourit faiblement et sortit, luttant contre l'envie de courir jusqu'à l'ascenseur.

— Quatrième étage, s'il vous plaît, dit-elle au liftier.

Sitôt les portes métalliques refermées, elle glissa la main dans sa poche. L'ascenseur se mit en mouvement, et elle se mit à lire, le cœur battant.

J'aimerais vous revoir. Rendez-vous à la gare de Richmond, demain à midi.

Elle poussa un petit cri de joie, ce qui lui valut un regard curieux du liftier. Elle parvint à contenir son exubérance jusqu'au quatrième étage, mais lorsque l'ascenseur eut disparu, elle relut la carte et sa joie resurgit avec encore plus de force.

Il voulait la revoir !

Riant tout haut, elle gagna sa chambre avec l'impression de marcher sur un nuage.

Nancy Woddell fut prompte à remarquer que Prudence était d'une humeur particulièrement joyeuse.

— Votre sortie semble vous avoir plu, mademoiselle, dit-elle avec un grand sourire en voyant Prudence s'affaler sur son lit en soupirant de bonheur.

— J'ai passé une journée merveilleuse, Woddell ! J'espère que vous aussi ?

— Oui mademoiselle, merci. Madame Marceau a fait livrer vos nouvelles robes. Elles sont tellement jolies ! Voulez-vous les voir ?

Prudence se demanda aussitôt laquelle elle allait porter pour son rendez-vous avec le duc, le lendemain.

— Oh oui ! montrez-les-moi.

La femme de chambre disparut dans le dressing, et en ressortit un instant plus tard avec deux robes de soirée.

— Vous pourrez porter une de ces deux-là pour aller au théâtre ce soir, déclara-t-elle en lui faisant admirer un fourreau damassé ivoire et une robe en velours bleu nuit.

Elles étaient toutes deux superbes, mais pour le moment les robes du soir n'intéressaient pas Prudence.

— Et la robe noir et blanc pour la journée ? Est-elle prête ?

— La robe à rayures ? demanda Woddell, surprise. Oui mademoiselle, elle est là.

— Parfait ! s'exclama Prudence en se redressant. Apportez-la-moi, s'il vous plaît. Et le chapeau qui va avec. Si je me souviens bien, il est en paille rouge, avec des rubans noirs, rouges et blancs. Il est bien rouge, n'est-ce pas ?

— Oui, mademoiselle, mais... C'est bien au théâtre que vous allez, ce soir ?

Prudence se moquait complètement de ce qu'elle ferait ce soir.

— Quel dommage que je n'aie pas aussi commandé une robe rouge ! murmura-t-elle. Eh bien, il faudra se contenter du chapeau rouge.

— Mademoiselle ?

Prudence leva les yeux et éclata de rire en voyant l'air éberlué de la femme de chambre.

— C'est bon, Woddell, je n'ai pas perdu la tête. Oui, je dois me rendre au théâtre ce soir. Mais demain j'ai un pique-nique, et je veux essayer ma nouvelle robe pour être sûre qu'elle me va bien. Au fait, je serai sortie tout l'après-midi. Vous pourrez donc prendre une demi-journée de liberté.

— Merci, mademoiselle, dit la servante en ramenant les robes de soirée dans le dressing.

Elle apporta à sa maîtresse la robe qu'elle lui avait demandée. Quelques minutes plus tard,

Prudence put se contempler dans le miroir, vêtue de la robe rayée et du chapeau rouge. Elle poussa un soupir de contentement. Avec sa ligne simple et ses rayures verticales, la robe lui allait à ravir. C'était merveilleux de porter un vêtement qu'elle n'avait pas dû coudre elle-même, et elle adorait porter de la lingerie fine et des bas de soie. Jamais elle ne s'était sentie aussi jolie.

Satisfaite, elle demanda à Woddell de ranger la robe. Puis elle enfila ses sous-vêtements pour le soir, dit à la femme de chambre de lui préparer la robe de velours bleu nuit, et s'assit devant sa coiffeuse.

Le rouge est ma couleur préférée.

Prudence sourit, aux anges, mais avant qu'elle puisse s'abandonner à sa rêverie, la porte de la chambre s'ouvrit et tante Edith entra.

— Ma chère nièce, je suis dans tous mes états !

Cela ne laissait rien augurer de bon.

— Vraiment ? murmura Prudence en faisant mine de s'intéresser aux divers objets étalés devant elle. Je suis désolée de l'apprendre. Je me sens beaucoup mieux, après cette... petite sieste. Vous devriez sans doute suivre mon exemple et vous allonger un moment.

Cette suggestion ne sembla pas enthousiasmer Edith, qui s'agita en tous sens avant de venir se camper près de la coiffeuse.

— Robert m'a dit que St. Cyres t'avait accostée cet après-midi à la National Gallery.

Elle pressa une main sur sa poitrine.

— Quand je pense que cet homme a osé t'imposer sa présence ! Oh ! Qu'allons-nous faire ? Stéphane devrait peut-être lui parler ?

— Je ne dirais pas qu'il s'est imposé, ma tante. J'ai rencontré le duc dans la galerie, et nous avons fait quelques pas ensemble. Pourquoi est-ce que cela vous chagrine tant ?

Elle n'aurait jamais dû poser cette question.

Edith saisit une chaise ornée de dorures et tapissée de velours vert, et s'assit à côté de Prudence.

— Millicent m'en a appris un peu plus sur lui. Quand elle a vu qu'il s'intéressait à toi à l'opéra, elle s'est sentie obligée de faire une petite enquête. Les renseignements qu'elle a obtenus confirment ce que nous soupçonnions, et pis encore ! Ma chérie, cet homme a une réputation épouvantable. Ses nombreuses conquêtes féminines, son amour du jeu...

Elle jeta un coup d'œil vers la porte du dressing et chuchota en se penchant vers sa nièce :

— Il paraît qu'il fréquente les fumeries d'opium !

Prudence pinça les lèvres et étouffa un rire. Edith se renversa contre le dossier de sa chaise en poussant un soupir de contrariété.

— Tu te moques de moi. Non, non, ne le nie pas ! ajouta-t-elle vivement comme Prudence faisait mine de protester. Tu ne prends pas mes mises en garde au sérieux. Je crains de ne pas être un bon chaperon pour toi. Tout est devenu si compliqué, de nos jours ! Quand Beryl et Pearl ont fait leur entrée dans le monde, c'était beaucoup plus facile.

De toute évidence, Edith avait oublié tout le mauvais sang qu'elle s'était fait quand Beryl et Pearl avaient commencé à fréquenter les bals.

Prudence ne répondit pas, et prit sa brosse à cheveux.

— Oh ! laisse-moi faire, ma chérie !

Edith lui ôta la brosse en argent des mains et se plaça derrière elle.

— À l'époque, nous n'étions pas à Londres, expliqua-t-elle, comme si elle avait lu dans les pensées de sa nièce.

Elle arrangea les longues mèches brunes sur les épaules de Prudence, et se mit à les brosser.

— Il me semble que les bals de campagne et les réceptions entre amis sont plus sûrs, poursuivit-elle. Londres est plein de gens aux mœurs décadentes.

Prudence s'abstint de lui faire remarquer qu'elle n'avait pas eu autant d'appréhensions quand sa nièce était venue seule à Londres, pour vivre dans une pension de famille et gagner sa vie comme elle le pouvait. En fait, elle avait été plutôt soulagée.

Tout ce qu'elle gagnerait en lui rappelant cela, ce serait de la voir prendre son air d'épagneul triste. Prudence se renversa donc contre le dossier de sa chaise et ferma les yeux.

Tandis qu'Edith continuait d'énumérer d'un ton lugubre les dangers de Londres et les difficultés que rencontrait un chaperon, elle imagina comment allait se passer son rendez-vous avec le duc, ce qui était une façon bien plus agréable de passer le temps.

L'idée de le voir la mettait en effervescence, et la tête lui tournait comme si elle avait bu du champagne. Passer un après-midi entier avec lui, lui parler, le voir sourire…

Edith cessa de lui brosser les cheveux, et elle dut interrompre ses délicieuses rêveries.

— Ma chère nièce, je te trouve extrêmement distraite, aujourd'hui. Je ne pense pas que tu aies entendu un mot de ce que j'ai dit.

Prudence tressaillit et ouvrit les yeux.

— Je vous écoutais, ma tante, protesta-t-elle en se redressant sur sa chaise. Vous êtes un chaperon très consciencieux. Il suffit de voir les excellents mariages qu'ont faits Pearl et Beryl, grâce à vous.

Sa tante s'anima aussitôt.

— C'est vrai. Ce cher Winston, le mari de Beryl, est avocat à Londres à présent. Et le mari de Pearl n'est qu'employé de banque, mais il est très estimé par ses patrons.

— Vous voyez bien ! Il ne faut pas vous inquiéter.

Prudence aurait voulu se détendre de nouveau, mais les paroles de sa tante la firent sursauter.

— Mais naturellement, mes filles n'avaient pas une fortune susceptible de tenter les coureurs de dot tels que St. Cyres.

Elle posa la brosse, et mit les mains sur les épaules de Prudence, en la fixant dans le miroir.

— Ta situation est différente. Il est de mon devoir de te protéger. Cependant, je crains de ne pas être de taille pour écarter de ton chemin les loups dans le genre de St. Cyres.

— Ce n'est pas un loup !

Prudence inspira profondément et s'efforça de garder son calme.

— Il me plaît. Et s'il décide de m'accorder son attention, je ne vois pas pourquoi je le découragerais. Ni vous non plus. Après tout, c'est un duc, et un gentleman très courtois.

Il y eut une longue pause pendant laquelle les deux femmes se défièrent du regard dans le miroir. Prudence s'attendait à ce que sa tante exerce son autorité de chaperon, et lui interdise de revoir St. Cyres. Elle allait être obligée de lui tenir tête, ce qui rendrait les choses terriblement difficiles pendant les deux mois à venir.

À son grand étonnement, Edith se contenta de hocher la tête et de lui tapoter l'épaule.

— Je comprends, ma chérie.

— Vraiment ? fit Prudence, surprise de la voir capituler si vite.

— Bien sûr. Le fait d'épouser un duc ferait beaucoup d'effet en société. De plus, toutes les filles rêvent de devenir duchesse.

— Ce n'est pas pour cette raison que je...

— Il faut reconnaître que c'est un bel homme. J'en suis consciente. Et ses manières sont charmantes. Il ferait tourner la tête de n'importe quelle femme, c'est certain. Mais tu as toujours été une jeune fille sensée, et raisonnable pour ton âge. Tu portes bien ton nom. Tu es prudente, et tu n'as pas la nature insouciante et immorale de ta mère.

Prudence fit un très grand effort pour demeurer impassible.

— Je suis sûre que le moment venu, tu choisiras ton époux avec beaucoup de sagesse.

— Naturellement.

Edith hocha de nouveau la tête, comme si elles étaient parfaitement d'accord sur tout.

— Tu sais aussi bien que moi qu'il n'est pas recommandé d'abandonner la sphère sociale dans laquelle on est né, et où on a été élevé. Nous appartenons à une petite noblesse campagnarde, Prudence, et ton éducation ne t'a pas préparée à faire face aux devoirs qui incombent à une duchesse. Et se marier dans le but de s'élever dans l'échelle sociale serait une chose odieuse. Ce n'est pas digne de toi, et c'est une chose que je ne pourrai jamais, en toute bonne conscience, approuver.

Ces mots eurent le don d'irriter Prudence.

— Il me semble que ce sont les curateurs qui doivent donner leur approbation, ma tante.

Les joues d'Edith s'empourprèrent.

— Ils n'approuveront sûrement pas un coureur de dot.

— Alors que l'intérêt que me porte Robert est parfaitement pur ? rétorqua-t-elle du tac au tac. Même si jusque-là il n'avait jamais manifesté la moindre attention envers moi ? J'aurais pu partir vivre en Amérique sans qu'il s'en aperçoive !

Le visage d'Edith se creusa, exprimant un profond désarroi.

— Tu es fâchée contre moi, dit-elle d'une voix tremblante.

Elle se laissa tomber dans un fauteuil, et sortit un mouchoir de sa poche.

— Je savais que cela finirait par arriver. Je savais que nous allions nous disputer, comme quand tu étais petite. Oh ! mon Dieu !

Elle se mit à sangloter, cachant son visage dans son mouchoir.

— Je suis en train de tout gâcher. Il vaudrait sans doute mieux que tu sois chaperonnée par Millicent.

Pour avoir Robert sur ses talons à tout instant de la journée ? Cette idée alarma aussitôt Prudence.

— Je ne pense pas que ce soit nécessaire, ma tante.

Edith releva la tête en reniflant.

— Tout ce que je souhaite, c'est que tu fasses un bon mariage, Prudence. Comme mes filles. Un mariage d'amour, si possible. Et sinon, que ton époux et toi ayez au moins de l'affection l'un pour l'autre, et la même façon de voir la vie. C'est pourquoi Robert serait un excellent parti pour toi. Il est baronnet, mais ce n'est pas un titre trop élevé pour une fille de ton milieu. Il a été éduqué dans le même cercle social que nous. Il fait partie de la famille, nous pouvons avoir confiance en lui, et des cousins au deuxième degré peuvent se marier sans problème. Et tu lui plais beaucoup. C'est vrai ! s'exclama-t-elle en voyant Prudence faire mine de protester. Il t'aime beaucoup, même si tu ne t'en rends pas compte. Il a eu l'impression que tu l'ignorais, et c'est la raison pour laquelle il ne t'a jamais rendu visite à Little Russell Street. Tu critiques son manque d'attentions, mais tu n'as toi-même fait aucun effort. Tu n'es pas allée une seule fois voir sa mère quand elle était ici, à Londres.

— Elle ne m'a jamais rendu visite non plus, répliqua Prudence, piquée au vif. Pourtant, j'ai envoyé des lettres pour prendre de leurs nouvelles. Millicent ne m'a jamais répondu. Pas une fois. Aussi suis-je stupéfaite qu'elle soit aussi prévenante à présent.

Prudence aurait aussi bien pu parler aux murs.

— Robert a été profondément blessé de se sentir snobé, continua Edith. Et tu es prête à le laisser tomber pour un goujat de mauvaise réputation, comme ce St. Cyres !

Elle baissa la tête et se remit à sangloter.

Sentant poindre une vraie migraine, Prudence pressa les doigts contre ses tempes. Les chaperons étaient vraiment la pire invention qui soit, et Edith était insupportable.

— Le duc a manifesté pour moi un intérêt poli, rien de plus. S'il devait m'accorder davantage d'attention...

Traversée par un frisson d'excitation en pensant à la journée du lendemain, elle marqua une pause. Allait-il la toucher encore, comme il l'avait fait aujourd'hui ? Peut-être l'embrasserait-il ? Ce serait merveilleux !

Prenant une longue inspiration, elle mit un frein à son imagination.

— ... eh bien... s'il m'accordait une attention plus appuyée, cela ne voudrait pas dire que je serais tentée de répondre à ses avances.

Alors même qu'elle prononçait ces mots, Prudence eut conscience de mentir. Elle était déjà un peu amoureuse du duc, alors qu'elle ne le connaissait que depuis une semaine.

— Rassurez-vous, ma tante, j'ai l'intention d'épouser un homme dont l'affection sera sincère.

Elle se trouva elle-même un air de détestable petite sainte, mais sa tante ne sembla rien remarquer.

— Je suis soulagée de t'entendre parler ainsi, ma chère petite, dit Edith en se tamponnant les yeux avec son mouchoir. Je ne souhaite que ton bonheur, tu le sais, ajouta-t-elle en se levant.

Prudence soupira de soulagement en la voyant partir et retourna à ses pensées concernant une certaine personne qui lui procurait déjà beaucoup plus de bonheur que sa tante ne lui en donnerait jamais.

Je vais vous ramener à votre cousin, avant d'oublier que je suis un gentleman.

Le souvenir ramena un sourire sur ses lèvres. Accoudée à la coiffeuse, la joue posée contre sa main, elle tenta d'imaginer ce que faisait le duc quand il oubliait qu'il était un gentleman.

Échapper aux attentions étouffantes de sa famille était un peu compliqué, mais Prudence y parvint tout de même, prétendant qu'elle allait faire un pique-nique à Hyde Park avec ses amies de Little Russell Street. Pour dissuader Edith de l'accompagner et la convaincre qu'elle pouvait en profiter pour aller visiter les boutiques avec Millicent, elle insista sur le fait que les pelouses devaient être humides, et que Mme Morris lui servirait de chaperon. Puis elle quitta le Savoy et se rendit à la gare de Charington Cross à pied.

Le voyage en train jusqu'à Richmond durait moins d'une heure, mais cela lui parut beaucoup plus long. Prudence était si excitée qu'elle ne tenait pas en place, et ne pouvait s'empêcher de trépigner nerveusement.

Il l'attendait sur le quai. Elle l'aperçut à travers la vitre à l'instant où le train entra dans la gare de Richmond. Il ne portait pas de veste, car la journée était très ensoleillée, et il était si beau en manches de chemise, avec son pantalon marron et ses bottes de cavalier, qu'elle sentit sa gorge se serrer en le voyant. Quand le train s'arrêta, elle le vit tirer sur son gilet de tweed, rajuster sa cravate, et passer la main dans ses cheveux. Ces gestes la firent sourire. Apparemment, elle n'était pas la seule à se sentir nerveuse.

Il la vit à l'instant où elle descendit du marchepied et vint à sa rencontre, avec un sourire de plaisir qui la réchauffa et chassa sa nervosité.

— Vous êtes venue.

— Cela vous étonne ?

— Un peu, avoua-t-il. La plupart des femmes ne l'auraient pas fait. Ce n'est pas très convenable, d'aller pique-niquer seule avec un homme. Je pensais que vous ne viendriez pas ou alors que vous seriez accompagnée d'un chaperon.

— Je me suis dit que si je traînais tante Edith derrière moi, cela jetterait un froid.

— En effet. Vous avez un joli chapeau, ajouta-t-il avec un large sourire.

Prudence effleura le canotier de paille rouge, un peu gênée qu'il pense qu'elle l'avait mis pour lui plaire, mais enchantée qu'il l'ait remarqué. En général, les hommes ne faisaient pas attention aux chapeaux.

— Merci.

— Allons-y, dit-il en lui offrant le bras. C'est à plus de cinq kilomètres d'ici. Une voiture nous attend.

— Êtes-vous venu en voiture ou en avez-vous loué une ? s'enquit-elle alors qu'ils quittaient la petite gare.

— Ni l'un ni l'autre. J'ai envoyé un câble hier soir pour savoir si Cam était chez lui, et on m'a répondu qu'il était absent. La maison est louée à une riche famille américaine. Je ne les connais pas, mais ils m'ont aussitôt invité à passer le week-end avec eux. Les Américains sont toujours impressionnés par les ducs, je crois, mais il y avait beaucoup d'agitation quand je suis arrivé ce matin. Je n'avais jamais vu cela. Je crains de les avoir un peu déçus en annonçant que j'allais pique-niquer seul avec une dame. Ils m'ont gentiment prêté une voiture, bien que je ne leur aie pas révélé l'identité de mon invitée. Je dois penser à protéger votre réputation, vous comprenez. Nous y voici.

Il s'arrêta à côté d'une voiture où les attendait un cocher en livrée. Ce dernier s'inclina devant Prudence, et rabattit le marchepied.

— Faites attention au panier, dit St. Cyres, en l'aidant à prendre place dans le petit véhicule à deux places. J'ai été obligé de le mettre à nos pieds. L'arrière est occupé par le matériel de pêche et la couverture.

Elle enjamba l'énorme panier posé sur le sol, et s'assit.

— Du matériel de pêche ?

— Je veux vous apprendre à pêcher, expliqua-t-il en s'installant à côté d'elle. J'espère que vous n'avez rien contre ? Je ne conçois pas qu'une fille de la campagne ne sache pas pêcher.

— Vous avez raison. Un pique-nique et une partie de pêche, c'est très bien.

Elle se pencha pour jeter un coup d'œil au panier, et poussa un petit cri de surprise, en voyant les initiales sur le couvercle d'osier.

— Fortnum et Mason ? Oh ! c'est merveilleux !

— Je suis content que ça vous plaise. Halston, emmenez-nous au hangar à bateaux de Greenbriar, s'il vous plaît.

— Nous allons aussi faire du bateau ?

— Nous y sommes obligés, expliqua le duc. L'étang de Rosalind est dans un endroit désert. Aucune route n'y mène, mais un petit cours d'eau se jette dedans. J'aurais pu prendre des chevaux, mais je n'étais pas sûr que vous sachiez monter. Vous n'avez rien contre le bateau ?

Prudence hésita.

— Je ne sais pas. Je ne suis jamais montée dans un bateau.

— Jamais ? Même pas pour faire un tour sur la rivière ?

— Non, répondit-elle en secouant la tête. Je n'aurais jamais eu le courage de le faire. Je ne sais pas nager.

— Je suis un excellent nageur. Vous n'avez donc pas à vous inquiéter. Avez-vous confiance en moi ?

— Bien sûr. Comment pourrait-il en être autrement ? Je vous ai vu sauver Sally.

Il lui lança un regard étrange.

— Tant que vous n'avez pas peur du bateau, c'est très bien, marmonna-t-il en détournant les yeux.

La voiture traversa Richmond et quitta la route principale pour s'engager dans un chemin bordé d'arbres et de buissons. Au bout de quelques kilomètres, St. Cyres désigna un manoir de pierre grise, au loin, que l'on distinguait à peine entre les bosquets.

— Voilà Greenbriar. C'est petit, mais très confortable.

Petit ? Le manoir était au moins trois fois plus grand que la maison d'oncle Stéphane dans le Sussex ! Prudence la trouva immense, mais un duc n'avait sans doute pas la même vision des choses.

— Les Américains sont des gens bizarres, continua-t-il. Ils ont demandé à Cam la permission d'installer la lumière au gaz dans la maison, car ils comptent y passer l'année et trouvent que les lampes et les bougies ne sont pas pratiques. Ils considèrent probablement cela comme un investissement, car ils ont fait une offre à la famille pour acheter le manoir. Je suppose qu'ils aimeraient marier leurs filles dans l'aristocratie anglaise, et qu'ils veulent avoir une maison près de Londres.

— Ils ont des filles ?

Voilà qui ne plaisait pas beaucoup à Prudence. Pas étonnant que l'arrivée de St. Cyres ait causé un tel émoi dans la maisonnée !

— Elles sont jolies ? ne put-elle s'empêcher de demander.

— Non. Elles n'ont aucun charme, je vous assure.

La réponse parut peu convaincante à Prudence, qui lui lança un regard en coin.

— Je pense qu'elles doivent être très jolies.

— Seriez-vous jalouse ? s'exclama-t-il en riant.

— Pas du tout, répliqua-t-elle d'un air très digne.

— Bien. Vous n'avez aucune raison d'être jalouse de qui que ce soit. C'est vous que je préfère.

Le cœur de Prudence fit un bond, mais elle s'efforça de contenir sa joie. Il aurait été fou d'espérer qu'un homme d'un rang social aussi élevé puisse concevoir un attachement romantique pour elle. Pourtant, malgré ses efforts, elle ne put chasser son sentiment de bonheur, et elle souriait toujours dix minutes plus tard, quand la voiture s'arrêta près d'un étang.

Un hangar à bateau plutôt délabré se trouvait à proximité d'un petit ponton où était amarrée une barque. St. Cyres aida Prudence à descendre du coupé, prit le panier de pique-nique, et s'avança avec elle jusqu'au ponton, en ordonnant au cocher d'amener le matériel rangé dans la malle de la voiture. Halston obéit, entassant les cannes à pêche, la couverture, et le panier au fond de la barque. Puis il maintint celle-ci, tandis que Rhys tendait la main à Prudence.

— Allez-y, montez doucement. Et asseyez-vous.

Elle prit place sur le banc de bois à l'arrière. St. Cyres s'assit au centre, face à elle, prit les rames au fond du bateau, et fit un signe de tête à Halston.

— Détachez les amarres. Ensuite vous pourrez partir. Revenez nous chercher dans quatre heures.

— Très bien, monsieur.

Le cocher poussa la barque du pied. Manœuvrant habilement les rames, St. Cyres emmena l'embarcation de l'autre côté de l'étang, puis sur la rivière.

Prudence l'observa, admirant ses bras puissants tandis qu'il ramait contre le courant. Au bout de quelques minutes, elle se sentit toutefois obligée de lui proposer son aide.

— Vous faites beaucoup plus d'efforts que moi. Puis-je vous aider à ramer ?

Il sourit, et se renversa en arrière pour sortir les rames hors de l'eau.

— Il faudrait que vous veniez vous asseoir juste à côté de moi. Cela me plairait, mais je dois rester au milieu pour que la barque ne chavire pas, et vous ne seriez pas très à l'aise.

— Cela m'est égal.

— D'accord. Cependant, si j'étais vraiment un gentleman, je refuserais. Ramer à contre-courant est très dur, mais comme nous n'allons pas très loin, je vais être égoïste, vous prendre au mot, et vous faire asseoir inconfortablement sur un bout de banc.

— C'est très bien, répondit-elle timidement. J'ai envie de m'asseoir à côté de vous, donc je suis égoïste aussi.

— Vraiment ? s'exclama-t-il en riant. Voilà une jeune personne honnête, qui ne cache pas ses motivations !

Prudence s'assit sur le bout de banc qu'il lui offrait. Le duc garda la main sur la rame devant elle, et elle plaça ses deux mains derrière la sienne.

— Vous êtes prête ? Un, deux, et trois !

Ils tirèrent sur la rame en même temps, propulsant la barque en avant.

— C'est comme ça ? demanda-t-elle en s'efforçant de suivre le rythme de ses mouvements.

— C'est parfait. Nous avançons bien droit, comme une flèche.

Ils ramèrent en silence pendant un moment, et trouvèrent très vite le rythme parfait. Prudence aimait sentir son corps puissant près du sien, et leurs épaules s'effleurer à chaque mouvement. Suivant ses instructions, elle l'aida à diriger la petite barque vers un cours d'eau plus étroit et plus sinueux. D'immenses saules pleureurs recouvraient les berges, faisant jouer l'ombre et la lumière à la surface de l'eau.

— Je trouve que nous formons une bonne équipe, non ? remarqua-t-il en tirant sur les rames.

— Oui, dit-elle avec un sourire. On pourrait croire que nous faisons cela depuis toujours.

Tout à coup, sans raison apparente, ils s'immobilisèrent en même temps. Prudence le vit baisser les paupières, poser les yeux sur ses lèvres, et le monde sembla se figer. Puis le duc se pencha, et elle comprit qu'il allait l'embrasser.

Une vague d'excitation l'envahit, ainsi qu'un puissant sentiment de joie. Elle avait imaginé ce moment pendant toute la journée, hier, sans oser espérer que cela arriverait vraiment. Elle renversa la tête, et il s'approcha jusqu'à ce que leurs lèvres se touchent presque. Prudence était en proie à une telle impatience qu'elle eut du mal à respirer.

— Prudence…, murmura-t-il, d'une voix qui semblait faire écho aux émotions de la jeune femme.

Elle entrouvrit les lèvres et ferma les yeux. Cependant, au dernier moment, il recula d'une façon si brusque que la barque tangua.

La déception fut si vive que Prudence se détourna.

— Bon sang ! marmonna-t-il.

Le duc se remit à ramer et elle l'aida, en se disant que c'était mieux ainsi. Ces choses-là n'étaient pas convenables. Seuls les gens mariés avaient le droit de s'embrasser.

Ils ne prononcèrent pas un mot. Leurs mouvements étaient en parfaite harmonie, et Prudence ne doutait pas que son baiser aurait été tout aussi parfait. En femme vertueuse, consciente des dangers qui guettaient une jeune fille délurée, elle savait qu'elle aurait dû se sentir soulagée. Or, ce n'était pas le cas.

Elle regrettait profondément de ne pas lui avoir passé les bras autour du cou pour l'embrasser elle-même. S'il savait se conduire en gentleman, elle avait visiblement plus de mal, elle, à se comporter en vraie dame !

7

Selon les rumeurs, le duc de St. Cyres passerait quelques jours à Richmond, avec la famille du millionnaire des chemins de fer américains, J.D. Hunter. Notre petit doigt nous a dit que M. Hunter avait plusieurs filles, toutes très jolies. Se pourrait-il que le duc, le célibataire à la réputation la plus scandaleuse de toute l'Angleterre, envisage de choisir une Américaine comme épouse ?

Les Potins mondains, *1894*

Prudence et St. Cyres n'échangèrent plus un mot pendant le court trajet qui les séparait de l'étang de Rosalind, mais la jeune femme trouva ce silence agréable. Ils scrutèrent la rive pour chercher un endroit où s'installer, et repérèrent en même temps un coin sous les saules. Tandis qu'ils s'asseyaient et ouvraient le panier de pique-nique, Prudence décida que cette journée était la plus merveilleuse qu'elle ait connue de toute sa vie.

— Voyons ce que contient ce panier…, dit St. Cyres en soulevant le couvercle.

— Vous ne le savez pas ?

— Je n'en ai pas la moindre idée.

Elle le regarda tandis qu'il sortait les provisions.

— Je suis étonnée qu'un duc ne connaisse pas le contenu des paniers de pique-nique de Fortnum et Mason.

— Je n'ai encore jamais eu l'occasion d'en prendre. N'oubliez pas que j'ai vécu sur le Continent.

— Oui, je sais ! s'exclama-t-elle en riant. Vous étiez trop occupé à vous balader au Moulin Rouge, et à vous baigner dans des fontaines italiennes.

— À me baigner nu, précisa-t-il, en déposant une boîte de chocolats sur la couverture. Je me demande bien pourquoi tous les journaux de la bonne société européenne s'amusent encore à raconter cette histoire. Cela me dépasse !

Prudence savait pourquoi. L'idée de cet homme, nu dans une fontaine éclairée par les rayons de lune, lui traversa l'esprit, lui coupant le souffle. Elle n'avait jamais vu d'homme nu de toute sa vie, mais elle avait vu des tableaux et des sculptures. Et l'image qui se forma dans son imagination lui enflamma les joues.

Comme elle ne disait rien, St. Cyres leva les yeux. Quand il vit qu'elle rougissait, il sourit ainsi qu'il l'avait fait l'autre soir à l'opéra, comme s'il savait exactement à quoi elle pensait.

Prudence baissa les yeux et regarda ce qu'il disposait sur la couverture.

— Oh ! du chocolat !

Rhys ne comptait pas la laisser s'en sortir à si bon compte. La diversion était cousue de fil blanc. Il posa une main sur sa joue et lui fit lever la tête, afin de croiser son regard.

— Des douceurs pour la douce, murmura-t-il en lui caressant lentement la joue.

— Je vous ai dit que je n'étais pas douce, protesta-t-elle dans un chuchotement.

Il eut un rire de gorge.

— Ah oui, c'est vrai ! J'avais oublié que vous étiez coupante comme du verre.

Il la relâcha, et s'assit sur ses talons pour continuer à vider le panier.

— Voyons... en plus du chocolat, nous avons du foie gras, des cornichons, de la moutarde, du saumon fumé, une tranche de fromage de Stilton, une autre de cheddar, des biscuits salés, des biscuits sucrés... ah ! et une bouteille de bordeaux !

— C'est merveilleux ! s'exclama Prudence tout en l'aidant à ouvrir les pots et les paquets. J'ai toujours eu envie de goûter à tous ces mets raffinés. Mais on ne peut pas s'offrir ça avec un salaire de couturière.

— En effet. Oh ! ils ont oublié la limonade ! ajouta-t-il en secouant la tête d'un air dépité. Quel dommage ! Vous qui aimez tant cela...

— Il faudra que je me contente du bordeaux, je suppose.

— Pour cette fois, d'accord. Mais pour le prochain pique-nique, je demanderai à Fortnum et Mason d'ajouter leur meilleure limonade.

En apprenant qu'il y aurait d'autres sorties, Prudence estima que son bonheur était complet.

— Mais à condition qu'elle soit tiède, dit-elle en riant. Pour que je la déteste vraiment, la limonade doit être *tiède*.

— D'accord. Je leur demanderai leur meilleure limonade tiède.

Il prit la bouteille de vin et le tire-bouchon, et désigna le panier d'un signe de tête.

— Il y a deux verres au fond du panier. Vous pouvez les prendre ?

Elle obéit, sortit également les assiettes, et posa les verres sur le couvercle. Tandis qu'il ouvrait la bouteille et servait le vin, elle ôta ses gants et découpa le fromage et le jambon, pour les disposer sur les assiettes.

Rhys remplit les verres, en prit un, et s'appuya sur un coude, contemplant le paysage paisible.

— J'avais oublié comme une journée d'avril en Angleterre pouvait être belle, murmura-t-il.

Prudence jeta un coup d'œil à l'étang. Celui-ci était encore plus beau en réalité que dans le tableau peint par son ami. Les nouvelles feuilles des saules étaient d'un vert clair et brillant, et des boutons d'or parsemaient la prairie, de l'autre côté de l'étang.

— « Oh ! être en Angleterre, cita-t-elle, maintenant qu'avril est là ! »

— Vous connaissez ce poème ?

Il l'observait avec étonnement.

— « Pensées sur l'Angleterre », répondit-elle. Robert Browning. Ma mère me le lisait quand j'étais petite. C'est mon poème préféré.

— C'est aussi l'un de ceux que je préfère, mais je ne saurais vous dire pourquoi je l'aime tant. Il y a beaucoup de poèmes plus beaux que celui-là. Tout ce que je sais, c'est que je le lisais souvent quand j'étais à l'étranger. Robert Browning vivait aussi en Italie quand il l'a écrit, et c'est peut-être ce qui explique que je me sois senti si proche de lui.

— Ou peut-être aviez-vous tout simplement le mal du pays, fit-elle remarquer avec un petit sourire.

Il pencha la tête de côté, comme si la suggestion le faisait réfléchir.

— Le mal du pays ? Vous savez… je pense qu'en effet l'Angleterre me manquait. C'est incroyable ! s'exclama-t-il en riant.

— Incroyable ? répéta-t-elle, choquée par le choix de cet adjectif. Je ne vois pas pourquoi. N'importe qui, vivant à l'étranger, aurait le mal du pays.

— Je n'aurais jamais cru que cela puisse m'arriver.

Son regard s'égara sur la surface de l'étang.

— J'ai quitté l'Angleterre à vingt et un ans, et aucun homme ne pouvait être plus heureux que moi de partir. J'ai embarqué à Douvres, et quand j'ai vu les côtes d'Angleterre s'éloigner, tout ce que j'ai ressenti, c'est un profond soulagement.

— Cela ressemble à une fuite, fit observer Prudence. Pourquoi ? À quoi cherchiez-vous à échapper ?

— Une fuite ? Vous croyez ? Je pensais que j'allais juste voir le monde, connaître l'aventure.

Il avait prononcé ces mots avec légèreté, mais Prudence ne fut pas dupe.

— À quoi vouliez-vous échapper ? insista-t-elle.

Rhys vida son verre d'un trait.

— À tout, répondit-il sans la regarder. Et surtout à moi.

Prudence contempla son profil, la ligne dure de ses lèvres, et fut certaine que la personnalité de cet homme ne se limitait pas à sa beauté, à ses manières chevaleresques, et à son passé sulfureux.

— Il y a quelque chose en vous qui vous poussait à fuir. Qu'est-ce que c'est ?

Il reposa son verre sur le panier, avec un petit rire sarcastique.

— Vous avez lu ce qu'on raconte sur moi, répondit-il en remplissant son verre. Je suis un impudent, vous le savez.

— Moi, je vous trouve merveilleux.

Honteuse d'avoir fait une remarque aussi maladroite, elle se mordit la lèvre.

Cela ne parut pas lui plaire non plus. Les sourcils froncés, il glissa la main sur la nuque de Prudence et se pencha vers elle. Leurs regards se soutinrent, et elle vit une lueur grise étinceler dans ses prunelles vertes.

— Ce n'est pas vrai, dit-il d'un ton sec. Il n'y a rien de merveilleux chez moi, Prudence. Rien.

Elle secoua la tête pour protester, mais alors ses doigts se resserrèrent sur sa nuque, et il pressa le pouce contre sa joue pour l'empêcher de bouger.

— Je comprends que vous ne soyez pas de cet avis. Étant donné ce qui s'est passé le soir où nous

nous sommes rencontrés, je sais que vous me prenez pour une sorte de héros. Mais vous vous trompez. Je suis un mauvais sujet, une pomme pourrie. Il y en a des barils pleins, chez les De Winter.

Il scruta son visage, et se rembrunit encore.

— Si vous étiez raisonnable, vous ne resteriez pas un instant de plus auprès de moi.

Prudence était perplexe. Pourquoi parlait-il de lui avec tant de mépris ? Depuis leur première rencontre, il avait toujours fait preuve d'une extrême courtoisie. De plus, il avait volé au secours de Sally. Elle avait travaillé assez longtemps, comme couturière, pour savoir que les femmes de son milieu étaient terriblement vulnérables, face à des hommes de son rang. Confrontés à la scène dont il avait été témoin, la plupart de ses pairs se seraient éloignés en haussant les épaules, abandonnant la fille à son violeur. Certains se seraient même joints à lui. Mais St. Cyres n'était pas le genre d'homme à agir ainsi, ou à rester les bras ballants lorsqu'une femme se faisait agresser.

— Je ne vous crois pas, déclara-t-elle d'une voix calme. Pardonnez-moi, monsieur le duc, mais je crois que vous êtes trop modeste. À dire vrai, je vois en vous beaucoup de qualités à admirer. Jusqu'ici, je n'ai rien trouvé pour vous condamner.

— Cela viendra, chuchota-t-il en pressant son doigt contre ses lèvres pour l'empêcher de discuter.

Il ferma les yeux et la serra contre lui, lui effleurant la joue de ses lèvres.

— Cela viendra…, répéta-t-il.

Il y avait quelque chose de spécial dans la façon dont il prononça ces mots, et Prudence en eut le cœur serré. Elle ne dit rien de plus, et leva la main pour repousser une mèche sur son front.

Il ouvrit les yeux en sentant le contact de ses doigts, et s'écarta. Prudence laissa sa main retomber, et il relâcha son étreinte.

— Maintenant que je sais ce que vous pensez de moi, il va falloir que je me tienne mieux.

Il sourit, mais le sourire n'atteignit pas ses yeux et elle eut l'impression qu'une porte venait de se refermer entre eux.

— Je vais être obligé de faire un effort pour mériter la haute opinion que vous avez de moi.

Son ton était désinvolte, comme si son humeur sombre avait disparu d'un coup, mais Prudence ne s'y trompa pas. Elle sentait encore la tension qui l'habitait. Elle aurait aimé en savoir davantage, ouvrir cette porte pour découvrir ce qui se cachait derrière ce sourire, mais le moment n'était pas propice pour poser d'autres questions.

— Dans ce cas, vous pourriez commencer par me passer cette boîte de biscuits, suggéra-t-elle. Je suis affamée.

Il se détendit un peu, son sourire s'élargit, et Prudence se félicita d'avoir su contenir sa curiosité.

— Donc, vous aimez Browning ? demanda-t-il en lui tendant la boîte.

— Oui, mais j'ai une préférence pour Tennyson. J'adore « la Dame de Shalott ».

— Les femmes aiment toujours « la dame de Shalott », répliqua-t-il avec un petit rire méprisant.

— Et alors ?

— Alors, « la Charge de la Brigade légère » est bien meilleur.

— Meilleur ? s'exclama-t-elle en mordant dans un biscuit. Je ne vois pas comment vous pouvez dire cela. C'est une bataille tragique, la mort est présente partout.

— Exactement. Il n'y a rien de plus excitant.

— Mais des centaines d'hommes trouvent la mort !

— Courageusement, comme le dit le poème.

— Et vous m'accusez d'être romantique ? répliqua-t-elle en riant.

Il s'immobilisa, un morceau de fromage à la main.

— Que voulez-vous dire ?

— Vous êtes romantique aussi !

— C'est absurde ! répliqua-t-il en prenant une bouchée de fromage. Je n'ai pas un brin de romantisme.

— C'est ce que vous dites, mais dans la « Charge de la Brigade légère », il n'est question que de l'idéal romantique, d'honneur et de courage. Vous êtes juste un romantique qui ne veut pas l'avouer.

Sur le point de protester, Rhys secoua la tête et y renonça.

— Qu'est-ce qui vous a fait aimer la poésie ?

— Ma mère.

Prudence sourit, envahie par les souvenirs.

— Elle avait une passion pour la poésie. Quand j'étais petite, elle m'emmenait souvent en pique-nique en été. Je dessinais, ou je cousais, pendant qu'elle me lisait des poèmes. Son poète préféré était Keats, mais elle me lisait toujours des passages de Tennyson, parce que c'était celui que j'aimais le plus.

— Et votre père ?

Le sourire de Prudence s'effaça, et elle détourna les yeux. Elle savait qu'elle aurait dû lui dire la vérité sur sa naissance, mais elle redoutait de le voir changer d'attitude envers elle.

— Je n'ai jamais connu mon père.

Elle changea de sujet, sans lui laisser le temps de poser de questions.

— En revanche, ma mère ne m'a jamais appris à pêcher au cours de nos sorties.

— Votre éducation est donc incomplète, dit-il en soupirant. La pêche est le plus grand sport qui existe.

— Je ne comprends pas ce qu'il y a d'excitant à se planter au bord d'un cours d'eau, à attendre d'attraper un pauvre animal sans défense qui ne demande rien à personne.

— Dans ce cas, permettez-moi de vous éclairer sur le sujet. Avant la fin de la journée, je vous aurai enseigné l'art et la manière de pêcher une belle truite bien grasse. La vraie poésie, ma chère mademoiselle Bosworth, c'est cela.

— Hum, fit-elle d'un ton sceptique. Nous verrons bien.

Rhys savait qu'il avait fait beaucoup de choses stupides au cours de sa vie. Par exemple, abuser de l'absinthe au cours des mois qu'il avait passés à Paris ou encore de s'enticher follement de sa troisième maîtresse l'année de ses vingt et un ans. Plus stupide encore que le reste, était le fait d'avoir entièrement dépensé son héritage. C'était d'autant plus idiot qu'une bonne partie de cet argent lui avait servi à payer l'absinthe, et la maîtresse.

Toutefois, lorsqu'il eut fini d'assembler la ligne et la canne à pêche, Rhys décida que ce qu'il avait fait de pire, avait été d'avouer à l'héritière qu'il voulait épouser qu'il n'était qu'un pauvre type. Où diable avait-il eu la tête ? Il était là pour la séduire, pas pour être honnête ! Il se serait giflé.

Il lui lança un coup d'œil tout en attachant la ligne à l'extrémité de la canne. Elle était en train de ranger les restes du pique-nique dans le panier. Il se souvenait parfaitement de ses grands yeux bruns fixés sur lui avec une expression incrédule, tandis qu'il se livrait à cette confession idiote. Comme elle faisait partie de ces âmes naïves et innocentes qui attendaient d'être bernées par plus malins qu'elles, elle ne l'avait pas cru. Dieu soit loué ! À partir de maintenant, il garderait le silence sur ses défauts, il en faisait le serment.

Lorsqu'il eut garni l'hameçon d'un grain de maïs trouvé dans le panier, il s'aperçut qu'elle avait fini de ranger.

— Comment faut-il faire ? s'enquit-elle en s'approchant.

— La première chose à apprendre, c'est comment lancer la ligne.

Il lui donna la canne et alla se poster derrière elle. Toutes sortes d'idées coquines l'assaillirent tandis qu'il l'aidait à positionner ses mains sur la canne, mais il se rendit compte que cela n'allait pas. Le bord de sa capeline était trop large, et l'empêchait d'approcher. Si elle la gardait, il ne pourrait pas l'attirer contre lui et respirer le délicieux parfum de lavande de ses cheveux. Or, c'était beaucoup plus important pour lui que de pêcher.

— J'adore votre chapeau, mais vous devriez l'enlever.

— Vraiment ? Pourquoi ?

Parce que je veux vous tenir contre moi.

— Parce que si vous le gardez, je ne pourrai pas vous montrer comment lancer la ligne. Le bord est si large qu'il va nous gêner.

Prudence accepta cette explication sans poser de questions. Elle était si confiante ! Elle ôta l'épingle de son chapeau, enleva la capeline de paille rouge ornée de rubans, et la jeta dans l'herbe, à leurs pieds.

Rhys l'entoura de ses bras, et plaça ses mains sur les siennes.

— Je vais lancer la ligne. Tout ce que vous avez à faire, c'est de vous laisser guider.

— Je vois. Un peu comme pour danser, n'est-ce pas ?

— Exactement.

Il recula son bras. Prudence suivit son mouvement, et ils lancèrent la ligne ensemble. Les poids entrèrent dans l'eau avec un petit bruit, entraînant l'hameçon.

— Et maintenant, que faut-il faire ? demanda-t-elle en se retournant.

— Attendre.

Il se demanda combien de temps il pourrait encore la garder ainsi, dans ses bras, sous prétexte de pêcher la truite. Tout en inspirant son parfum, il décida qu'il ne bougerait pas tant qu'elle ne lui en aurait pas donné l'ordre.

Très lentement, avec subtilité, il relâcha la canne afin de glisser les bras sous ceux de Prudence et de l'enlacer. Elle était bien plus petite que lui et, au contact de ses courbes généreuses, il eut l'impression d'être au paradis.

Au bout d'un moment, elle bougea un peu, comme pour lui rappeler que cette position n'était pas convenable. N'ayant pas l'intention de laisser la bienséance le priver d'un si grand plaisir, Rhys resserra son étreinte.

Prudence capitula aussitôt, s'abandonnant entre ses bras. Son dos se pressa contre son torse, et il sentit la rondeur de ses hanches contre ses cuisses. Le contact fut tel qu'il se mordit la lèvre pour réprimer un grognement. Il se mit à espérer que la truite ne morde pas trop vite à l'hameçon.

— Vous pêchez souvent ?

— Oui, assez souvent, répondit-il en s'efforçant vaillamment de faire la conversation, malgré la vague de désir qui gagnait son corps. J'ai… j'ai une vraie passion pour cette activité.

— Vraiment ? Je n'aurais jamais cru qu'un homme comme vous s'intéresse à ce genre de sport.

— Ah non ?

Savourant le contact de ses seins contre ses bras, la douceur de sa chevelure lui effleurant le cou, il ferma les yeux.

— Pourquoi pas ?

— Eh bien, monsieur le duc, de votre propre aveu vous avez eu une vie plutôt agitée. Ce sport me paraît un peu trop calme par rapport à vos goûts.

— Il me procure pourtant un plaisir indescriptible, murmura-t-il, imaginant qu'il pouvait lui ôter ses vêtements. La tension, l'attente, et enfin la victoire. C'est exquis.

— Vraiment ?

Une image très précise de Prudence complètement nue se forma dans son esprit.

— Oui, vraiment, répondit-il.

Pendant tout le reste de l'après-midi, il dut tenir son désir en échec. C'était une torture, mais il ne pouvait s'en prendre qu'à lui-même. Il savait très bien que son désir ressurgissait chaque fois qu'il posait les yeux sur elle, mais qu'il était encore beaucoup trop tôt pour songer à le satisfaire. Malgré cela, il l'avait emmenée ici, où ils étaient seuls, où il pouvait l'entourer de ses bras sous un prétexte innocent et s'enivrer de son parfum, sans toutefois la moindre possibilité d'assouvir son envie.

Au bout de deux heures passées ainsi, sans pouvoir la toucher, l'embrasser, ou glisser les mains sous sa jupe, Rhys décida que finalement, la chose la plus stupide qu'il ait faite dans sa vie, avait été de vouloir apprendre à pêcher à Prudence.

Malgré tout, chaque seconde qu'il passait auprès d'elle était délicieuse.

8

La toute nouvelle héritière londonienne nous apprend qu'elle assistera au bal de bienfaisance de lady Amberly, ce soir. Cela laisse bien augurer du succès de cette réception, car les bals souffrent souvent de l'absence des gentlemen. Or, la présence d'une riche héritière empêche toujours que ce genre de calamité se produise.

La Gazette sociale, *1894*

Plutôt que de passer une nuit de plus à Richmond, comme il en était convenu avec son hôte, Rhys décida de prendre le train pour Londres avec Prudence. Ils n'étaient plus seuls, car le train était bondé, et il fut donc obligé de se comporter d'une façon parfaitement convenable. La bienséance ne pouvait toutefois empêcher des idées polissonnes de lui traverser l'esprit, et ces pensées libertines se poursuivirent même lorsqu'il eut quitté Prudence, à la gare de Victoria.

Il prit un cab et, tandis que celui-ci se frayait lentement un chemin dans les encombrements londoniens, il continua de se torturer jusqu'à Mayfair. Son imagination s'attarda longuement sur les courbes et les vallées de sa silhouette, explorant les creux de sa taille, la rondeur de ses seins et de ses hanches. Il revécut inlassablement tous les moments de cette journée, et parvint même à rire de la frustration qu'il avait éprouvée chaque fois qu'un poisson avait interrompu ces instants de pur délice.

Hélas ! quand il arriva chez lui, son humeur fut aussitôt assombrie par Hollister, qui l'accueillit sur le pas de la porte.

— M. Roth et M. Silverstein vous attendent, monsieur, annonça le majordome. J'ai pensé qu'ils étaient là pour affaires, aussi les ai-je fait entrer dans le bureau.

Quand les banquiers vous rendaient visite en personne, et le soir par-dessus le marché, cela n'augurait rien de bon. Rhys monta l'escalier, passa devant le salon, et entra dans le bureau au bout du couloir, en se préparant au pire. La mine sombre des deux banquiers qui se levèrent à son entrée ne le détrompa pas.

Ils commencèrent par lui présenter leurs condoléances pour la mort du duc, son oncle.

— Merci, répondit-il en arborant un air de circonstance. La mort de mon oncle a été durement ressentie, par toute la famille.

Il désigna les deux fauteuils disposés face à son bureau.

— Je vous en prie, messieurs, asseyez-vous.

Ils s'assirent et Rhys contourna le massif bureau d'acajou pour prendre place dans son fauteuil.

— Qu'est-ce qui me vaut l'honneur de votre visite ? s'enquit-il avec un sourire détendu.

— Nous sommes venus pour répondre à votre lettre d'hier, expliqua M. Roth. Celle dans laquelle vous faites une demande de fonds supplémentaires.

— Oui. Eh bien ? fit-il en marquant une pause, l'air soudain perplexe. Y a-t-il un problème, messieurs ? Sûrement pas ?

Les deux hommes échangèrent des regards. Il y eut un long silence avant que M. Silverstein n'annonce à Rhys la mauvaise nouvelle à laquelle il s'attendait.

— À notre grand regret, monsieur le duc, nous devons rejeter votre demande.

Rhys le considéra avec hauteur.

— Ma famille possède un compte dans votre banque depuis l'époque de la reine Anne.

— C'est exact, admit M. Roth. Tout à fait exact. Et à cause de cette longue collaboration, nous sommes peinés de devoir refuser un prêt au duc de St. Cyres. Mais dans ce cas, à notre grand regret, nous y sommes obligés. Nous vous demandons pardon, monsieur le duc, mais il nous faut parler franchement. La situation financière de votre famille est… précaire. Votre oncle dépensait très largement, ce qui nous inquiétait depuis longtemps déjà.

Rhys croisa et soutint le regard de Roth, qui était l'associé principal de la firme.

— Les circonstances ont changé, et je ne suis pas mon oncle.

— Naturellement. Mais quelle garantie avons-nous que vous pourrez améliorer l'état financier de votre famille ?

Rhys ne répondit pas directement à cette question. Il ouvrit le tiroir de droite de son bureau et en sortit une édition récente des *Potins mondains*. Il le posa sur le bureau, de façon que les deux hommes puissent lire le titre en première page.

Une romance est-elle en train de s'épanouir à Covent Garden ?

M. Roth et M. Silverstein n'eurent pas l'air aussi impressionnés que Rhys l'avait espéré. Les deux hommes échangèrent un coup d'œil, et une fois de plus ce fut M. Roth qui prit la parole.

— Avec tout le respect que nous vous devons, monsieur le duc, vous nous demandez un crédit supplémentaire de trois cent mille livres. C'est une somme énorme.

— Ce n'est pas comme si cet argent était pour moi, messieurs, répondit Rhys en posant la main sur sa poitrine. C'est pour le gouvernement de Sa Majesté. C'est une chose terrible, ces droits de succession.

— Nous comprenons les raisons pour lesquelles vous avez besoin d'une telle somme, se hâta de dire M. Silverstein. Il n'est pas rare pour des familles de votre rang de se trouver dans de telles circonstances.

— Je suis heureux que vous compreniez.

— Quoi qu'il en soit, intervint M. Roth, nous ne pouvons vous prêter une somme pareille simplement parce que votre nom s'est trouvé associé à celui de Mlle Abernathy dans un journal.

Il eut un sourire d'excuses, et ajouta :

— Des décisions d'une telle importance ne peuvent se fonder sur des commérages.

— Je vois...

Rhys se renversa dans son fauteuil et contempla le plafond, dans une attitude apparemment détendue. Il laissa passer trente bonnes secondes avant de répondre. Quand il parla enfin, ce fut d'un ton pensif.

— Si un duc devait épouser une des héritières les plus riches du monde, et entrer par conséquent en possession de millions sous forme de rentes et d'un énorme empire commercial aux Etats-Unis, il deviendrait l'un des hommes les plus puissants et les plus influents du monde, ne croyez-vous pas ? Et il y aurait tant de banquiers que cet homme pourrait choisir pour administrer ses biens...

Il donna à cette phrase le temps de faire son effet, puis reprit :

— J'ai une très bonne mémoire, messieurs. Et je crains d'être très rancunier de nature.

Il leur lança un regard d'excuses, comme pour se faire pardonner ce défaut de caractère.

Il y eut une légère pause, puis M. Roth s'éclaircit la gorge.

— Si le duc en question était officiellement fiancé à cette riche héritière, il se pourrait que nous trouvions un moyen d'accorder un crédit du montant désiré par monsieur le duc, et même plus si c'était nécessaire. À mon avis, de tels prêts seraient parfaitement envisageables. Qu'en pensez-vous, monsieur Silverstein ?

— Je suis aussi de cet avis, répondit le banquier avec un hochement de tête. Des fiançailles officielles n'ont rien à voir avec des commérages colportés par les journaux. C'est entièrement différent.

— Excellent, déclara Rhys avec un large sourire en se levant. Je pense que nous nous comprenons, messieurs. Et puis-je me permettre de vous recommander de lire les journaux mondains à partir de maintenant ? Les commérages, voyez-vous, précèdent souvent les faits eux-mêmes. Bonsoir, messieurs.

Il sonna Hollister pour qu'il raccompagne les deux hommes, et lui demanda aussi de faire monter son valet de chambre. Tout en attendant Fane, il réfléchit au cours que prenaient les événements. Étant donné la nature romantique de Mlle Abernathy, il s'était dit qu'une cour assez longue s'imposait, mais la visite de Roth et Silverstein rendait ce plan impossible. Il devait se hâter.

Cela lui convenait diablement bien. Pour délicieux qu'ait été cet après-midi, il avait été extrêmement difficile à organiser. Quand des jeunes gens étaient officiellement fiancés, il leur était plus facile d'obtenir des moments en tête à tête, et un homme avait alors davantage d'occasions de prendre des libertés. Or, il avait l'intention de prendre autant de libertés qu'il le pourrait avec Prudence Abernathy, car elle était la personne la plus douce et la plus adorable qu'il ait eu l'occasion de rencontrer depuis longtemps.

Il avait un faible pour tout ce qui était doux et adorable, peut-être justement parce que la vie était pleine de choses et d'êtres qui ne l'étaient pas. Comme lui. Et elle était tellement innocente ! Jusqu'à présent, il n'avait jamais été sensible aux charmes des jeunes vierges, et pourtant il trouvait celle-ci bigrement séduisante. L'adoration qui se lisait dans ses yeux, et sa tendance à toujours voir le bien partout étaient d'une incommensurable naïveté, bien entendu. Cependant, sa nature douce et placide était comme un baume, guérissant ce qu'il y avait de corrompu et de cynique en lui.

Elle le croyait romantique... C'était absurde ! Si elle avait su quelles pensées l'avaient obsédé tout l'après-midi, sa petite héritière innocente aurait été terriblement choquée. Et si elle avait connaissance ne serait-ce que d'une partie des choses qu'il avait expérimentées dans sa vie, des excès qu'il avait commis, de la laideur de sa jeunesse, des squelettes cachés dans les placards de sa famille, elle aurait été écœurée.

Rhys ouvrit de nouveau le tiroir de son bureau. Repoussant quelques lettres, il prit un petit livre à la couverture de toile grise, usée et tachée. Le volume s'ouvrit automatiquement à la page qu'il lisait le plus souvent.

Oh ! être en Angleterre, maintenant qu'avril est là !

Comme chaque fois qu'il lisait ce vers, une vague de nostalgie le traversa. Il songea à l'Angleterre de Browning, avec ses sous-bois, le chant des pinsons, et aux idéaux de son pays, aux idéaux de son rang. Son pays.

Vous aviez peut-être simplement le mal du pays.

Il n'y avait pas de « peut-être ». Aussi loin qu'il s'en souvienne, il avait toujours eu le mal du pays.

— Vous m'avez fait appeler, monsieur ?

Il vit son valet qui se tenait dans l'embrasure de la porte, et referma le livre avec un bruit sec.

— En effet, dit-il en déposant le petit volume dans le tiroir. Quels sont les projets de Mlle Abernathy pour demain ?

— Il me semble qu'elle doit assister au bal de charité de lady Amberly, au profit des veuves et des orphelins.

— C'est un bal public... Ai-je reçu un billet ?

— Bien sûr, monsieur, mais vous avez décliné l'invitation.

— Prévenez immédiatement lady Amberly que j'ai changé d'avis. Finalement, j'assisterai au bal.

— Très bien, monsieur.

Le valet tourna les talons, mais Rhys l'arrêta.

— Fane ?

— Monsieur ?

— Faites en sorte que lady Alberta Denville soit informée de mon intention.

— Cela devrait nous promettre quelques développements intéressants, monsieur.

— Je l'espère, Fane. À vrai dire, j'y compte bien.

Prudence agrippa l'une des colonnes de l'immense lit à baldaquin de sa chambre du Savoy, et inspira aussi profondément qu'elle le put. Woddell tira sur les lacets de son corset tandis que Prudence faisait le serment de ne plus jamais manger de tartelettes à la crème pour le thé.

La femme de chambre noua les lacets, et lui passa un centimètre autour de la taille.

— Quatre-vingt-cinq centimètres, mademoiselle, annonça-t-elle.

Prudence émit un grognement de contrariété.

— Ce n'est pas assez. Je veux porter la robe de damas rose, et pour qu'elle aille parfaitement, il faut encore un centimètre de moins.

— Le rose vous va si bien, mademoiselle ! Mais il faut aussi que vous puissiez danser.

Prudence ne se faisait aucun souci à ce sujet. Le duc allait assister au bal de lady Amberly, et elle savait qu'elle aurait l'impression de flotter sur un nuage toute la soirée.

— Je pourrai danser, affirma-t-elle en riant. Serrez encore.

Woddell parvint enfin à ramener la taille de Prudence à la dimension voulue. À l'instant où elle se vit dans le miroir, vêtue de la robe de soie rose, Prudence sut que leurs efforts avaient été récompensés. Elle n'avait peut-être pas une silhouette correspondant aux critères de la mode, mais cette robe, avec son profond décolleté, ses manches bouffantes, et sa jupe à godets, l'embellissait réellement. Prudence inspira autant qu'elle le pouvait, et poussa un soupir de satisfaction.

— Vous êtes sûre que le duc viendra au bal, Woddell ? demanda-t-elle pour la dixième fois tandis que la femme de chambre ajustait le volant de dentelle de la robe.

— Oui, mademoiselle. Mon petit ami est le valet du comte Roselli, et il dit que le comte connaît très bien le duc. J'ai encore vu M. Fane ce matin dans la buanderie, et il m'a affirmé que monsieur le duc sera là.

— Vous avez de la chance d'avoir un petit ami. Est-ce qu'il est beau ?

— Oh oui, mademoiselle !

La jeune femme se releva en riant, et arrangea les manches de la robe.

— Il est si beau, quand il sourit, que j'en ai le souffle coupé.

Prudence rit aussi, un peu troublée en pensant au sourire ravageur de St. Cyres.

— Je vois très bien ce que vous voulez dire, Woddell.

À cet instant, Edith entra d'un air affairé, mettant un terme à l'amusement des deux jeunes femmes.

— Prudence, ma chère, tu n'es pas plus avancée que cela ? s'exclama-t-elle en contemplant sa nièce avec désarroi. Seigneur ! Tu n'es même pas encore coiffée ! Cesse de traîner, ma chérie. Robert et Millicent seront là d'un instant à l'autre.

— Nous avons tout le temps, répliqua Prudence. La plupart des nobles n'arrivent jamais au bal avant minuit.

— Sans doute, mais nous ne sommes que de la petite noblesse, après tout. Nous ne pouvons avoir la même prétention que l'aristocratie.

Elle alla se camper devant Prudence et l'observa de la tête aux pieds.

— Tu es très jolie, ma chère, finit-elle par dire. Robert sera enchanté d'être ton cavalier. Combien de danses lui as-tu promises ?

— Deux. Un quadrille et un galop.

Edith poussa un petit cri de déception.

— Pas de valse ?

— Non.

Prudence se retourna pour examiner le coffret de bijoux de cheveux que Woddell lui présentait.

— Aidez-moi à choisir un ruban pour ma coiffure, ma tante.

Edith ne se laissa pas détourner de son idée aussi facilement.

— Robert t'avait demandé de lui réserver au moins trois valses !

Espérant qu'Edith finirait par laisser tomber le sujet, Prudence fit mine de se concentrer sur l'aigrette grise que lui proposait sa femme de chambre.

— Non, Woddell, je pense qu'il faut quelque chose de plus simple. Peut-être ces peignes avec les perles fines ? suggéra-t-elle en prenant les peignes en question dans le coffret. Et un petit bouquet de gardénias, ou de muguet, que vous prendrez chez le fleuriste. Ce sera très joli.

— Prudence ?

La voix cassante de sa tante retentit dans son dos. Sa tactique n'ayant pas fonctionné, Prudence eut recours à la diplomatie tandis que Woddell ramenait le coffret dans le dressing.

— J'ai déjà dit à Robert quelles danses du programme je lui avais réservées, déclara-t-elle en allant vers la coiffeuse. Il semblait parfaitement content. Je ne comprends pas pourquoi vous, vous ne l'êtes pas ?

— Il y a dix valses dans le programme, et j'insiste pour que tu en réserves au moins trois à l'homme qui éprouve pour toi une admiration sincère.

Prudence savait qui éprouvait pour elle une admiration *sincère.*

— Trois valses avec lui dans une même soirée ? Cela laisserait entendre que nous sommes fiancés. Or, nous ne le sommes pas. Et je n'ai pas l'intention que cela arrive, répliqua-t-elle en se tournant vers sa tante avec un regard de défi.

— Mais...

— D'autre part, je ne crois pas que ce soit une bonne idée de promettre des valses à un homme avant que le bal ait commencé. Cela les rend beaucoup trop sûrs d'eux. J'accorderai mes valses aux hommes qui me le demanderont pendant le bal.

— Tu veux dire que tu les réserves à St. Cyres.

Prudence tira une chaise devant la coiffeuse, et s'assit.

— Je valserai certainement avec lui s'il me le demande. Comment pourrais-je refuser l'invitation d'un duc ? Mais il n'est pas du tout certain qu'il m'invite à danser, ajouta-t-elle, comme pour refréner sa propre excitation.

— Oh ! c'est absolument certain, rétorqua Edith d'un ton sec. Je ne pense pas me tromper en disant qu'il te demandera au moins trois valses.

Prudence songea à leur sortie de la veille, et se dit qu'il lui demanderait au moins une valse, peut-être deux. Et s'il y avait une troisième invitation ? Elle n'osait en espérer autant…

— Tu l'as dit toi-même, trois valses laissent penser qu'il y a un engagement, poursuivit Edith. Une telle supposition lui conviendrait très bien, je pense. Et à toi aussi, il me semble.

Prudence était de très bonne humeur et ne voulait pas laisser sa tante y changer quoi que ce soit.

— Comme je vous l'ai dit, ma tante, en dehors des deux danses que j'ai promises à Robert, je réserverai les places sur mon carnet de bal aux hommes qui m'inviteront.

Edith poussa un soupir d'exaspération.

— Tu finiras bien par voir que j'ai raison au sujet de cet homme. En attendant, je m'en lave les mains !

Elle sortit et, à l'instant où la porte claqua derrière elle, Prudence l'oublia. Elle préférait de loin penser aux valses qu'elle accorderait à St. Cyres.

Lady Amberly était populaire, et son bal était l'un des plus importants et des plus courus de la saison. Quand Prudence arriva, les salles de réception étaient déjà bondées. Il fallut une heure à leur groupe pour déposer leurs manteaux, recevoir des carnets de bal, monter l'escalier, et se faire annoncer.

Pendant tout ce temps, elle scruta la foule dans l'espoir d'apercevoir St. Cyres, mais il était à peine onze heures et elle se doutait que ses efforts étaient inutiles. Les aristocrates arrivaient toujours très tard dans les bals à la mode, et St. Cyres, qui était duc, serait probablement parmi les derniers.

Bien que le duc n'ait pas encore fait son apparition, lady Alberta Denville était présente. Prudence dut reconnaître que la jeune fille était très belle, grande et mince comme une liane, avec des traits classiques aux proportions parfaites. Elle avait aussi une allure angélique, avec ses cheveux d'un blond pâle et sa robe de satin bleu ciel, mais Prudence ne put s'empêcher de se demander quelle pauvre couturière lady Alberta allait houspiller ce soir.

Comme promis, elle accorda deux danses à Robert, et ne manqua pas de cavaliers. Beaucoup de jeunes gens approchèrent Robert et oncle Stéphane pour se faire présenter, et la plupart l'invitèrent à danser. Prudence n'avait cependant qu'un seul homme en tête. Elle parvint donc à esquiver les invitations de ceux qui voulaient qu'elle leur réserve des valses, s'efforçant de le faire sans être blessante, mais elle ne pouvait détacher les yeux de la porte. Sa tension s'intensifiait chaque fois qu'un nouveau groupe d'invités apparaissait.

Elle venait juste de finir un galop exubérant, quand le nom de St. Cyres fut annoncé. Hors d'haleine, le visage rouge et un peu moite, Prudence arrangea ses cheveux et lissa les plis de sa robe. Le duc marqua une pause sur le seuil et jeta un coup d'œil circulaire dans la salle.

Son regard passa à côté de Prudence, puis il se tourna et se dirigea vers le coin opposé de la vaste salle.

Il n'avait pas dû la voir… Déçue, elle le regarda traverser la salle, et sa déception augmenta quand elle comprit qui il avait vu.

Le beau visage de lady Alberta s'illumina, et ils s'engagèrent tous deux dans une conversation animée. De loin, Prudence les vit sourire, et rire, penchés l'un vers l'autre.

Quand un certain lord Weston demanda à lui être présenté, elle essaya de se réjouir de cette distraction, mais une valse commença alors et lord Weston l'invita. Prudence hésita puis vit que le duc entraînait lady Alberta sur la piste de danse. La déception lui noua la gorge, mais sa fierté la poussa à accepter l'invitation de lord Weston.

Tandis qu'ils dansaient, il tenta de faire la conversation, et elle fit de son mieux pour paraître intéressée, mais chaque fois qu'elle jetait un coup d'œil à l'autre couple, elle voyait St. Cyres sourire, comme s'il était envoûté par sa partenaire. Et elle éprouva l'horrible brûlure de la jalousie.

— Je vois que, comme d'habitude, je suis dans la position du second violon.

Au prix d'un immense effort, Prudence tourna les yeux vers son partenaire.

— Je vous demande pardon ?

Lord Weston désigna l'autre couple d'un mouvement de tête.

— Le duc de St. Cyres est l'un de mes amis, et j'ai eu maintes occasions de constater que les dames ont tendance à le regarder plus que moi. J'essaye de me dire que mon manque de charme n'y est pour rien, et que c'est sa qualité de duc qui attire leur attention…

Honteuse, Prudence s'efforça de réparer ce faux pas. Elle observa cet homme qui était loin d'être déplaisant, et lui dit :

— Vous ne devriez pas parler de vous en termes aussi peu flatteurs. Vous êtes aussi beau que le duc.

— Merci, mais comme vous le regardez depuis que nous avons commencé à danser, je sais que c'est faux. Quoi qu'il en soit, c'est gentil d'avoir dire cela.

— Je suis désolée, répondit-elle en se mordant la lèvre.

Il eut un sourire bon enfant, qui fit apparaître de fines rides d'expression au coin de ses yeux.

— Ce n'est rien. Si vous voulez savoir quelque chose au sujet de Rhys, je me ferai un plaisir de vous renseigner.

— Vous le connaissez bien ?

— Je crois, oui. Du moins autant que quelqu'un puisse connaître Rhys.

Cette réponse énigmatique excita la curiosité de Prudence.

— Que voulez-vous dire ?

— En dépit de ce charme désinvolte qu'il affiche, c'est quelqu'un de très profond. Il a érigé une sorte de mur autour de lui. Essayez de franchir ce mur, et il vous claquera la porte au nez.

Prudence fut étonnée par ce choix de mots, et elle se rappela avoir éprouvé la même impression, la veille.

— Je crois comprendre ce que vous voulez dire. Il ne laisse personne l'approcher trop près.

— Exactement. Je lui ai rendu visite plusieurs fois à Paris, et j'ai passé un an à Florence avec lui, mais en réalité je le connais depuis l'enfance. Malgré cela, chaque fois que je le vois, j'ai l'impression de m'adresser à un étranger. Cependant, j'aimerais tout de même vous dire ce que je sais.

Ce n'est que justice, après tous les ennuis qu'il m'a fait avoir quand nous étions gamins.

— Vous avez fréquenté les mêmes écoles ?

— Non, il était à Eton et à Oxford, et moi à Harrow et à Cambridge. Mais nos deux familles possèdent des terres dans le Derbyshire, et il a passé une ou deux fois les vacances d'été chez moi. Après la mort de son frère, il n'a plus jamais voulu vivre dans sa famille... Je ne sais pas trop pourquoi. Tout ce que je sais, c'est qu'il ne s'entend pas très bien avec sa mère.

— Le duc avait un frère ?

— Oui, Thomas. Il est mort à l'âge de douze ans. Rhys avait treize ans, à l'époque.

— Comment est-il mort ?

Weston eut soudain l'air évasif.

— Je n'en suis pas très sûr..., murmura-t-il.

Prudence fut certaine qu'il mentait.

— Une sorte d'accident, je crois. C'est arrivé quand il était à l'école. Rhys ne m'en a jamais parlé, et je doute fort qu'il en ait parlé à qui que ce soit.

— Cela a dû être un choc pour lui.

— Cette mort l'a brisé. Ça, je le sais. Ils étaient très proches. Leur père était mort un an ou deux auparavant et, en tant qu'aîné, Rhys avait le sentiment que c'était à lui de veiller sur son frère. Il s'est reproché de ne pas avoir été là à la mort de Thomas. Mais comment aurait-il pu être présent ? Ils étaient dans des écoles différentes. Rhys était déjà entré à Eton, quand Thomas est mort.

Elle aurait voulu poser plus de questions, mais la valse se terminait. Quand la musique s'arrêta, Weston la ramena à sa place.

— J'aimerais beaucoup m'attarder ici, mademoiselle Abernathy, dans l'espoir que mon ami devienne un peu moins intéressant à vos yeux, et moi un peu plus, dit-il avec un sourire triste. Mais j'ai promis à ma sœur de faire une apparition au bal donné par son amie lady Harbury, et comme il est près de minuit, je dois m'y rendre maintenant.

— Je vous remercie, et je suis désolée si j'ai été un peu distraite pendant que nous dansions.

— Ne vous excusez pas. Une valse avec une jolie femme est toujours un plaisir.

Sur ces mots, il s'inclina et s'en alla.

À peine eut-il tourné les talons que Robert apparut aux côtés de Prudence pour lui demander de lui accorder la danse suivante.

— Non, pas celle-ci, Robert, dit-elle en portant son regard de l'autre côté de la salle.

Elle repéra le duc tout de suite. Il avait ramené lady Alberta à sa place ; ils se tenaient côte à côte et bavardaient tout en observant la foule.

Peut-être ne savait-il pas qu'elle était là. Quand il l'aurait vue, il l'inviterait sûrement à danser, songea-t-elle. Les yeux fixés sur lui, Prudence attendit en espérant qu'il allait la voir. Et tout à coup, alors qu'elle commençait à se demander si elle n'était pas devenue inexplicablement invisible, son regard se posa sur elle.

Lorsqu'il s'inclina pour la saluer, Prudence éprouva une fois de plus ce délicieux sentiment d'anticipation, ainsi qu'un immense soulagement. La danse suivante inscrite au programme était une valse. Il allait venir vers elle et l'inviter. Sûrement.

Elle lui sourit, mais il ne lui rendit pas son sourire. À son immense stupéfaction, elle le vit reporter son attention sur la femme à côté de lui.

Incapable de croire qu'il venait juste de la snober, Prudence garda les yeux rivés sur lui. Quand l'orchestre entama la valse et que St. Cyres conduisit pour la deuxième fois lady Alberta sur la piste de danse, son incrédulité céda la place à une intense souffrance. Pourquoi ? Pourquoi se comportait-il ainsi ?

— M'accorderez-vous au moins cette valse, Prudence ? demanda Robert, interrompant le fil de ses pensées.

— Oui, Robert, répondit-elle dans un sursaut de fierté.

Elle dansa donc avec Robert. Et bien qu'elle fît son possible pour concentrer son attention sur son cavalier, elle ne put résister à la tentation de jeter un coup d'œil aux autres couples. Chaque fois que son regard tombait sur St. Cyres et lady Alberta, elle avait l'impression qu'une flèche lui transperçait le cœur.

Hier encore, ils avaient passé une journée si merveilleuse ensemble !

C'est vous que je préfère.

S'il avait dit la vérité, pourquoi dansait-il avec lady Alberta, et non avec elle ? Elle avait beau se poser la question, elle ne trouvait pas de réponse. Et quand Robert la ramena à sa place après la valse, elle n'avait pas d'autre souhait que de se fondre dans la tapisserie couleur d'or, et de disparaître. Malgré tout, en dépit du comportement de St. Cyres, elle ne parvenait pas à abandonner tout espoir. Peut-être n'agissait-il que par obligation ? Elle savait qu'il avait promis à Alberta au moins une valse, le jour où ils s'étaient rencontrés. Peut-être lui en avait-il aussi promis une deuxième et devait-il tenir sa promesse ?

Le cœur serré, mais espérant néanmoins un miracle, Prudence le regarda s'agiter autour de lady Alberta. Elle dansa avec les cavaliers qui l'invitaient et garda la tête haute, mais quand elle le vit entraîner lady Alberta sur la piste pour une troisième valse, la souffrance devint insupportable. Elle savait très bien ce que signifiaient trois valses avec la même personne. Des fiançailles allaient suivre.

La colère, un sentiment que Prudence éprouvait rarement, se mit à bouillonner en elle à la pensée de ce qu'il avait fait. Hier, il l'avait emmenée en promenade, il s'était comporté comme si c'était elle qu'il voulait, il lui avait dit qu'elle était celle qu'il préférait. Il s'était assis à côté d'elle, avait ri avec elle, l'avait touchée, presque embrassée. Il s'était permis de l'enlacer, sous prétexte de lui apprendre à pêcher. Il avait encouragé ses espoirs. De toute évidence, il s'était amusé à ses dépens, puisque c'était Alberta qu'il avait l'intention d'épouser. Puisque visiblement, c'était Alberta qu'il aimait.

Sa colère exacerba sa fierté, étouffa tout vestige d'espoir, et empêcha ses larmes de couler. Il ne valait pas la peine qu'on pleure pour lui, et elle fit le serment en son for intérieur de ne jamais, jamais, verser une larme pour cet homme. Relevant le menton, elle tourna le dos au couple qui valsait sur la piste, retourna auprès de son oncle et de sa tante pour les informer qu'elle avait la migraine et souhaitait partir. Sans même attendre leur réponse, elle tourna les talons et sortit.

Son oncle et sa tante paraissaient ravis de quitter le bal, remarqua-t-elle en les voyant attendre leur voiture. Ils étaient probablement soulagés que le duc n'ait pas accordé d'attention à leur nièce ce soir. Et, manifestement, il ne lui en accorderait plus, maintenant qu'il avait clairement montré à toute la société londonienne quelles étaient ses intentions.

Prudence réfléchit longuement pendant le trajet jusqu'au Savoy, et décida que cette union était parfaite. Une fois mariée, lady Alberta ferait vivre au duc un enfer, et ce gredin ne méritait pas mieux.

Sa colère continua de bouillonner en secret pendant qu'elle se préparait pour aller se coucher, mais elle parvint à la contenir et à garder son habituelle apparence de placidité. Elle assura même à Woddell qu'elle avait passé une soirée délicieuse, jusqu'à ce que cette horrible migraine l'oblige à partir.

Elle refusa la poche de glace que la femme de chambre lui proposa de préparer, et annonça qu'elle avait besoin d'une bonne nuit de sommeil. Quand Woddell se fut retirée, Prudence se mit au lit, mais ne s'endormit pas.

Elle demeura là, dans l'obscurité, ressassant les événements de la veille et de la soirée, et sa colère continua de croître.

Comment osait-il s'amuser d'elle ? Lui faire la cour de façon éhontée, et tout cela pour rien ? De toute évidence, il disait vrai en affirmant qu'il n'y avait rien de bon en lui. Si c'était lady Alberta qu'il voulait, pourquoi n'était-ce pas *elle* qu'il avait emmenée pique-niquer ?

Prudence repoussa les couvertures et se leva. Elle alla à sa coiffeuse, ouvrit le tiroir, et en sortit la carte qu'il lui avait passée à la National Gallery, ainsi que le mot qu'il lui avait donné à l'opéra. Elle les contempla un long moment puis, les doigts tremblants, les déchira et les jeta dans la corbeille à papier.

C'est vous que je préfère.

Soudain, toute sa colère l'abandonna, et elle s'assit sur la chaise devant la coiffeuse. Les yeux fixés sur les missives réduites en miettes, comme ses espoirs, elle oublia la promesse qu'elle s'était faite à elle-même et fondit en larmes.

9

Bien qu'il ne soit de retour que depuis deux semaines, il semble que le duc le plus scandaleux d'Angleterre ait déjà choisi la nouvelle duchesse. Tout ce que nous pouvons dire, c'est que ce soupirant est expéditif.

La Gazette sociale, *1894*

Le lendemain, Prudence décida qu'elle avait versé toutes les larmes qu'elle verserait jamais pour le duc de St. Cyres. Aidée par Woddell, elle appliqua des compresses de thé froid sur ses paupières et se poudra le nez. Quand elle se rendit à l'église avec son oncle et sa tante, elle pouvait espérer qu'il ne demeurait nulle trace sur ses traits des pleurs qu'elle avait versés pendant la nuit.

Elle était parfaitement consciente qu'en raison de ses propres espérances totalement irréalistes elle était en partie à blâmer pour la déception qu'elle éprouvait. Aussi se jura-t-elle qu'elle ne perdrait plus jamais la tête pour un homme, fût-il beau comme un dieu.

Après l'office, ignorant le projet de sa tante de passer le reste de la journée chez Millicent, elle annonça qu'elle s'en tiendrait à ses vieilles habitudes et irait prendre le thé à Little Russell Street, comme tous les dimanches après-midi.

Son superbe coupé, dont la capote était rabattue par cette belle journée de printemps, ne passa pas inaperçu. Des passants la dévisagèrent quand la voiture s'arrêta devant la pension, et que le valet l'aida à descendre. Prudence fit une pause sur le trottoir, observant la pimpante maison de brique rouge, avec sa porte vert foncé et ses rideaux de dentelle. Une vague de nostalgie la submergea. Le Savoy était une demeure luxueuse, mais ce n'était pas Little Russell Street.

Il ne s'était écoulé qu'une semaine depuis qu'elle avait quitté la pension de Mme Morris, et déjà toute sa vie avait basculé. Elle avait cru que ce changement serait positif. Maintenant, le cœur blessé par les événements de la veille, elle n'en était plus si sûre.

Elle décida de ne pas sonner ; elle n'habitait plus là, mais ne voulait pas faire de cérémonies avec ses amies.

— Hello ! s'écria-t-elle avec une gaieté forcée en franchissant le seuil. J'espère que la bouilloire est sur le feu ?

Des exclamations de joie s'élevèrent dans le salon, et ses amies accoururent dans le hall d'entrée.

Mme Morris fut la première à l'accueillir.

— Prudence, ma chère. Quelle adorable surprise ! s'exclama la logeuse avec un grand sourire. Nous ne nous attendions pas à votre visite aujourd'hui.

— Je ne vois pas pourquoi, répondit-elle en accrochant son manteau à une patère. Vous savez bien que je ne manque jamais le thé du dimanche.

— Nous pensions que tu ne voudrais plus fréquenter les gens comme nous, lança Maria avec une fausse désinvolture. Comme tu es devenue une riche héritière, tu dois te trouver trop bien pour nous.

Prudence observa les visages souriants qui l'entouraient, et son cœur se serra. Cette chère Mme Morris qui commençait à s'agiter et à faire des histoires, certaine que le thé du Savoy était mille fois supérieur à ce que l'on servait dans son salon. Et la rondelette Mme Inkberry, la meilleure amie de Mme Morris, qui ne vivait plus à la pension depuis son mariage vingt ans plus tôt, mais qui continuait à venir prendre le thé chaque dimanche. Et toutes ses camarades célibataires, Miranda, Daisy, Lucy, et bien sûr, Maria… Cette dernière la serra dans ses bras, et lui demanda avec un sourire effronté si elle était déjà fiancée.

Le sourire de Prudence vacilla. Sa réaction ne passa pas inaperçue. Immédiatement, les questions fusèrent et, un instant plus tard, elle se retrouva installée à sa place habituelle sur le canapé, racontant les horribles événements de la veille à un auditoire attentif et compatissant.

— Ô mon Dieu ! C'est affreux, murmura Mme Inkberry, en lui tapotant l'épaule et en lui tendant un mouchoir. Ce qu'il vous faut, c'est une bonne tasse de thé bien fort, et quelque chose à grignoter. Abigail ?

— Du thé ? répéta Mme Morris en secouant la tête. Oh ! mais non, Joséphine, dans des moments comme celui-ci le thé ne sert à rien ! Un petit verre de ma liqueur de prune, voilà ce qu'il lui faut pour la remettre d'aplomb.

Il y eut un silence gêné, et les jeunes femmes échangèrent des regards furtifs. Personne n'avait jamais osé dire à Mme Morris que sa liqueur de prune était infecte.

— Non, non, merci, dit Prudence. Je préfère ne pas boire d'alcool dans la journée, même pour des raisons médicales. En revanche, j'aimerais bien une tasse de thé.

Mme Morris parut hésiter une seconde, mais elle se rassit et servit une tasse de thé à Prudence. Celle-ci huma avec délices le parfum de l'Earl Grey, le thé préféré de la reine, et donc le seul que l'on servît le dimanche après-midi à Little Russell Street.

Mme Inkberry lui tapota de nouveau l'épaule avec une gentillesse toute maternelle.

— Allons, buvez cela, Prudence, et vous vous sentirez beaucoup mieux.

Après quelques gorgées de thé, Prudence constata que son humeur s'était considérablement améliorée, mais elle se dit que le fait d'avoir pu parler à ses amies y était sans doute pour beaucoup.

— Il ne t'a même pas parlé ? demanda Lucy qui semblait ne pas en croire ses oreilles. Pas une seule fois ? Alors que tu avais passé tout l'après-midi avec lui la veille ?

Prudence secoua la tête, et but une autre gorgée de thé.

— Non, pas une seule fois.

— Vous n'auriez jamais dû passer un après-midi entier seule avec lui, Prudence, fit remarquer Mme Inkberry avec un ton de doux reproche.

L'air coupable, Prudence s'agita un peu.

— Je sais bien... Et je suppose que vous allez dire que je n'ai que ce que je mérite, mais...

— Pas du tout ! protesta Mme Inkberry. Vous êtes quelqu'un de bien, Prudence, et votre nature romantique n'excuse pas le fait qu'il ait été si mal élevé. Vous battre froid de telle façon...

— Non, non, précisa Prudence. Il n'a pas été si mal élevé que ça. Il m'a saluée très poliment.

— Eh bien, tout ne va pas si mal, alors, commenta Miranda avec une gaieté forcée. Il t'a au moins saluée.

— Il était de l'autre côté de la salle. Lady Alberta se tenait près de lui, l'air aussi heureux qu'une chatte devant un bol de crème.

Lucy reposa sa tasse brusquement, la faisant tinter dans la soucoupe.

— Je ne comprends pas qu'il ait pu snober notre chère Prudence et jeter son dévolu sur cette lady Alberta ! C'est une personne horrible.

— En effet, renchérit Daisy. Et si cette Alberta est le genre de femme qu'il désire, c'est un parfait idiot, et il ne vaut pas la peine qu'on verse une larme à cause de lui. Duc ou pas, il n'est pas digne de toi.

Tout le monde se montra d'accord sur ce point, mais Prudence ne trouva pas de grande consolation dans ce tollé unanime.

— Il avait peut-être une raison de se conduire ainsi, suggéra Miranda avec son optimisme coutumier. Une raison que nous ignorons.

Il y eut des grognements désapprobateurs, mais Lucy, pourtant toujours prompte à croire le pire, tomba d'accord avec Miranda sur ce point.

— C'est peut-être vrai. Peut-être s'est-il senti obligé de danser avec lady Alberta. Vous savez bien que ces choses-là arrivent. Des amis bien intentionnés poussent deux personnes l'une vers l'autre, et c'est comme ça que vous vous trouvez obligé de danser avec quelqu'un qui ne vous intéresse pas du tout.

Prudence aurait bien aimé croire à cette explication, mais elle savait qu'elle était tirée par les cheveux.

— Ils ont dansé trois fois, précisa-t-elle d'une voix morne. Trois valses.

— Oh ! s'exclamèrent ses amies en chœur.

Elles comprenaient toutes ce que cela signifiait.

— Le plus étrange, c'est que je ne le connais pas. Malgré cela, j'ai tout de suite éprouvé une forte attirance pour lui. Je sais que c'était ridicule d'espérer que ce sentiment serait réciproque, mais…

— Ce n'était pas ridicule du tout ! s'exclama Maria. Il t'a invitée ce jour-là parce qu'il avait envie d'être avec toi. Je l'ai vu t'aider, l'autre soir, au bal. Les hommes ne font pas ce genre de choses juste par bonté. Il ne pouvait pas détacher les yeux de toi. Tu lui as plu au premier regard, c'était clair comme de l'eau de roche.

— C'est ce que j'ai pensé aussi. Manifestement, je me suis trompée.

Prudence contempla sa tasse et vit les roses du motif qui ornait la soucoupe se brouiller et former une tache indistincte. Elle s'essuya vivement les yeux, avant qu'une larme puisse s'échapper.

— Cela ne fait rien, dit-elle en remettant le mouchoir dans sa poche. Ça m'est égal.

Sentant qu'elle avait besoin de réconfort, elle prit un des minuscules éclairs au chocolat sur le plateau, pendant que ses amies indignées exprimaient ce qu'elles pensaient du duc de St. Cyres.

C'était un goujat.

Une brute.

Peut-être était-il simplement obtus. C'était tellement fréquent chez les hommes !

À moins qu'il ne soit amoureux de lady Alberta ?

Eh bien, cela faisait de lui un goujat, qui avait par-dessus le marché mauvais goût.

Prudence mangea un autre éclair, et un autre. Ses amies continuaient de tenter d'interpréter les actions inexplicables des gentlemen en général, et du duc en particulier.

Juste au moment où elles tombaient d'accord sur le fait que l'on ne pouvait compter sur un gentleman pour avoir du bon sens, la sonnette de la porte d'entrée retentit. Dorcas s'empressa d'aller ouvrir, et la conversation changea d'orientation, les jeunes femmes s'interrogeant sur l'identité de ce visiteur inattendu. Prudence n'était pas très intéressée par cet événement, mais quand une voix masculine aux accents distingués se fit entendre dans le hall, elle ne put réprimer une exclamation de surprise.

— C'est lui ! chuchota-t-elle, en proie à la panique. C'est le duc.

Des murmures étonnés fusèrent dans le salon, mais Prudence ne les entendit même pas. Faisant de son mieux pour garder son calme, elle posa sa tasse, chassa les miettes de sa jupe, et vérifia du bout des doigts qu'il n'y avait pas de traces de chocolat sur ses lèvres.

— Est-ce qu'on voit que j'ai passé la nuit à pleurer ? demanda-t-elle à Maria, sachant qu'on pouvait toujours compter sur elle pour donner une opinion franche.

— Oui, répondit son amie.

Prudence regretta de ne pas avoir posé la question à Miranda.

— Le duc de St. Cyres, annonça Dorcas.

Toutes les femmes se levèrent quand il entra. Il marqua une légère pause sur le seuil, et malgré l'affront qu'il lui avait infligé la veille, Prudence ne put réprimer une vague de plaisir en le voyant.

Aucune femme au monde n'aurait pu le lui reprocher. Dans cette enclave purement féminine décorée de rose et de rideaux de dentelle, dénotant une pauvreté digne, sa puissance et sa virilité semblaient dominer. Il paraissait encore plus grand qu'en réalité.

Prudence n'était pas la seule à avoir cette impression, car il y eut des froissements de soie, et des gestes furtifs pour mettre de l'ordre dans les cheveux. Le duc ne sembla cependant pas remarquer cette agitation ; son regard était rivé sur Prudence.

— Mademoiselle Bosworth, dit-il en enlevant son chapeau et en s'inclinant.

Prudence fit la révérence à contrecœur. Quand il s'avança vers elle, elle leva le menton, bien décidée à se montrer hautaine, malgré ses yeux gonflés de larmes.

— Monsieur le duc.

Elle dut atteindre son but, car il s'immobilisa au milieu du salon et une ombre de culpabilité passa dans son regard.

— Mademoiselle Bosworth, je sais que vous devez me trouver sans cœur, mais je vous supplie de croire que j'avais certaines raisons de me conduire comme je l'ai fait hier soir. Des raisons que je suis prêt à vous exposer, si vous êtes assez bonne pour m'en donner l'opportunité...

Il se tut et regarda autour de lui, comme s'il se rendait compte tout à coup qu'ils n'étaient pas seuls.

— Pardonnez-moi. Je crains d'avoir interrompu votre réunion.

— Pas du tout ! s'exclama Mme Morris en désignant le plateau. Nous prenions simplement le thé, comme d'habitude. Prudence, voulez-vous nous présenter votre ami ?

Tout en faisant un effort considérable pour ne pas paraître étonnée par son arrivée impromptue, Prudence obéit. Elle était si absorbée par ses efforts pour se donner une apparence d'indifférence, qu'il lui fallut un moment pour s'apercevoir que le silence régnait dans le salon et que tous les yeux étaient braqués sur elle.

— Voulez-vous prendre le thé avec nous, monsieur le duc ? s'entendit-elle proposer.

Elle regretta aussitôt ses paroles. Elle aurait dû lui ordonner de sortir, de garder ses explications pour lui, et d'aller prendre le thé avec lady Alberta.

— Oui, monsieur le duc, ajouta Mme Morris, prenez donc le thé avec nous. Oh ! Mon Dieu ! Je crois qu'il n'y en a plus. Je vais aller en refaire.

— Je ne veux à aucun prix vous déranger, déclara le duc.

La logeuse balaya cette remarque d'un geste de la main.

— Il n'y a pas de dérangement, assura-t-elle en se hâtant vers la porte. Nous avons toutes envie d'une deuxième tasse de thé et de quelques sandwichs. Et je pense que quelques scones tout chauds seraient aussi les bienvenus. Oh ! mais..., dit-elle en s'arrêtant sur le seuil du salon. Je ne pourrai pas faire tout cela seule. Voulez-vous me donner un coup de main, mesdemoiselles ?

Toutes les jeunes femmes présentes se portèrent aussitôt volontaires pour aider Mme Morris, et Prudence sentit sa panique augmenter en les voyant se lever et sortir.

— Prudence, restez là, ordonna Mme Morris, et tenez compagnie à votre ami. Nous n'en aurons pas pour plus de dix minutes. Vous nous pardonnez, monsieur le duc ?

Sans attendre sa réponse, elle se dirigea vers la cuisine. Le silence qui suivit parut assourdissant. Prudence se sentit obligée de dire quelque chose.

— Comment saviez-vous où me trouver ?

— Je suis passé chez Madame Marceau pour avoir votre adresse. Elle n'était pas là, mais une certaine Mlle Clark m'a prié de vous transmettre ses amitiés.

— Je vois.

Il y eut une longue pause. Un peu gênée, Prudence se demanda si elle devait parler du temps qu'il faisait.

— Mademoiselle Bosworth, reprit Rhys, lui épargnant ce dilemme, il faut que je vous parle avec franchise.

Comme si elle n'était pas déjà assez déstabilisée par son arrivée inopinée, il alla fermer la porte, ce qui était tout à fait choquant. Le genre de chose qu'un homme ne faisait que lorsqu'il voulait faire une demande en mariage. Et comme il était pratiquement fiancé à lady Alberta, il y avait autant de probabilités qu'il la demande en mariage que de voir une des fusées imaginées par Jules Verne atteindre la lune. Il se retourna vers elle, en s'adossant au battant.

— Mademoiselle Bosworth, l'autre jour, à la National Gallery, vous m'avez dit que vous croyiez aux mariages d'amour.

Ces mots à propos du mariage auraient pu lui donner un peu d'espoir, mais ils ne servaient probablement qu'à introduire la nouvelle de ses fiançailles avec Alberta.

— Vous avez dit la même chose, il me semble, répliqua-t-elle, la gorge nouée.

— Oui, absolument. Je...

Il s'interrompit, se balança d'un pied sur l'autre, et rit gauchement.

— C'est plus difficile que je ne m'y attendais.

Cela dit, il ajouta encore au suspense, en allant vers la fenêtre. Quelques secondes s'écoulèrent, que Prudence trouva aussi longues que des heures. Le soleil d'après-midi faisait scintiller l'épingle d'argent qu'il portait au revers de sa veste, et donnait à ses cheveux des reflets d'or. N'y tenant plus, Prudence toussota.

Il lui lança un coup d'œil, et détourna le regard.

— Je crois aussi qu'il est préférable de se marier par amour, dit-il. Le bonheur serait de pouvoir choisir une épouse qui soit aussi son grand amour.

Il se tourna tout à fait vers elle, droit et déterminé.

— Pour moi, un tel choix n'a jamais été possible.

Le cœur de Prudence sombra un peu plus.

— Je ne comprends pas...

— Naturellement. Comment pourriez-vous comprendre les réalités sordides de l'aristocratie ? Pour les gens de mon rang, l'amour n'entre jamais en ligne de compte quand il s'agit de choisir une épouse. Je suis duc. C'est ma position et mon devoir qui doivent dicter mon choix, et non l'amour.

Consciente de la différence de leur statut social, Prudence déglutit.

— Vous voulez dire qu'en choisissant une femme, vous ne devez songer qu'à sa naissance et à son éducation ?

— Son éducation ? Seigneur, non ! Cela ne veut plus rien dire, de nos jours. À notre époque où la terre ne vaut plus rien, c'est l'argent seul qui compte, mademoiselle Bosworth. Oui, ajouta-t-il avec une expression de dédain. Disons les choses crûment : je dois épouser une femme avec une dot. Une dot importante, car un duché coûte cher à entretenir. Et je n'ai tout simplement pas les moyens de le faire. Croyez-moi quand je vous dis que j'aimerais qu'il en aille autrement.

— Donc, lady Alberta…

— A de l'argent. C'est aussi simple que ça. Sa dot est considérable.

— Vous ne l'aimez pas ?

— Je la connais depuis qu'elle est petite fille ; nos familles sont liées d'amitié depuis fort longtemps. Ce serait une alliance idéale.

— Mais l'aimez-vous ? répéta Prudence avec insistance.

Il pinça les lèvres et, l'espace d'un instant, elle crut qu'il ne répondrait pas.

— Non, finit-il par dire. Je ne l'aime pas. Si je pouvais suivre ma propre inclination, je n'envisagerais jamais d'épouser lady Alberta ni de faire d'elle la mère de mes enfants.

Il marqua une pause, et quand il reporta les yeux sur elle, son expression s'adoucit.

— Si j'étais libre, je ferais un choix différent.

Le cœur de Prudence se gonfla d'espoir.

— Alors…

— Mais je ne suis pas libre ! s'exclama-t-il en passant une main dans ses cheveux. Le jour du pique-nique, j'avais perdu cela de vue. J'avais décidé d'oublier pendant une journée ma situation et mes responsabilités ; je n'ai pensé qu'à mes propres désirs. Et bien que cela ait été un des plus beaux après-midi de ma vie, je crains de vous avoir laissée croire que je pouvais vous offrir plus qu'une simple amitié. De vous avoir fait espérer plus que je ne peux vous offrir. Et je vois bien, à votre expression aujourd'hui, que je vous ai blessée par mon égoïsme. Je le regrette profondément.

À chaque mot qu'il prononçait, le moral de Prudence remontait. Elle sut qu'elle devait lui parler de son héritage.

— Monsieur le duc...

— Je vous en prie, accordez-moi encore un moment. Je dois vous dire ces choses maintenant, car je n'en aurai plus jamais l'occasion, je le crains. Je suis issu d'une famille de bons à rien et de paniers percés, mademoiselle Bosworth. Et je dois avouer, à ma grande honte, que je ne fais pas exception à la règle. Quand je suis parti à l'étranger, j'étais jeune, indomptable, et bigrement irresponsable. J'ai dépensé tout mon héritage dans la recherche des plaisirs, et quand il n'y a plus eu d'argent, j'ai accumulé les dettes sans me soucier de l'avenir. Mais quand je suis revenu chez moi et que j'ai hérité du titre, j'ai pris conscience de l'énorme fardeau que cela représente. Je me suis aperçu aussi que je n'étais pas le seul de la famille à être endetté. Mon oncle est mort ruiné... Ils ont fait passer sa mort pour un accident de chasse, mais en réalité il s'est suicidé car ses créanciers étaient sur le point de saisir le peu qui lui restait. Ma mère est presque indigente, car il ne lui payait plus les douaires depuis des années. J'ai des tantes, des oncles, des cousins, tous dans la même situation, et ils comptent tous sur moi. Je suis le duc, le chef de famille, je dois veiller sur eux.

— Bien sûr! s'exclama-t-elle.

Elle avait hâte à présent de lui apprendre la nouvelle de son héritage, et se reprochait de ne pas le lui avoir dit tout de suite. Un duc devait épouser une femme fortunée, c'était naturel. Si elle avait un peu réfléchi, elle en serait venue elle-même à cette conclusion. Il fallait qu'il sache la vérité.

il ne lui laissa cependant pas le temps de parler.

— Mon oncle a laissé les sept domaines du duché tomber en ruine, poursuivit-il. Certains de ces domaines sont dans la famille De Winter depuis le règne d'Edouard Ier. Pendant des siècles, ces terres ont fait vivre les villages des alentours, mais à présent, les propriétés ne parviennent même pas à payer leurs dettes aux artisans locaux. Il y a des centaines de gens à qui je dois de l'argent au nom des domaines, et je ne peux les payer. Il y a des domestiques qui n'ont pas eu leurs gages, des commerçants des villages qui nous font crédit depuis des années. Ces gens ont leur propre famille à faire vivre, et comme je ne peux les payer, ils souffrent terriblement. Et puis il y a les métayers qui ne peuvent payer le loyer de leurs terres, et qui n'ont pas d'autre endroit où aller. Tous ces gens se tournent vers moi, dans l'espoir que je les sauve du désastre. Ce que je ne peux faire, à moins d'épouser une femme fortunée.

C'était la destinée. Prudence allait disposer de tout cet argent, une fortune dont elle ne pourrait avoir l'usage que si elle se mariait, et qu'elle voulait tant utiliser pour faire le bien. Toute sa vie, elle avait eu envie de vivre dans un endroit bien à elle. Et là, devant elle, se trouvait l'homme le plus extraordinaire qu'elle ait jamais rencontré, un homme dont le seul sourire suffisait à l'emplir de bonheur, un homme dont les caresses faisaient naître un désir fou. Un homme, enfin, qui lui avait dit clairement que s'il était libre de suivre son cœur, il l'aimerait et lui donnerait son nom.

— Donc, dit-il, la faisant sortir de sa rêverie romantique, maintenant vous connaissez toute l'horrible vérité à mon sujet. Comme vous devez me mépriser ! ajouta-t-il avec un soupçon de défi dans la voix.

— Non. Non, je ne vous méprise pas ! protesta-t-elle, consternée qu'il ait une telle pensée.

Elle traversa le salon et lui prit le bras.

— Je...

Il fit un bond en arrière, comme si sa main l'avait brûlé.

— Je dois partir. Je suis attendu pour dîner chez lord Denville.

Il s'écarta de la fenêtre, passa devant Prudence, et se dirigea vers la porte.

— Attendez ! s'écria Prudence. Je vous en prie, ne partez pas.

Il s'arrêta, la main sur la poignée.

— Laissez-moi partir, mademoiselle Bosworth. Je suis à la torture.

— Non, je vous en prie, restez, protesta-t-elle en allant se placer à côté de lui. Puisque c'est la journée des confessions, j'ai quelque chose à vous dire. Je vous demande de rester encore un moment.

— Très bien, concéda-t-il en évitant son regard et en fixant le battant de chêne. Que voulez-vous me dire ?

Elle lui posa encore la main sur le bras et, cette fois, il ne se dégagea pas. Il resta parfaitement immobile, et Prudence sentit ses muscles se tendre.

— Monsieur le duc, quand nous nous sommes rencontrés à l'opéra, je vous ai dit que ma situation avait changé, mais je ne vous ai pas expliqué précisément pourquoi.

— En effet, je m'en souviens. Vous avez fait allusion à une réconciliation avec votre famille. Est-ce important ?

— Ce que je ne vous ai pas dit, c'est que j'ai de l'argent.

Il eut un petit rire sec.

— Prudence, je suis sûr que votre oncle s'est arrangé pour vous constituer une modeste rente, afin que vous puissiez vous acheter quelques robes et faire votre entrée dans la société. Il est peut-être même parvenu à vous constituer une dot. Mais cela ne pourrait en aucun cas alléger les dettes de la famille De Winter. Nous coulons. Nous devons de l'argent partout.

Le duc secoua violemment la tête et dégagea son bras, faisant mine de partir.

— J'ai des millions ! s'exclama Prudence, de but en blanc.

St. Cyres se retourna, l'air abasourdi. Elle comprenait très bien sa réaction. Ce genre de nouvelle avait de quoi vous étourdir.

— Prudence, de quoi parlez-vous ?

— Mon père était Henry Abernathy, le millionnaire américain. Il vient de mourir en me léguant toute sa fortune. La nouvelle a paru dans les journaux, et je suis sûre qu'on en parle dans toute la bonne société.

— J'ai passé plusieurs jours enfermé dans mon bureau, absorbé par mes affaires, murmura Rhys, l'air sidéré. J'ai eu tant de choses à régler depuis mon arrivée en Angleterre que je n'ai pas eu le temps de lire les journaux, ou de m'intéresser aux potins.

Il fronça les sourcils, pensif.

— Il me semble avoir entendu quelque chose au sujet de l'héritière Abernathy, hier soir, au bal. C'est donc vous ?

Prudence confirma d'un hochement de tête, mais il ne sembla pas la croire.

— Vous êtes l'héritière d'Abernathy ?
— Oui. Si je me marie, j'aurai un revenu d'environ un million de livres par an.
N'osant espérer, elle le regarda anxieusement.
— Est-ce suffisant pour vous sauver ?
— Suffisant ? répéta-t-il en riant. Suffisant ? Mais c'est énorme !
— En effet.
— Mais..., reprit-il, avec un froncement de sourcils intrigué. Pourquoi ne me l'avez-vous pas dit plus tôt, Prudence ? Vous en auriez eu plusieurs fois l'occasion.
Il paraissait un peu irrité, tout à coup.
— Je ne voulais pas vous le dire parce que j'avais honte.
— Honte ? Mais de quoi, au nom du ciel ? D'être riche ?
— Je craignais, si vous appreniez la vérité, que vous ne vouliez pas... je ne suis pas le genre de femme... vous ne pourriez absolument pas...
Elle prit une longue inspiration, et déclara d'une traite :
— Mon père n'a pas voulu épouser ma mère. Je suis une enfant illégitime.
— Et vous pensiez que je vous condamnerais à cause de cela ?
— C'est ce qu'auraient fait la plupart des gens. De plus, vous êtes duc. Vous ne voudriez sous aucun prétexte d'une femme dont la naissance est illégitime.
St. Cyres secoua la tête et se mit à rire.
— Mais c'est absurde...
Il s'interrompit, se débarrassa de son chapeau, et lui prit le visage à deux mains.
— Si vous saviez le nombre d'aristocrates qui ne sont pas vraiment les fils des hommes dont ils héritent... Vous tomberiez de haut, Prudence, avec vos principes bourgeois.

Incrédule, elle voulut protester, mais il resserra l'étreinte de ses doigts sur ses joues, et ajouta :

— C'est vrai. Cela fait des années que les rumeurs vont bon train à mon sujet, et que les gens se demandent qui était vraiment mon père.

— Quoi ? Vous... vous voulez dire...

— Ma mère a eu tant d'amants qu'il est difficile d'être certain de quoi que ce soit. Alors, vous voyez ? Je suis mal placé pour mépriser la naissance de quelqu'un d'autre. L'homme que je considérais comme mon père m'a reconnu, mais il n'avait aucun moyen d'être sûr que j'étais son fils.

— Alors... vous vous moquez que je sois illégitime ?

— Je m'en soucie comme d'une guigne ! Tout ce qui compte, c'est ce qui nous arrive maintenant. Si ce que vous venez de m'apprendre est vrai, cela signifie que nous allons pouvoir nous marier. C'est la seule chose qui m'importe.

Ce devait être un rêve. Il était duc. Tellement au-dessus d'elle dans l'échelle sociale qu'il semblait aussi inaccessible que le soleil, si beau qu'elle était éblouie en le regardant. Alors qu'elle n'était qu'une petite couturière, une vieille fille un peu trop rondelette, au physique banal, qui n'avait rien de remarquable, et dont les parents n'avaient même pas été mariés. St. Cyres représentait tout ce qu'elle désirait, mais qu'il puisse vouloir d'elle semblait invraisemblable.

— Vous voulez vraiment vous marier avec moi ? Vraiment ?

Le sourire du duc s'évanouit. Ses doigts glissèrent dans les cheveux de Prudence, et il lui renversa la tête en arrière, lui effleurant les joues du bout des pouces.

— Rien ne pourrait me rendre plus heureux.

Elle leva les yeux vers lui, vit ses prunelles d'un vert argenté, ses lèvres sensuelles, et son cœur se gonfla de joie.

Il se pencha et lorsque ses lèvres touchèrent les siennes, ce que Prudence ressentit fut si intense qu'elle étouffa un sanglot. Elle n'avait encore jamais rien éprouvé de si doux.

Tout à coup, elle eut l'impression de naître à la vie, comme une chrysalide se transformant en papillon. Il lui sembla qu'elle n'avait vécu jusqu'à présent que pour attendre ce jour spécial, ce moment merveilleux. Pour l'attendre, lui.

Elle fut engloutie par une vague de plaisir en sentant ses lèvres chaudes, ses doigts sur son visage. Ses bras se nouèrent instinctivement sur la nuque de son bien-aimé, et son destin fut irrémédiablement lié au sien.

Pour la première fois de sa vie, Prudence Bosworth était amoureuse.

10

L'héritière Abernathy est fiancée ! Mais est-ce l'amour ?

La Gazette sociale, *1894*

Elle était à lui. Rhys le sut à la façon dont elle entrouvrit les lèvres, dont elle noua les bras autour de son cou, dont elle pressa son corps contre le sien. Il savoura le goût délicieux de la victoire, tandis que la vague chaude et puissante du désir déferlait dans son corps. Mais ce n'était pas encore suffisant ; il voulait plus.

Certes, il savait qu'elle s'offrait à lui, mais il voulait aussi l'entendre prononcer les mots par lesquels elle consentait à devenir sa femme. Interrompant leur baiser, il pencha la tête de côté et posa les lèvres au creux de son cou.

— Cela veut dire oui ? chuchota-t-il.

Il obtint pour toute réponse un gémissement étouffé qui était bien sûr affirmatif, mais qui ne le satisfaisait pas encore. Il voulait l'entendre donner son consentement à voix haute.

Il continua de déposer une série de baisers le long de son cou, et lui mordilla le lobe de l'oreille. Il la sentit frissonner contre lui.

— Je n'ai pas bien compris, murmura-t-il. Pourriez-vous répéter ?

— Hmm… Umm-hmm, fit-elle en resserrant l'étreinte de ses bras.

Ce n'était toujours pas assez pour Rhys. Il lui fallait davantage. Tout en continuant de lui mordiller l'oreille, il fit glisser ses mains entre eux. Ses paumes se posèrent sur ses seins ronds, et le plaisir qu'il éprouva fut exquis. Il ne s'attarda cependant pas, et fit glisser ses doigts sur sa taille fine et sur la rondeur de ses hanches. Malgré les épaisseurs de tissus et les baleines raides de son corset, il put apprécier ses formes. Celles-ci étaient si parfaites qu'il poussa un grognement approbateur.

— Vous êtes adorable, marmonna-t-il.

Il se maudit aussitôt de ne rien avoir trouvé de plus original à dire. Mais sa vie en eût-elle dépendu, il n'aurait pu articuler un compliment plus sophistiqué. Il continua de lui embrasser la joue, l'oreille, les cheveux.

— Sensuelle…

Il lui agrippa les hanches, caressa sa chute de reins. Prudence fit elle-même glisser ses mains à plat sur son torse. Rhys s'entendit étouffer une exclamation, et se rendit compte qu'il était en train de perdre le contrôle de lui-même.

Ils se trouvaient dans le salon d'une respectable pension de famille pour dames, et ces dames très respectables allaient revenir d'une seconde à l'autre. Cependant, alors même qu'il s'ordonnait intérieurement de mettre fin à cette étreinte, il souleva Prudence dans ses bras. Les bras de la jeune femme revinrent se nouer autour de son cou, tandis qu'il plaquait ses hanches contre les siennes. Le plaisir qu'il en eut fut si grand qu'il en fut étourdi. Ce n'était toutefois pas le moment d'aller plus loin. Il fallait qu'il la relâche, mais pas avant d'avoir eu sa promesse.

— Dites que vous voulez m'épouser, Prudence. Dites-le !

— Oui, dit-elle dans un souffle. Oui, je veux vous épouser.

Le soulagement le submergea, se mêlant au désir qu'il ne pouvait satisfaire. Rhys inspira profondément, et la reposa sur le sol à regret. Après un dernier baiser il relâcha son étreinte, noua ses mains derrière son dos, et fit un grand pas en arrière.

— Il faudra que je parle à votre oncle, dit-il d'une voix mal assurée.

Elle hocha la tête sans dire un mot, et posa les doigts sur ses lèvres, en le contemplant d'un air abasourdi.

— On ne vous avait jamais embrassée, n'est-ce pas ?

Sa réponse le surprit.

— Oh si ! C'est arrivé une fois, dans le Sussex. C'était John Chilton, le fils du boulanger. Nous avions quatorze ans. Ce… ce n'était pas du tout pareil, avoua-t-elle en rougissant.

Il se mit à rire et, avant même de comprendre ce qu'il faisait, lui posa une main sur la joue et l'embrassa de nouveau, dans un élan passionné.

— Savez-vous où se trouve M. Feathergill cet après-midi ?

— Au White's Club, je suppose.

Rhys hocha la tête, et enchaîna :

— Il faudra aussi que je m'entretienne avec vos administrateurs. Car des curateurs sont chargés de gérer votre fortune, j'imagine ?

— Oui. M. Elliot Whitfield, et deux autres avocats. Ils doivent donner leur approbation pour que je puisse me marier.

— Je ne vois pas comment ils pourraient refuser. Je suis duc, après tout. Et aussi stupéfiant que cela paraisse, vous voulez m'épouser. Si vous acceptez ma demande, ils auront du mal à formuler une objection. À moins qu'ils ne mettent en doute votre santé mentale.

Il glissa les bras autour de sa taille et lui embrassa le bout du nez.

— Pourrai-je dîner avec vous ce soir ?

— Si vous le souhaitez vraiment.

— Et pourquoi ne le voudrais-je pas ?

— Ce ne sera pas un repas très agréable. Oncle Stéphane et tante Edith ne vous aiment pas beaucoup...

Rhys songea à la situation dans laquelle elle se trouvait quand il l'avait vue pour la première fois. Il la revit accroupie devant Alberta qui la houspillait méchamment, travaillant de longues heures dans l'atelier de Madame Marceau, vivant seule dans une pension, sans que son oncle et sa tante se soucient d'elle ou lui rendent visite. Et il décida qu'il ne les aimait pas non plus.

— Dans ce cas, parlons de choses plus agréables. Où voulez-vous que je vous emmène pour notre voyage de noces ? Aimeriez-vous connaître l'Italie ? Paris ?

Prudence secoua la tête.

— J'aimerais visiter vos domaines.

— Quoi ? Mais pourquoi ?

La réaction de Rhys parut la surprendre.

— Je vais devenir votre femme. Est-il si surprenant que je désire voir vos propriétés ?

— Bien sûr que non, répondit-il à la hâte en se maudissant de ne pas avoir prévu cela. Il est naturel que vous vouliez tout voir. C'est juste que les maisons ne sont pas...

Il marqua une pause, cherchant une échappatoire.

— Elles ne sont pas meublées. De plus les toitures fuient, la plomberie est en mauvais état, et les jardins à l'abandon. Les domaines ne sont pas en état de recevoir des visiteurs.

— C'est exactement pour cette raison que je veux les voir. Je veux savoir ce qu'il faut faire, et je veux rencontrer les gens, leur montrer que nous serons un duc et une duchesse responsables.

Rhys observa son visage ouvert, son regard franc et sincère, et se rendit compte avec un brin de consternation qu'il avait un peu trop insisté sur son sens du devoir et sa responsabilité de duc.

— En fait, continua-t-elle, je pense qu'il ne faut pas attendre. Nous devrions partir tout de suite.

— Avant le mariage ?

— Oui. La situation paraît si terrible que nous devrions nous rendre là-bas immédiatement, pour voir ce qui doit être fait de toute urgence. Quand la plomberie est en mauvais état, il y a toujours un risque d'épidémie de typhoïde.

— Prudence, ce n'est pas possible. Exception faite de Winter Park qui est habitable, nous serions obligés de loger dans les auberges de villages.

— Cela m'est égal. Et si nous y allons sur-le-champ, tous les travaux pourront être faits pendant notre voyage de noces.

Elle avait parfaitement le droit de visiter les domaines. Il faudrait bien qu'elle les voie tôt ou tard, et l'idée de commencer les réparations avant de partir en voyage de noces était tout à fait sensée. Rhys avait beau chercher, il ne parvenait pas à trouver une seule raison valable de s'y opposer. Il pensa à son enfance, à Winter Park, à toutes les choses qu'il avait enterrées vingt ans auparavant, et sa crainte se transforma en terreur.

— Prudence, vous ne parlez pas sérieusement ?

— Si je dois devenir duchesse, il faut que je voie de quoi nos propriétés ont besoin pour que nous puissions y vivre, vous ne croyez pas ?

Secoué par un frisson de peur, il tressaillit violemment.

— Nous n'irons jamais vivre dans ces demeures, dit-il, les mâchoires serrées, en songeant à Winter Park. Jamais !

Surprise par sa véhémence, elle fronça les sourcils. Rhys fit un violent effort pour recouvrer son sang-froid. Elle voulait utiliser son argent pour restaurer ces maisons et en faire des demeures agréables. Elle était si douce, si naïve ! Elle ignorait que certaines choses ne pouvaient jamais être réparées…

Il la serra contre lui et enfouit le visage dans sa chevelure soyeuse qui sentait la lavande.

Prudence lui caressa la joue du bout des doigts.

— Si vous ne voulez pas y aller…

— Non.

Il inspira profondément et releva la tête. Il y avait vingt ans qu'il n'avait plus mis les pieds dans aucune de ces demeures. Suffisamment de temps s'était écoulé, et la présence de Prudence l'aiderait sans doute. Peut-être pourrait-il enfin laisser les fantômes où ils étaient.

Il plaqua sur ses lèvres un sourire rassurant.

— Vous avez raison, bien sûr. Nous ferons rapidement le tour des propriétés, puis nous reviendrons à Londres pour nous marier. Ensuite, nous partirons en voyage de noces, et tous les travaux pourront être effectués en notre absence. Vous êtes heureuse ?

— Oui, dit-elle, si rayonnante de plaisir que Rhys sentit la tête lui tourner. Vous êtes bien conscient que mon oncle et ma tante devront nous accompagner ?

— En voyage de noces ? s'exclama-t-il, dérouté.

— Mais non, idiot ! Pour visiter vos propriétés, expliqua-t-elle en riant. Je ne peux pas voyager sans chaperon ; il faudra donc qu'ils viennent avec nous.

— Diable ! grommela-t-il. Cela ne sera pas facile. Je ne connais pas bien votre oncle, mais votre tante me méprise.

Prudence lui lança un regard désolé.

— Non, elle ne vous méprise pas, mais mon oncle et elle espéraient que j'épouserais Robert.

Rhys ne fut pas étonné. Robert était un faible, et s'il obtenait légalement le contrôle de la fortune de Prudence, M. et Mme Feathergill auraient la possibilité de l'utiliser à leur guise.

— Vous n'avez pas à demander leur consentement. Les clauses du testament précisent-elles que vous avez besoin de la permission de votre oncle pour vous marier ?

— Non, mais il faut que les administrateurs approuvent mon choix, et ma famille pourrait les influencer contre vous.

— Qu'ils essayent ! répondit-il en lui caressant délicatement la joue. J'ai été forgé dans les flammes de l'enfer, ma chérie. Si quelqu'un essaye d'empêcher notre mariage, je le ferai brûler vif.

Rhys partit à la recherche de l'oncle Stéphane. Prudence le regarda par la fenêtre du salon, cachée par les rideaux de dentelle, tandis qu'il regagnait sa voiture. Son cœur bondit de joie, comme chaque fois qu'elle pouvait admirer son beau profil, sa haute silhouette, et ses cheveux d'un brun doré. Elle allait devenir son épouse. C'était elle qu'il voulait comme duchesse, et personne d'autre.

Elle s'écarta de la fenêtre avec un soupir rêveur, et le sourire aux lèvres. Elle n'avait jamais été aussi heureuse de sa vie. Maintenant, elle comprenait pourquoi les poètes écrivaient des sonnets sur l'amour, et pourquoi les gens disaient que c'était la plus belle chose du monde.

— Eh bien ?

Elle se tourna, et vit que Maria se tenait sur le seuil. Les autres jeunes filles, ainsi que Mme Morris et Mme Inkberry, étaient groupées derrière elle, l'air inquiet.

— Le duc a fait sa demande, annonça-t-elle en riant.

Elle avait encore un peu de mal à y croire elle-même.

— Il m'a demandée en mariage !

Cette nouvelle fut accueillie par des exclamations de joie, et toutes se précipitèrent vers elle pour la féliciter.

— Il m'a dit que depuis le début c'était moi qu'il voulait, mais qu'il se sentait obligé d'épouser lady Alberta, continua-t-elle.

Lucy, qui était fine mouche, fut la première à comprendre.

— Pour rembourser ses dettes ?

— Oui. Vous devez le trouver abominable, non ?

— Pas du tout, dit fermement Miranda. De nos jours, tous les pairs du royaume sont obligés d'épouser des jeunes filles qui ont une dot. Regardez tous ceux qui choisissent des Américaines, parce que les filles des familles nobles d'Angleterre n'ont plus de fortune !

— C'est vrai, renchérit Mme Inkberry. Sans dot, une jeune fille ne peut espérer épouser un homme qui ait une position dans la société. C'était déjà comme ça de mon temps.

— Mais c'est encore plus vrai aujourd'hui, répliqua sèchement Lucy. Avec la crise agricole, la plupart des nobles sont sans le sou. Et une héritière comme Prudence doit épouser un pair du royaume.

— Vraiment ? fit Prudence en riant. Dans ce cas, j'ai de la chance d'être tombée amoureuse d'un duc, et pas d'un employé de banque !

— Et comme il est duc, il peut aussi choisir, n'est-ce pas ? ajouta Daisy. Il aurait pu obtenir la main de n'importe quelle héritière, mais c'est notre Pru qu'il va épouser. Maria nous a dit qu'il était amoureux de toi depuis le début !

— Tout est bien qui finit bien, déclara Mme Morris en embrassant Prudence sur la joue. Il faut fêter cet événement ! Je vous propose un peu de ma liqueur de prune, pour célébrer vos fiançailles.

Les jeunes filles échangèrent des regards désabusés, mais elles s'assirent toutes. La logeuse apporta des verres à liqueur en cristal, et le flacon qu'elle cachait dans une armoire d'angle du salon.

— C'est tellement excitant ! s'exclama-t-elle en servant la liqueur. D'abord Emma qui épouse un vicomte, et maintenant Prudence qui est fiancée à un duc. Depuis que je tiens cette pension, c'est la première fois que nous avons autant d'événements à célébrer à Little Russell Street. Je me demande ce qui va se passer ensuite.

— Un duc..., répéta Miranda, les yeux dans le vague. Vous vous rendez compte ? Notre chère Pru va devenir duchesse !

— Et une riche duchesse, ajouta Daisy.

Sa remarque fit rire tout le monde, à l'exception de Maria.

Prudence jeta un coup d'œil en coin à son amie, assise à côté d'elle sur le canapé. La jeune femme était pensive.

— Il y a quelque chose dont je désire parler avec vous toutes, annonça Prudence en haussant la voix pour se faire entendre. Lorsque je serai mariée, je recevrai mon héritage. Et je veux que chacune d'entre vous en ait une petite partie.

Un grand silence suivit cette déclaration et elle se hâta de continuer :

— Je sais que c'est un peu étrange, mais je vais être si riche que j'ai envie de faire profiter mes amies de ma chance.

Il y eut encore une longue pause, pendant laquelle les jeunes femmes échangèrent des regards. Lucy repoussa une mèche de cheveux auburn qui retombait sur son front et s'éclaircit la gorge.

— Pru, nous ne voulons pas de ton argent. Tu en auras besoin pour aider le duc. Tous ces domaines doivent être entretenus et remis en état. Et tu voudras aussi contribuer à des œuvres de charité, aider des gens…

Sa voix s'éteignit, et le silence s'abattit sur la petite assemblée. Prudence examina ses amies les unes après les autres, et son cœur sombra. Elles ne voulaient pas accepter son aide, bien qu'elles vivent toutes dans un grand dénuement, alors qu'elle allait recevoir des millions ! Elles considéraient son offre comme de la charité alors qu'elles étaient ses amies, et qu'elles n'hésiteraient pas à faire la même chose pour elle si les rôles étaient inversés. Prudence comprit qu'elle devait trouver un moyen de les aider sans atteindre leur fierté.

— Nous pourrons en reparler une autre fois.

— Quand vous serez mariée, dit Mme Inkberry en tapotant gentiment le genou de Prudence. Nous verrons à ce moment-là. Abigail, enchaîna-t-elle en se tournant vers Mme Morris. N'étions-nous pas censées porter un toast ? Ce que tu es lente !

Prudence ne put s'empêcher de remarquer le soulagement de ses amies, mais pour elle, la question était loin d'être réglée.

— J'arrive, Joséphine, répondit Mme Morris.

Elle fit passer les verres emplis du liquide rouge rubis. Quand chacune eut son minuscule verre en main, elle s'assit et porta un toast.

— À notre Prudence, qui est tombée amoureuse d'un duc. Et à celui-ci, qui a eu le bon goût de tomber amoureux d'elle.

Prudence leva son verre avec les autres. Et quand elle but une gorgée d'alcool, elle eut la certitude que l'amour était réellement une chose merveilleuse car, grâce à lui, même la liqueur de prune de Mme Morris devenait bonne.

11

Les administrateurs de la fortune Abernathy accepteront-ils le duc de St. Cyres ? Ou bien le passé scandaleux du duc sera-t-il un obstacle à ce mariage ? Qui vivra verra.

Les Potins mondains, *1894*

En rentrant chez lui, Rhys retrouva Fane qui se mit en devoir de lui rapporter tout ce qu'il avait appris au cours de la semaine au sujet de M. Feathergill. Il siffla doucement en entendant les potins croustillants que le valet avait découverts.

— Très bien, Fane. Vraiment très bien. Quand j'aurai épousé Mlle Abernathy, je triplerai vos gages.

Fane, qui avait fini par récupérer ses gages en retard grâce à l'entrevue de Rhys avec les banquiers, et au prêt qu'ils lui avaient accordé, considéra son maître avec gratitude.

— Merci, monsieur.

— Où se trouve Feathergill, cet après-midi ?

Le valet confirma que le squire passait l'après-midi au White's Club, mais les convenances ne permettaient pas à Rhys de lui adresser la parole sans avoir été présenté auparavant. Le duc remercia

Fane, et sortit pour aller rendre visite à lord Weston, à qui il comptait demander de l'aide. Wes possédait des biens dans le Sussex, il connaissait le squire Feathergill, et avait dansé avec Prudence le soir précédent au bal. De plus, il était membre du White's Club.

D'après Rhys, le White's était un repaire de vieux croûtons, et un lieu ennuyeux à mourir, mais il n'était pas fâché que l'oncle Evelyn ait continué de régler les cotisations. Il aurait été diablement gênant pour un duc de se voir refuser l'entrée parce qu'il n'était pas à jour dans ses paiements.

Weston et lui trouvèrent Feathergill en train de lire le *Times* dans un des salons de lecture. Il tenait un verre à la main, et une bouteille de porto était posée sur la table à côté de lui. Wes s'arrêta devant son fauteuil et poussa une exclamation de surprise.

— Sapristi, c'est Feathergill ! Je ne vous avais plus vu depuis des années !

— Lord Weston.

Feathergill, un homme corpulent d'âge mûr, posa son verre de porto et se leva en repliant son journal pour serrer la main de Weston.

— La dernière fois que nous nous sommes rencontrés, je crois que c'était à une vente de chevaux, à Haywards Heath, dit-il.

— Ah oui, vous admiriez cette belle jument brune. Vous l'avez achetée ?

Feathergill secoua la tête.

— Le prix était bien trop élevé pour ma bourse.

— Dommage. Elle était jolie, dit Weston en se tournant vers Rhys. Vous connaissez mon ami, le duc de St. Cyres ?

Toute affabilité quitta le visage du vieil homme, et ses traits se figèrent en une expression de politesse glaciale.

— Comment allez-vous, murmura-t-il en s'inclinant avec raideur.

Rhys lui rendit son salut avec plus de décontraction.

— C'est un plaisir de faire enfin votre connaissance, monsieur Feathergill.

— *Enfin*, monsieur le duc ?

— J'ai rencontré votre nièce, votre épouse, et vos cousins à l'opéra il y a peu, mais je n'ai pas eu le plaisir de vous voir ce soir-là.

— Oui, oui, je... ma femme me l'a dit. Je pense que c'était pendant l'entracte. Je devais être au fumoir.

Un silence pesant s'installa, puis Rhys reprit la parole.

— Vous avez aimé le champagne ?

— Euh... oui, oui. Il était excellent.

— Vous m'en voyez ravi.

Il fit une pause, puis continua :

— Quel heureux hasard de vous rencontrer ici, monsieur Feathergill ! Je souhaitais faire votre connaissance car je voudrais discuter avec vous d'une certaine affaire.

L'expression du squire se fit encore plus glaciale.

— Je ne vois pas de quelle affaire nous pourrions discuter, monsieur le duc.

— Je vous assure qu'il s'agit d'une chose très importante. Pour vous comme pour moi.

Il y eut une autre pause, puis Weston toussota.

— Eh bien, il faut que je m'en aille, dit-il en donnant une claque sur l'épaule de Rhys. Ma partie de whist va commencer. Vous me pardonnez, messieurs ?

Son rôle était terminé. Il s'inclina et laissa les deux hommes en tête à tête.

— Asseyons-nous, suggéra Rhys en désignant les fauteuils.

Bien que visiblement à contrecœur, Feathergill obtempéra. Rhys s'installa face à lui, mais avant qu'il ait pu aborder le sujet qui lui tenait à cœur, Feathergill prit la parole.

— Je crois deviner de quelle affaire vous désirez vous entretenir avec moi, monsieur le duc, dit-il en laissant tomber son journal sur le sol, à côté du fauteuil.

— Vraiment ? Vous êtes très perspicace.

— Vous voudriez faire la cour à ma nièce.

— Lui faire la cour ? s'exclama Rhys avec un petit rire. Mon cher ami, vous êtes en retard d'une longueur. La cour est terminée, nous allons nous marier.

— Quoi ? s'exclama Feathergill, outré.

Plusieurs membres du club se tournèrent vers lui, l'air surpris et désapprobateur. Le squire déglutit et reprit à voix basse :

— Vous ne pouvez pas l'épouser. Vous êtes déjà fiancé à lady Alberta Denville.

— Je ne pense pas que ces fiançailles aient été officiellement annoncées.

— Non, mais... mais Prudence doit épouser son cousin, sir Robert Ogilvie.

— Ô mon Dieu..., répliqua Rhys, l'air profondément étonné. Je crains qu'il n'y ait une méprise. Mlle Abernathy m'a donné son consentement il y a à peine deux heures. Je suppose que j'aurais dû vous demander la permission de lui faire la cour, et ce genre de choses, mon cher, dit-il d'un ton désolé. Mais nous nous sommes laissé entraîner par la spontanéité de nos sentiments.

— Spontanéité, mon œil ! Vous en voulez à son argent, mais si vous croyez que vous toucherez un sou de l'héritage de ma nièce, vous vous méprenez !

Feathergill s'était empourpré de colère, mais il était parvenu à ne pas élever la voix.

— Vous êtes un coureur de dot, monsieur. Et votre conduite passée montre que vous manquez singulièrement de sens moral. Je sais tout sur vous, et je ferai en sorte que Prudence en soit informée. Quand je lui aurai exposé vos tristes exploits, elle changera certainement d'avis et rompra ces fiançailles.

— Mes exploits ?

Rhys se renversa dans son fauteuil en souriant, l'air parfaitement détendu, bien que tout son avenir soit en train de se jouer dans cette discussion.

— Et que comptez-vous donc lui révéler ? Que j'ai besoin d'argent ? Elle le sait. Que j'ai eu de nombreuses liaisons ? Elle le sait aussi. Que je suis un vaurien ? Je le lui ai avoué moi-même. Elle sait déjà tout cela, et pourtant elle désire toujours m'épouser. C'est étonnant, mais c'est ainsi. L'amour est aveugle, à ce qu'on dit.

— Non, non, non ! rétorqua Feathergill en secouant la tête. Même si ce que vous dites est vrai, cela importe peu, car je refuse de donner mon consentement.

— Je suis désolé que vous soyez hostile à ce mariage, mais par bonheur votre nièce a plus de vingt et un ans. Nous n'avons pas besoin de votre consentement.

Le vieil homme s'agita dans son fauteuil, dans un effort visible pour contenir sa colère. Rhys attendit patiemment qu'il se soit ressaisi.

— Mon consentement n'est peut-être pas nécessaire, dit-il au bout d'un moment, mais pour l'épouser et bénéficier de son héritage, il vous faudra l'approbation des administrateurs.

Tout en disant cela, le squire hocha la tête à plusieurs reprises et sembla regagner un peu d'assurance.

— Ils n'approuveront jamais ce mariage.

Rhys émit un petit rire méprisant.

— Vous pensez vraiment qu'ils oseront refuser un duc ?

— Votre rang ne les impressionnera pas beaucoup, quand ils connaîtront les histoires sordides de votre famille, et les squelettes que vous cachez dans vos placards !

Rhys avait appris depuis bien longtemps à ne rien laisser paraître de ses sentiments, et il s'en félicita. Il se crispa, mais son sourire ne vacilla pas une seconde.

— Parbleu, mon cher, si on devait faire ressortir tous les squelettes cachés dans les familles pour s'opposer à un mariage, les nobles ne se marieraient jamais, et l'aristocratie britannique s'éteindrait ! Les administrateurs de la fortune de Mlle Abernathy ne pourront pas s'opposer à ce mariage sous des prétextes aussi futiles.

— Futiles ? Vous trouvez *futile* que votre oncle se soit tiré une balle dans la tête pour échapper à la ruine, et que votre frère se soit pendu quand il était encore à l'école ? Que votre mère ait eu plus d'amants qu'une prostituée de Whitechapel ? Que votre père se soit adonné à la cocaïne, et qu'il en soit mort ? Le vice et le suicide sont des maux répandus dans votre famille.

Le sourire de Rhys s'était effacé quand le squire avait fait allusion à Thomas, mais sa voix demeura néanmoins froide et nonchalante, et conserva l'accent hautain qui convenait à son rang.

— Vous semblez avoir étudié attentivement l'arbre généalogique des De Winter.

— Et je peux vous dire que c'est un arbre faible et malade. Dès l'instant où j'ai appris que vous tourniez autour de ma nièce, j'ai commencé mon enquête. Aussi, suis-je très bien informé sur vous.

Bien que Feathergill sache des choses très précises au sujet de ses parents, il n'était pas renseigné au point de connaître la raison pour laquelle Thomas avait décidé de nouer une corde autour de son cou, et de sauter du haut de la galerie du dortoir, deux jours avant de revenir à Winter Park pour les vacances d'été. Grâce au ciel, c'était encore un secret bien gardé.

— Comme vous avez été prévoyant d'aller déterrer tous ces renseignements très intéressants ! dit Rhys d'un ton moqueur. Je vous tire mon chapeau.

D'une main tremblante, Feathergill se resservit un verre de porto.

— Je veillerai à ce que les administrateurs apprennent tout ce qui vous concerne, vous et votre famille, dit-il avant de boire une gorgée de vin. Quand je les aurai vus, ils n'ignoreront plus rien de vos sordides petits secrets.

— Ah ! Et que ferons-nous de vos sordides petits secrets à vous ? rétorqua Rhys d'une voix douce et soudain menaçante.

Feathergill reposa son verre d'un geste brusque.

— Que voulez-vous dire ?

Tout en considérant le squire d'un air de pitié, Rhys sortit de la poche de sa veste une feuille pliée en quatre.

— Vous ne pensiez tout de même pas être le seul à enquêter, n'est-ce pas ? Pinkerton est un établissement fascinant, annonça-t-il en dépliant le document qu'il tenait à la main. Ils découvrent les détails les plus intimes de la vie d'un homme.

Le visage rougeaud de Feathergill blêmit brusquement. Il s'humecta les lèvres, et répéta :

— Pinkerton ?

— Mmm... oui, murmura Rhys en examinant le papier. J'ignore comment vous avez appris l'histoire de ma famille, mais je peux vous dire que j'ai chargé un homme de vous suivre pendant près d'une semaine. Il a lui aussi fouillé dans votre passé.

Il releva la tête, en souriant.

— Votre femme sait-elle à quelle fréquence vous rendez visite à la maison de Mme Dryer ? Ce bordel s'adresse à une clientèle très spécifique, à ce qu'on m'a dit.

Le vieil homme s'empourpra et se mit à bredouiller.

— Je... je...

Rhys lui adressa un clin d'œil de connivence, de l'air d'un homme qui connaît la vie.

— Il paraît que vous aimez lier les mains aux jeunes filles et leur donner la fessée ? murmura-t-il en souriant. Comme c'est vilain, Feathergill !

Le sourire de Rhys disparut et il se pencha en avant, tel un fauve s'apprêtant à bondir sur sa proie.

— Que se passerait-il, selon vous, si votre femme, vos filles, vos amis, vos connaissances, venaient à avoir vent de vos... hum... intéressantes inclinations ?

Il tapota pensivement l'intérieur de sa main avec la lettre.

— Je me demande ce que ressentirait Edith en apprenant que pendant qu'elle économisait sou par sou et se demandait comment elle allait pouvoir acheter un rôti de bœuf pour le repas du dimanche, vous vous rendiez chaque mois à Londres pour dépenser vos quelques économies dans des jeux lascifs avec des prostituées. Quelle explication donnez-vous pour ces voyages en ville ? Vos affaires, je suppose ?

— D'accord, d'accord, marmonna Feathergill d'une voix étouffée. Que voulez-vous de moi ?

Il prit un mouchoir dans sa poche et essuya son visage trempé de sueur.

Rhys replia le document.

— Non seulement vous donnerez votre consentement à mon mariage avec Prudence, mais vous lui assurerez que vous approuvez cette union de tout votre cœur. Vous trouverez vous-même un prétexte pour expliquer ce revirement à votre femme. Demain, vous m'accompagnerez chez les administrateurs de la fortune Abernathy, et vous leur direz clairement que vous donnez votre approbation. Vous êtes heureux comme tout d'avoir un duc dans la famille. Ensuite, votre femme et vous nous accompagnerez, Prudence et moi, pour faire le tour de mes domaines. Et vous ne ferez aucun commentaire narquois sur leur état de délabrement. Puis nous reviendrons à Londres pour le mariage. Il ne sera à aucun moment fait allusion devant Prudence, ou devant qui que ce soit d'autre, aux squelettes que ma famille cache au grenier. Jamais. J'espère que nous nous comprenons.

— Oui, chuchota Feathergill.

— Bien. En retour, vous serez largement récompensé pour votre discrétion. Vous, et les autres membres de votre famille, recevrez des rentes trimestrielles très généreuses. Vous pourrez dépenser cet argent à votre convenance. Je me moque de savoir ce que vous en ferez.

Le squire hocha la tête et fit mine de se lever, mais Rhys l'arrêta.

— Encore une chose, Feathergill.

L'air accablé, ce dernier se laissa retomber dans son fauteuil.

— Je suis indigné par la conduite que vous avez eue par le passé à l'égard de votre nièce. Particulièrement par le fait que vous l'ayez complètement négligée.

Feathergill voulut protester, mais Rhys ne lui en laissa pas le temps.

— Je ne tolérerai pas plus longtemps une telle attitude. Les rentes que vous recevrez, vous, les cousins de votre femme, et les maris de vos filles, sur la fortune Abernathy, seront soumises à mon approbation. Et je peux vous assurer que cette approbation dépendra uniquement de votre bonté envers elle à partir d'aujourd'hui. En d'autres termes, vous, votre femme, vos cousins, vos filles, et particulièrement Beryl, ferez tout votre possible pour réparer les torts que vous avez causés à Prudence dans le passé. À partir de maintenant, vous n'aurez qu'un but : la rendre heureuse. Si vous lui causez une seule minute de tracas ou d'angoisse, si l'un de vous l'offense ou la maltraite de quelque façon, je déchirerai sans hésiter votre chèque trimestriel de revenus. Est-ce clair ? demanda-t-il en se renversant dans son fauteuil.

Le vieil homme hocha la tête en silence.

— Parfait. Vous pouvez y aller. Au fait..., ajouta Rhys, alors que Feathergill se levait. Je dînerai avec vous ce soir. Réservez la meilleure salle privée du Savoy, cela fera très bien l'affaire, je pense. Avec votre agréable compagnie et celle de votre femme, nous devrions passer une excellente soirée.

Il s'interrompit pour se servir un verre de porto, et ajouta :

— Ce sera sympathique, non ?

— Naturellement.

— Très bien. Je vous suggère donc de rentrer chez vous, pour annoncer la bonne nouvelle à votre femme.

Rhys remit dans sa poche la lettre qui lui avait été envoyée par le régisseur de St. Cyres Castle, au sujet de l'état des canalisations. Il rit intérieurement en regardant Feathergill s'éloigner. Il aurait bien voulu être une mouche, pour entendre les explications qu'il allait donner à sa femme.

Il n'y avait rien de plus agréable qu'une promenade par un bel après-midi de printemps. Surtout lorsqu'on était escortée par un aussi bel homme que M. Fane.

Nancy Woddell coula un regard de biais au grand homme brun qui marchait à ses côtés sur le Strand, et comme chaque fois qu'elle posait les yeux sur lui, elle éprouva un petit frisson de plaisir. C'était un homme de belle stature, avec de beaux yeux bleus et le menton carré. Quand il lui avait demandé ce matin la permission de l'accompagner aux vêpres, elle avait un peu hésité, craignant de lui donner une mauvaise impression. Au cours de sa vie, elle avait connu suffisamment de gars qui pensaient qu'une promenade les autorisait automatiquement à prendre des libertés. Mais M. Fane était poli, élégant, un vrai gentleman, et il était le valet de l'époux d'une princesse. Nancy ne pouvait s'empêcher d'être impressionnée, même si elle savait qu'il serait obligé de quitter cette situation s'il voulait se marier. Et il n'avait pas du tout changé d'attitude quand elle lui avait fait clairement comprendre qu'elle était une fille respectable et bien élevée, qui comptait faire un mariage honorable. En fait, il avait presque paru offensé, comme si l'idée qu'elle puisse être autre chose qu'une jeune fille respectable ne lui avait jamais effleuré l'esprit.

— Aimeriez-vous prendre le thé ? demanda-t-il en désignant une boutique au coin de la rue.

— Oh ! oui, volontiers ! Merci, monsieur Fane.

Elle sourit quand il l'entraîna à l'intérieur du salon de thé et lui offrit une chaise. Il était si attentionné ! Il savait y faire, songea-t-elle en le regardant s'approcher du comptoir pour commander du thé pour deux. Un homme comme M. Fane ferait un très bon mari.

Elle arrangea les plis de sa jupe et sortit furtivement un petit miroir de sa poche. Elle soupira en observant son reflet. Elle aurait tellement aimé avoir un joli teint, comme sa maîtresse ! se dit-elle tristement en repoussant ses mèches d'un roux carotte sous son bonnet et en se mordant les lèvres pour leur donner un peu de couleur. La peau de Mlle Abernathy était d'un blanc crémeux, alors que la sienne était couverte de taches de rousseur.

— Vous n'avez pas besoin de faire cela.

La voix de M. Fane interrompit ses tristes réflexions, et elle s'aperçut qu'il se tenait tout près d'elle, avec un plateau chargé de tasses et d'assiettes de gâteaux.

— Faire quoi ? répondit-elle en tentant de dissimuler le minuscule miroir sous la table.

— De vous inquiéter pour votre apparence.

Elle secoua la tête, avec un petit air de défi.

— Je ne m'inquiète pas, prétendit-elle en glissant le miroir dans la poche de sa jupe.

— Tant mieux.

Il déposa le plateau sur la table, s'assit face à elle, et ajouta :

— Vous êtes la plus jolie jeune fille que je connaisse.

Seigneur ! Cet homme était celui que toutes les femmes rêvaient de rencontrer !

— Merci.

— Je suis très heureux que vous soyez avec moi aujourd'hui, continua-t-il en servant le thé. J'ai une nouvelle à vous annoncer, et je ne sais pas trop comment vous allez l'accueillir.

Nancy eut un petit pincement au cœur qui gâcha son plaisir. Quand un gars vous disait cela, la nouvelle ne pouvait pas être bonne. Elle s'efforça néanmoins de cacher son inquiétude.

— Cela semble important, dit-elle simplement en buvant une gorgée de thé.

— En effet. J'ai changé de situation ; je ne suis plus le valet du comte Roselli.

— Oh !

Elle éprouva soudain une bouffée d'espoir, et la tête lui tourna légèrement. Comme un valet ne pouvait pas se marier, il avait peut-être choisi une nouvelle situation qui lui permettrait de fonder un foyer… Nancy croisa les doigts.

— Et que faites-vous, maintenant ?

— Je suis le valet d'un autre gentleman.

Ses espoirs dégringolèrent, remplacés par une immense déception.

— Je vois, murmura-t-elle en essayant de ne pas laisser paraître ses sentiments. Et qui est votre nouveau maître ?

— Le duc de St. Cyres.

Cette fois, les sentiments de Nancy basculèrent vers le soulagement. Le duc était l'homme que sa maîtresse aimait tant, et cela lui donnerait donc de fréquentes occasions de voir M. Fane. Un comte italien et une princesse autrichienne, c'était bien joli, mais ces étrangers finiraient par retourner chez eux un jour ou l'autre.

— Valet d'un duc ? C'est une situation enviable, monsieur Fane. Pourquoi pensiez-vous que cela ne me plairait pas ?

— Eh bien… maintenant que votre maîtresse, Mlle Abernathy, et mon nouveau maître sont fiancés et comptent se marier…

— Se marier ? s'exclama Nancy, enchantée. Oh ! c'est merveilleux !

— Ils ont pris cette décision cet après-midi. Vous n'étiez pas au courant ?

— Le dimanche est mon jour de congé, expliqua-t-elle en secouant la tête. Je n'ai pas vu ma maîtresse depuis que je l'ai aidée à s'habiller, ce matin, avant la messe.

Nancy laissa fuser un rire joyeux. Mlle Abernathy était amoureuse du duc, et elle était si gentille et si généreuse, que la jeune femme de chambre se sentait vraiment heureuse pour elle.

— Mon maître m'a dit qu'ils se marieraient en juin, poursuivit M. Fane.

— Je ne comprends toujours pas pourquoi vous craigniez que cette nouvelle me contrarie.

Il eut un sourire un peu triste.

— Mon maître va emmener votre maîtresse visiter ses domaines. Nous allons sans doute nous trouver souvent ensemble, au cours des prochaines semaines. Dans les trains, à l'office, etc. Une fois qu'ils seront mariés, ce sera encore pire, et si vous n'êtes pas…

Il s'interrompit, détourna les yeux, et tira sur sa cravate.

— C'est-à-dire, si vous n'appréciez pas ma compagnie… je veux dire… cela risque d'être un peu gênant, si vous n'avez pas les mêmes euh… sentiments… que moi.

Face à cet homme d'ordinaire si assuré qui se mettait à bredouiller timidement, Nancy sentit son cœur se gonfler de joie. Elle se pencha vers lui et eut l'audace d'effleurer son genou avec le sien.

— Je vous aime bien aussi, monsieur Fane, dit-elle doucement.

Rhys leva un peu le menton pour permettre à Fane de nouer sa cravate de soie noire.

— Et donc, Mlle Woddell n'a pas pu vous dire comment la famille de Mlle Abernathy avait accueilli la nouvelle de nos fiançailles ?

— Non, monsieur. Elle ignorait même la décision que vous aviez prise avec sa maîtresse. C'est moi qui lui ai appris votre prochain mariage.

— C'est vraiment dommage… J'aurais bien aimé savoir comment Mme Feathergill a réagi.

— Je suis désolé, monsieur.

Fane tira sur les extrémités de la cravate, chassa un grain de poussière du costume de soirée noir de Rhys, et recula pour observer son maître.

— J'espère qu'au cours des prochaines semaines, Mlle Woddell pourra m'apprendre des choses qui vous intéresseront.

— Est-ce que Mlle Woddell est jolie ?

— Je la trouve très jolie, monsieur.

— Tant mieux. Je n'aurais pas aimé vous obliger à fréquenter une jeune fille ordinaire !

— Je n'aurais pas fait d'objection à cela non plus, monsieur.

Rhys se mit à rire.

— Vous êtes l'homme dont doivent rêver toutes les servantes du monde, Fane !

12

Le mariage du duc de St. Cyres avec Mlle Prudence Abernathy aura lieu le 17 juin. C'est-à-dire quinze jours avant la date prévue pour le versement par tous les pairs du royaume de leur participation trimestrielle. Quel heureux hasard !

La Gazette sociale, *1894*

Ce soir-là, le dîner se déroula bien mieux que Prudence ne s'y était attendue. Tante Edith avait appris la nouvelle par son mari avant que Prudence ne soit rentrée de Little Russell Street, et elle observa un silence inhabituel pendant tout le repas, un changement que Prudence apprécia. Oncle Stéphane se montra très gai, répétant à plusieurs reprises à quel point il était heureux que le duc de St. Cyres fasse désormais partie de la famille. Millicent et Robert étaient absents, Millicent ayant prétexté une migraine, et Robert ayant décidé de rester à la maison avec sa mère. Rhys se montra charmant avec son oncle et sa tante, si bien qu'en dépit du silence obstiné d'Edith, le repas se déroula sans incident, au grand soulagement de Prudence.

Au cours des deux jours suivants, la nouvelle de leurs fiançailles parut dans tous les journaux.

Toutefois, trouvant les insinuations narquoises des journalistes insultantes, Prudence ignora les articles à ce sujet. Non seulement ils laissaient entendre que Rhys agissait pour les pires raisons qui soient, mais ils l'accusaient elle aussi d'être une ambitieuse, désireuse de se faire une place dans l'aristocratie. Excédée par ces sornettes, elle cessa tout bonnement de lire les journaux.

Pendant ces deux jours, les conditions des rentes furent négociées. Bien que la part accordée à son oncle fût généreuse, ses vingt mille livres par an ne semblèrent pas satisfaire Edith. Car ce cher, *cher*, Robert, ne devait recevoir que cinq mille livres, une somme qu'elle qualifia de dérisoire. Son attitude envers le duc demeura glaciale, bien qu'elle fût obligée d'observer une stricte politesse envers sa famille et ses amis, lorsque ceux-ci vinrent au Savoy pour féliciter la future mariée. On ne pouvait snober les parents et les relations d'un duc sans se faire du tort, et bien qu'Edith désapprouvât cette union, cela ne l'empêchait pas de vouloir tirer avantage des opportunités que celle-ci lui offrait de grimper dans l'échelle sociale.

La mère de Rhys ne se trouvait pas à Londres pour le moment, mais d'autres membres de sa famille et bon nombre de ses amis leur envoyèrent des invitations pour des réceptions ou des dîners. Edith ne pouvait les refuser, car elles provenaient de personnes évoluant dans une sphère sociale bien supérieure à la sienne, et Prudence remarqua avec amusement qu'elle s'arrangeait pour soutirer des invitations pour Robert et Millicent, les aidant de ce fait à s'élever eux aussi dans la société.

La date du mariage fut fixée au 17, et une foule d'activités vinrent s'ajouter à la routine quotidienne de Prudence. Quand une jeune fille épousait un duc, la préparation du mariage représentait un travail qui exigeait une grande rigueur. Prudence s'aperçut que Woddell lui était d'une aide précieuse. En effet, la jeune servante avait bénéficié de la loi sur l'Education de 1870, aussi savait-elle lire, écrire, et compter. En l'espace de quelques jours, Woddell passa du statut de femme de chambre à celui de secrétaire.

Entre les déjeuners mondains, les bals, et les réceptions, les activités étaient si nombreuses qu'au bout d'un mois Prudence se sentit épuisée. Rhys lui assura que ce rythme infernal ralentirait après le mariage, mais ces quelques semaines d'activités effrénées lui donnèrent une idée de ce que pouvait être la vie mondaine d'une duchesse.

Prudence remarqua que Woddell tenait l'agenda de ses sorties avec beaucoup d'entrain, maintenant que son petit ami, M. Fane, était devenu le valet de Rhys. Une coïncidence merveilleuse, qui donnait à Nancy Woddell de bonnes raisons d'être souriante.

Pour Prudence, cependant, la vie n'était pas un chemin parsemé de roses. Certes elle était heureuse, mais elle se sentait étrangement seule. Si elle rencontrait beaucoup de gens tous les jours, elle voyait peu ses vraies amies. Les jeunes femmes célibataires de Little Russell Street n'avaient pas le temps de rendre des visites, d'aller dans les magasins, ou dans des réceptions. Elle voyait aussi très peu son fiancé, occupé par les responsabilités de son titre et par ses affaires. Ils n'avaient jamais l'occasion de rester tranquillement en tête à tête, et d'avoir une conversation en privé.

Quand vint le moment du départ pour faire le tour des domaines, Prudence fut vraiment heureuse de laisser derrière elle le rythme trépidant de la vie londonienne.

Rhys et elle voyagèrent dans leur train privé, neuf wagons luxueux qui comprenaient un wagon-restaurant, un salon, une bibliothèque, un fumoir, et des chambres de domestiques. Trois des wagons comportaient chacun une suite avec un salon, une chambre et une salle de bains. Prudence disposait de l'un de ces wagons pour elle seule, Rhys en avait un autre, et son oncle et sa tante occupaient le troisième.

Quand le train eut quitté Victoria Station, Nancy et elle inspectèrent le compartiment, émerveillées par le luxe qui y était déployé. Il y avait un épais tapis de laine, une baignoire en marbre italien, des poignées dorées et des meubles en ronce de noyer. Des tentures de velours vert entouraient sa couchette.

— Seigneur, Woddell ! murmura Prudence en jetant son chapeau sur le couvre-lit assorti au velours vert des tentures. C'est le Savoy sur rails !

Quelqu'un se mit à rire derrière elles, et Rhys entra dans la chambre.

— En effet, cela ressemble à un hôtel. Est-ce que ça vous plaît ?

— Si ça me plaît ? s'exclama-t-elle en riant. Qui n'aimerait pas voyager de cette manière ?

— Je suis content, car tout ceci vous appartient désormais.

— Pardon ?

— Considérez cela comme un cadeau de mariage.

Il lui posa les mains sur les épaules et l'embrassa.

— Monsieur le duc ! le réprimanda Prudence en lançant un coup d'œil à sa femme de chambre.

Nancy était occupée à défaire ses bagages, mais Prudence se sentit tout de même un peu gênée. Rhys sourit et de fines rides se dessinèrent au coin de ses yeux verts.

— Ai-je dit quelque chose d'amusant ? demanda Prudence.

— Nous sommes fiancés, Prudence, et vous avez le droit de m'appeler par mon prénom. Et comme nous sommes fiancés, ajouta-t-il en effleurant ses lèvres, j'ai le droit de vous embrasser.

Là-dessus, il l'embrassa de nouveau.

Une vague de chaleur se répandit en elle et elle éprouva la même sensation que lorsqu'il l'avait embrassée un mois plus tôt, à Little Russell Street. L'impression que du miel tiède coulait dans ses veines. Cela avait beau être délicieux, Prudence était consciente de la présence d'une troisième personne.

— Rhys, nous ne sommes pas seuls.

— Nous avons le droit de nous embrasser devant les domestiques.

— Non, cela ne se fait pas !

— Vous êtes une prude, ma chérie, dit-il en lui embrassant le bout du nez.

— Ce n'est pas vrai ! chuchota-t-elle. Je suis juste… discrète.

— Woddell, dit-il sans quitter Prudence des yeux. M. Fane souhaite vous montrer les cuisines et la blanchisserie. Allez le retrouver.

— Oui, monsieur le duc.

La jeune fille sortit en moins de trois secondes.

— Enfin seuls ! murmura Rhys. Vous voyez comme c'est simple ? Il n'y a qu'à ordonner à un domestique de sortir, et il disparaît.

Il se pencha, pressant les lèvres dans son cou, juste au-dessus du col de sa robe.

— Maintenant que vous allez être duchesse, il faut que vous appreniez à donner des ordres aux domestiques.

Prudence se sentit un peu étourdie, mais elle s'efforça de rassembler ses idées.

— Tante Edith pourrait entrer d'un instant à l'autre, fit-elle remarquer en plaquant les mains contre son torse, dans une vaine tentative pour le repousser.

Elle ne dut pas y mettre assez de conviction, car il n'y prit même pas garde.

— Sa femme de chambre est en train de défaire les bagages, et elle est très occupée à superviser son travail, expliqua-t-il en déposant de petits baisers sur son front, ses joues, son menton. Je suis sûr que cela prendra au moins une heure. Quant à votre oncle, il discute avec le steward et le barman, dans le fumoir, et ils ne le laisseront pas partir avant une bonne heure. C'est fascinant, tout ce qu'on peut obtenir avec quelques livres…

— Vous avez soudoyé des gens pour qu'ils tiennent mon oncle et ma tante à l'écart ? murmura-t-elle, un peu haletante.

— Eh oui…

Il lui mordilla le lobe de l'oreille, et elle sentit toutes ses forces lui échapper. Ses jambes se dérobèrent, mais il lui passa un bras autour de la taille pour la soutenir.

— Vous aimez que je vous embrasse l'oreille, n'est-ce pas ? chuchota-t-il.

— Je crois…

Elle s'interrompit, gênée dans sa respiration par son corset trop serré, et incapable de réfléchir alors qu'il lui mordillait le lobe de l'oreille.

— Je crois que vous avez obtenu ce que vous vouliez.

— Ce que je voulais ?

Son souffle tiède contre sa joue la fit frissonner.

— L'autre soir, à l'opéra, vous avez dit que vous aimeriez me voir ivre. Eh bien, je le suis à présent.

Il rit doucement et glissa la main dans sa chevelure, lui renversant la tête en arrière.

— Alors, embrassez-moi.

Prudence se haussa sur la pointe des pieds, et lui noua les bras autour du cou. Ses lèvres s'entrouvrirent, mais quand il voulut approfondir son baiser et qu'elle sentit sa langue effleurer la sienne, elle eut un tressaillement involontaire et voulut reculer. Mais les doigts de Rhys se crispèrent dans ses cheveux et il l'embrassa avec une telle sensualité qu'elle songea qu'il avait dû s'exercer à Paris avec les danseuses de cancan. Elle ne craignit cependant pas d'être aussi sensuelle que lui et lui offrit sa bouche sans réserve.

Cela parut déclencher quelque chose en Rhys, car il poussa un grognement sourd et se pressa contre elle, la faisant reculer. Avant qu'elle ait compris où il voulait en venir, Prudence se retrouva sur la couchette.

— Que faites-vous ? murmura-t-elle, choquée par la force du corps qui pesait contre le sien.

— Vous êtes déjà un peu étourdie. Je veux vous enivrer.

Il prit ses lèvres et l'embrassa encore et encore. Elle sentit une vague chaude l'envahir de la tête aux pieds, comme si elle avait absorbé de l'alcool.

Elle perçut la force de son désir se pressant contre elle. Pour avoir vécu à la campagne pendant la plus grande partie de sa vie, Prudence savait ce que cela signifiait. Elle aurait dû le repousser, mais la sensation était si délicieuse qu'elle n'en eut pas la force. Honteuse et ravie, elle ferma les yeux et s'abandonna. Peut-être était-elle vraiment ivre, car jamais, même dans ses rêves les plus secrets, elle n'avait imaginé qu'un homme puisse lui faire éprouver un tel plaisir.

Cela ne suffisait toutefois pas pour lui faire perdre complètement l'esprit. Quand il insinua les mains entre eux, elle devina instinctivement son intention. Et lorsqu'il voulut lui déboutonner sa veste, elle posa les mains sur ses épaules pour l'en empêcher. C'était cependant une résistance de pure forme, car ses baisers semblaient l'avoir privée de toute volonté.

Ignorant ses faibles protestations, il continua de l'embrasser, glissant une main à l'intérieur de sa veste de tailleur. Ses doigts se posèrent sur un sein et l'emprisonnèrent par-dessus le tissu de sa chemise et de son corset. Elle poussa un gémissement de plaisir quand il la caressa, mais quand il se mit à défaire les boutons de sa chemise, elle comprit que sa vertu était en danger.

Interrompant leur baiser, elle le repoussa avec un peu plus de force cette fois.

— Il faut arrêter.

— Pourquoi ? C'est ce que font les gens quand ils sont mariés, dit-il en continuant de l'embrasser dans le cou et de défaire les boutons.

— Nous ne sommes pas encore mariés.

— Nous le serons dans six semaines.

Prudence ferma les yeux et secoua la tête.

— Je suis une femme respectable, lui rappela-t-elle.

— Et je vous respecte.

Il semblait sincère, mais on ne pouvait pas faire confiance à un homme sur ce point, qu'il soit noble ou non. Sa mère en avait fait la triste expérience, ainsi que plusieurs de ses amies de la pension. Elle se rappela les innombrables fois où Mme Morris s'était assise dans le salon de Little Russell Street avec une jeune fille, l'écoutant raconter ce qu'un homme lui avait promis, puis lui tendant des mouchoirs en suggérant délicatement qu'un séjour de quelques mois à la campagne, dans un village discret du Hampshire, pouvait faire beaucoup de bien à une jeune fille dont le cœur avait été brisé. Mais elle avait du mal à se rappeler exactement les mises en garde de sa logeuse, alors que les doigts de Rhys effleuraient sa peau nue.

Sa volonté vacilla. Ils allaient se marier, ce n'était qu'une question de jours, mais peut-être sa mère avait-elle cru cela, elle aussi. Or, le mariage n'avait jamais eu lieu, et elle était venue au monde. En proie à une soudaine panique, elle lui saisit le poignet.

— Nous ne pouvons pas, chuchota-t-elle en ouvrant les yeux. Pas avant le mariage.

Rhys s'immobilisa, et son souffle chaud lui caressa le cou.

— Prudence, je veux vous toucher. J'en rêve depuis l'instant où je vous ai vue pour la première fois.

Ces mots lui causèrent un délicieux frisson, mais elle resserra les doigts sur son poignet et s'efforça de garder les idées claires.

— Je ne laisserai pas les choses aller trop loin, promit-il, les lèvres contre sa gorge.

Comme Prudence ne cédait pas, il inspira profondément et chercha son regard, tout en continuant de la caresser.

— Je vous donne ma parole. Ne me repoussez pas. Pour l'amour du ciel, pas tout de suite ! supplia-t-il en fermant les yeux.

Rhys était un homme honorable. Au fond de son cœur, elle le savait. Il ne lui mentirait pas. Elle relâcha son étreinte.

— Pas tout de suite, chuchota-t-elle, incapable de lui refuser ce qu'il demandait.

Il plongea la main à l'intérieur de son corset. Ses doigts effleurèrent un mamelon, et elle poussa un petit cri. Elle aurait voulu s'écarter, mais il la maintenait plaquée sur le lit par le poids de son corps, et elle ne put se dérober quand il captura entre ses doigts la pointe d'un sein. Elle gémit, et il l'embrassa, avalant ses soupirs de plaisir.

Tout en l'embrassant, il continua de taquiner le mamelon, et Prudence sentit une étrange tension monter en elle. Ses caresses étaient exquises, et elle en aurait voulu encore davantage. Quand il retira sa main et roula sur le côté, elle ne put réprimer une exclamation de déception.

Cela le fit rire.

— Je croyais que vous vouliez que j'arrête, murmura-t-il, en agrippant les volants de sa jupe pour la relever. Voulez-vous que j'arrête, maintenant ?

Incapable de réfléchir, elle secoua la tête.

— Non, pas encore. Pas encore.

La main de Rhys passa sous sa jupe et sous ses jupons, remonta le long de sa jambe, sur sa hanche, puis entre ses cuisses. Ses doigts s'insinuèrent dans la fente de son pantalon de batiste, et quand il toucha ses boucles brunes, elle sentit tout son corps s'embraser.

— Je pourrais arrêter, dit-il en la caressant au plus secret de son corps. C'est ce que vous voulez ?

— Non... non. Non..., parvint-elle à articuler.

Son corps était en feu, son excitation augmentant à chaque mouvement de ses doigts sur elle. Elle s'entendit pousser d'étranges gémissements tandis que son corps était secoué de frissons irrépressibles.

— Si tu ne veux pas que j'arrête, que veux-tu, ma chérie ? chuchota-t-il. Hmm ?

Prudence ne sut que répondre. Elle était en proie à un désir fou, mais elle ne comprenait pas elle-même ce qu'elle désirait en réalité. Elle secoua la tête, désespérée.

— C'est cela ? demanda-t-il en effleurant très légèrement un point précis. C'est cela, que tu veux ?

— Oui, murmura-t-elle avec un sanglot de plaisir. Oui, oui, oui.

Soudain, toutes les sensations qui tourbillonnaient en elle se rassemblèrent, formant comme une boule de feu. Le plaisir la submergea, et elle cria son nom. Une sorte d'éclair blanc explosa en elle, suivi par la sensation la plus délicieuse qu'elle ait jamais éprouvée. La jouissance déferla en longues vagues chaudes, tandis que Rhys continuait de la caresser.

Plus tard, elle sentit qu'il retirait sa main et elle ouvrit les yeux. Il était penché au-dessus d'elle.

— Mon Dieu ! chuchota-t-elle, stupéfaite.

Il sourit, et son cœur se serra de bonheur, comme chaque fois qu'elle le voyait sourire.

— Tu as tenu parole.

— Oui, et je me trouve héroïque, répondit-il en lui embrassant le bout du nez.

Le ton de sa voix était désinvolte, mais sa respiration était haletante, comme s'il venait de courir. Prudence sentit la force de son désir contre sa hanche et songea aux histoires que l'on chuchotait à la pension, au sujet de la nature animale des hommes. Cela n'avait pas dû être facile, pour lui, de tenir parole, comprit-elle.

— Vraiment héroïque, reconnut-elle en lui prenant le visage à deux mains.

Rhys se maintint au-dessus d'elle, immobile, tandis qu'elle traçait du bout des doigts les contours de ses mâchoires.

Cet homme serait bientôt son mari. Et de toutes les femmes du monde, c'était elle qu'il trouvait la plus attirante. C'était elle qu'il voulait épouser, elle qu'il avait choisie pour être la mère de ses enfants, pour partager sa vie. Ce qui venait de se passer entre eux était la chose la plus extraordinaire que Prudence ait jamais vécue. Son cœur se gonfla de joie.

— Je t'aime, chuchota-t-elle.

Le sourire de Rhys s'évanouit, et elle éprouva un vague embarras. Puis il sourit de nouveau, en observant sa bouche.

— Je l'espère, ma jolie, murmura-t-il en l'embrassant. Puisque tu vas m'épouser.

Le léger malaise de Prudence disparut, balayé par ces paroles et par ce baiser, et son bonheur resurgit, décuplé. Quand il approfondit son baiser, elle eut l'impression de s'épanouir comme une fleur sous les rayons du soleil.

Winter Park, qui était situé dans l'Oxfordshire, était la propriété la plus proche de Londres, et ce fut par conséquent leur première destination. Rhys leur expliqua pendant le déjeuner, qu'ils prirent dans le wagon-restaurant avec l'oncle et la tante de Prudence, que la demeure avait été construite en 1820, et que c'était le plus important des domaines du duché. Il parut cependant assez réticent à donner plus de détails.

— Vous jugerez par vous-même, ma chérie, dit-il, esquivant les questions que lui posait Prudence. Nous y serons pour le thé.

Il souriait et parlait d'un ton léger, mais Prudence eut le sentiment que ce sourire n'était qu'un masque. Quand il changea brusquement de sujet pour interroger oncle Stéphane sur son domaine du Sussex, elle en eut la certitude, et éprouva la même sensation que le jour du pique-nique. C'était comme si une porte venait de se fermer entre eux.

De son propre aveu, les domaines étaient en mauvais état, et un certain embarras à ce sujet pouvait expliquer son comportement. Elle avait néanmoins la nette impression qu'il y avait autre chose. Comme il n'était pas question de l'interroger devant son oncle et sa tante, elle mit donc sa curiosité de côté pour le moment.

Le train atteignit la gare de Dunstable dans l'après-midi. Une demi-heure avant le thé, leur voiture de location s'arrêta dans l'allée de gravier, devant une massive et fantastique bâtisse de pierre grise qui ressemblait à un château médiéval sorti d'un livre de contes pour enfants. Mais comme la demeure n'avait été construite que soixante-quinze ans plus tôt, ce n'était pas vraiment un château.

Ils apprirent à leur arrivée que la mère de Rhys y séjournait en ce moment. Prudence songea à ce qu'il lui avait dit à la National Gallery, et se demanda avec un brin d'amusement si lady Edward De Winter serait vraiment capable de ne faire qu'une bouchée de tante Edith. C'était quelque chose qu'elle aimerait bien voir!

Rhys ne partageait sans doute pas son amusement. Sa mère et lui ne s'entendaient pas bien, il l'avait lui-même reconnu. Quoi qu'il en soit, s'il fut désagréablement surpris d'apprendre qu'elle se trouvait là, il n'en montra rien.

— C'est merveilleux, dit-il à Channing, le majordome, quand ils pénétrèrent dans l'immense hall. Nous la verrons donc au dîner.

— Je pense que lady Edward espérait faire la connaissance de Mlle Abernathy pour le thé, monsieur le duc. Elle est impatiente de rencontrer votre fiancée.

— Cela ne m'étonne pas.

Prudence perçut quelque chose de différent dans sa voix quand il prononça ces mots. Une dureté qui semblait faire écho au décor austère de l'architecture gothique du hall, une froideur qui la déconcerta d'autant plus qu'il avait une fois encore plaqué sur ses lèvres son sourire artificiel.

— Eh bien, ce sera donc pour le thé. Channing, montrez leurs chambres à nos invités et occupez-vous des bagages, je vous prie.

Puis, se tournant vers Prudence, son oncle et sa tante, il ajouta:

— Je vais vous laisser vous reposer, et nous nous reverrons pour le thé. Il faut que j'aille voir mon intendant. Pardonnez-moi.

Il embrassa la main de Prudence, mais son geste fut rapide, indifférent. Après s'être incliné, il se retira, et les talons de ses bottes résonnèrent sur le sol de marbre noir et blanc, tandis qu'il s'éloignait d'un pas si vif qu'il semblait presque courir.

Prudence le suivit des yeux, soucieuse. Que s'était-il passé, pour qu'il s'enfuie ainsi ? Elle se rappela sa réaction quand elle lui avait annoncé qu'elle désirait faire le tour des domaines. Il avait semblé réticent, et n'avait finalement accepté que parce qu'elle avait insisté.

— Par ici, mademoiselle, dit le majordome.

Prudence sortit de ses réflexions, et suivit les autres dans le large escalier, qui était une extraordinaire structure de pierre sculptée. Elle ne put s'empêcher d'être impressionnée. Cette résidence n'était pas la principale du duché, mais elle était tout de même grandiose, même si elle trouvait les gargouilles perchées sur la balustrade un peu sinistres. C'était une maison qui reflétait parfaitement la gloire et le pouvoir d'une vieille famille aristocratique.

Tout en suivant le majordome, elle aperçut d'autres salles et remarqua que malgré le mobilier clairsemé, les tapis usés et les tentures fanées, la maison était loin d'être aussi délabrée que Rhys l'avait annoncé.

Par son luxe, sa chambre contrastait toutefois avec les autres pièces entraperçues. Elle était garnie d'épais tapis persans, de jolis tableaux, et d'un grand lit à baldaquin orné d'incrustations d'ivoire. Des rideaux assortis au couvre-lit de brocart encadraient les fenêtres qui donnaient sur un jardin envahi de mauvaises herbes. Plus loin s'étendait un grand espace couvert de gazon verdoyant et parsemé de liserons, flanqué de haies de buis qui auraient eu grand besoin d'être taillées. De l'autre côté de cette vaste pelouse, on apercevait un bassin rectangulaire couvert de mousse et une petite folie de pierre. Le parc et les bois semblaient s'étendre à des kilomètres à la ronde. Bien qu'un peu négligée, la propriété était belle et imposante. Rien à voir, bien entendu, avec Little Russell Street.

Et elle allait devenir la maîtresse de cette demeure, à laquelle s'ajoutaient les quatre autres propriétés des De Winter… Depuis quelque temps, tout dans sa vie lui paraissait irréel. Elle allait devenir duchesse ; l'épouse du duc de St. Cyres.

Prudence regarda par la fenêtre tandis qu'une image de son futur mari lui revenait en mémoire. Ses joues s'enflammèrent quand elle repensa à ce qui s'était passé ce matin dans le train, à ce qu'il lui avait fait, aux caresses intimes qui avaient déclenché une explosion physique qu'elle n'aurait jamais pu imaginer. Il lui semblait que sa peau brûlait encore de ses caresses et elle ferma les yeux, haletante, en imaginant ses mains sur elle.

Un léger coup frappé à la porte interrompit ces rêveries décadentes, et Prudence tressaillit, le visage empourpré. Elle reporta son attention sur le parc, mais elle vit du coin de l'œil entrer Woddell ainsi que deux autres femmes de chambre vêtues de robes grises et de tabliers blancs. Elles portaient des serviettes, du savon, et des brocs d'eau chaude. Woddell leur fit déposer le tout sur la table de toilette puis, après avoir fait une révérence, elles sortirent en refermant la porte derrière elles.

— Comment trouvez-vous la maison du duc, Woddell ? demanda Prudence en regardant la femme de chambre ouvrir une malle.

— C'est un grand domaine, mademoiselle.

Woddell sortit une robe de mousseline rose et la présenta à Prudence d'un air interrogateur. Celle-ci approuva d'un hochement de tête, et la femme de chambre déposa la robe sur le lit, avec une longue veste assortie. Puis elle sortit de la malle plusieurs sous-vêtements.

— Toutefois, la maison est un peu vide, ajouta-t-elle en déposant une paire de mules de satin ivoire au pied du lit.

Prudence songea à la voix de Rhys dans le hall, et à l'écho se répercutant contre les murs gris et froids. En proie à une soudaine angoisse, elle frissonna.

— C'est une maison froide, dit-elle comme malgré elle. Je… je ne l'aime pas.

Woddell marqua une pause, et regarda autour d'elle.

— Mais votre chambre est tellement jolie ! M. Fane m'a dit que le duc avait ordonné qu'on la meuble avec les plus jolis objets possibles.

— Vraiment ?

La femme de chambre confirma d'un signe de tête, et une douce chaleur se répandit dans le cœur de Prudence, chassant son mauvais pressentiment. Quand elle pénétra dans le salon une demi-heure plus tard pour le thé, elle eut froid de nouveau.

L'atmosphère glaciale la frappa dès l'instant où elle franchit la porte. Rhys était adossé au manteau de cheminée, dans une attitude nonchalante, mais sa tension était évidente. Il fit les présentations, et elle perçut l'inflexion dure de sa voix quand il désigna sa mère.

— Ma chère ! s'exclama lady Edward en venant vers elle, les mains tendues.

Elle souriait, mais quand Prudence croisa son regard, elle ne fut pas dupe. Lorsque Rhys lui avait dit que sa mère serait capable de découper tante Edith en rondelles, de la dévorer et de jeter ses os aux chiens, Prudence s'était dit qu'il exagérait. Elle ne l'avait pas cru. À présent, elle le croyait.

Lady Edward avait dû être belle, autrefois. Physiquement, son fils lui ressemblait. Toutefois, alors que les yeux de Rhys rappelaient les belles prairies d'automne, ceux de cette femme étaient d'un vert glacé. Le sourire de Rhys était chaud comme un rayon de soleil, tandis que celui de sa mère était artificiel et crispé, comme si elle craignait que son visage figé ne se décompose si elle souriait vraiment. Prudence, qui croyait beaucoup à l'importance d'une première impression, fut certaine de n'avoir jamais rencontré de femme aussi froide.

— Comment allez-vous ? murmura-t-elle en coulant un regard en coin à Rhys.

Celui-ci se cachait encore une fois derrière un masque. Avec l'apparence d'un fils profondément respectueux, il présenta oncle Stéphane et tante Edith.

Lady Edward servit le thé en les questionnant aimablement sur leur voyage, et sur leurs projets pour les semaines à venir. Puis elle se leva et traversa le salon pour apporter sa tasse à Rhys, qui la prit avec un sourire de remerciement.

— Vous me servez vous-même, mère ? dit-il d'un ton léger. C'est... très maternel.

— J'ai toujours fait de mon mieux, répliqua-t-elle en lui retournant son sourire.

— Naturellement.

Consciente que cet échange poli cachait quelque chose, un sentiment violent, Prudence les observa. Soudain, en une fraction de seconde, elle comprit.

Ils se détestaient !

Lady Edward tapota l'épaule de son fils avec ce qui pouvait passer pour de l'affection maternelle, puis retourna s'asseoir, et orienta la conversation vers l'organisation du mariage. Elle proposa de se rendre en ville pour aider Prudence à tout préparer, mais celle-ci, qui continuait d'observer Rhys, décida qu'il valait mieux ne pas faire appel à sa future belle-mère. Elle se contenta donc de murmurer un vague remerciement.

On fit passer les gâteaux. Tout le monde se servit, sauf Rhys.

— Pas de gâteau ? Pas de scones non plus ? s'exclama Edith en riant. Comme c'est étrange ! La plupart des hommes sont gourmands et adorent prendre le thé.

— Vraiment ? répondit Rhys, d'un ton dégagé. J'ai toujours préféré le dîner. Un souvenir d'enfance, je suppose.

Sa voix était légère, son sourire plaisant, mais Prudence sentit les cheveux se hérisser sur sa nuque. Elle chercha quelque chose à dire, et demanda :

— J'aimerais beaucoup savoir comment était le duc quand il était petit garçon, lady Edward. Qu'aimait-il manger pour dîner ?

Il y eut une courte pause, et lady Edward eut un petit rire poli.

— Je crois... je crois qu'il aimait les pâtés à la viande.

— Je suis stupéfait que vous sachiez cela, mère, répondit Rhys. Il me semble que vous n'avez jamais dîné avec nous. En fait, vous n'avez même jamais mis les pieds dans la nursery. Vous étiez généralement à Paris.

Lady Edward se raidit. Prudence, qui était assise à côté d'elle sur le canapé, l'entendit inspirer brusquement. La tension devint presque palpable, et Prudence sentit son estomac se nouer. Quelque chose n'allait pas, mais quoi ?

— Oncle Evelyn, en revanche, adorait dîner avec nous, poursuivit Rhys d'une voix douce. Pendant l'été que nous avons passé ici, il nous rendait visite à tout bout de champ dans la nursery. Il jouait aux cartes avec nous. Son jeu préféré était *Animal Grab*.

Il y eut un bruit de porcelaine s'entrechoquant, et Prudence s'aperçut que les mains de lady Edward tremblaient. Le cliquetis sembla se répercuter dans la salle.

Rhys posa sa tasse sur le manteau de cheminée.

— Pardonnez-moi, mais il faut que j'aille inspecter le parc. Il a été terriblement négligé, ces dernières années.

Il s'inclina, tourna les talons, et sortit précipitamment. Prudence posa sa tasse à son tour, et le suivit en s'excusant.

L'idée de le voir partir seul lui déplaisait.

13

Mlle Prudence Abernathy fait le tour des propriétés de son fiancé. Nous ne pouvons que nous demander quelles transformations elle compte y apporter. Mais d'après ce que nous savons de l'état des domaines, tout changement ne pourra être que bénéfique.

Les Potins mondains, *1894*

Il ne fallut que quelques secondes à Prudence pour quitter le salon, mais quand elle arriva dans le corridor Rhys avait déjà disparu. Elle s'immobilisa un instant, l'oreille tendue, et crut entendre l'écho de ses pas sur les dalles de pierre. Elle se précipita vers l'escalier, se pencha au-dessus de la balustrade, et s'aperçut qu'il était déjà presque au rez-de-chaussée. Agrippant sa jupe à pleines mains pour ne pas être gênée dans sa course, elle dévala les marches en l'appelant.

Il ne lui prêta aucune attention et poursuivit son chemin. Elle s'arrêta au pied de l'escalier et entendit au loin le claquement de ses talons sur le sol de marbre. Se guidant au son, elle traversa le hall et s'engagea dans un étroit couloir de service. Au bout du passage, elle tomba sur une porte grande ouverte qui donnait sur l'extérieur. Elle sortit, et le vit de l'autre côté d'un jardin envahi par les mauvaises herbes. Il avançait dans un champ de lavande, vers un petit bâtiment de pierre. Lorsqu'il l'eut atteint, il ouvrit la porte et entra.

— Rhys, attendez !

La porte se referma derrière lui.

De toute évidence il désirait être seul. Incertaine sur la conduite à tenir, Prudence hésita. Puis, alors qu'elle réfléchissait, elle se rappela la terrible expression qu'il avait eue en parlant du dîner dans la nursery, et des jeux préférés de son oncle. Sa peine était tangible, et elle savait qu'elle devait faire quelque chose.

Après avoir pris une profonde inspiration, Prudence emprunta à sa suite le chemin de pierre qui sinuait entre les bouquets de lavande, contournant la colonne et le cadran solaire au milieu du jardin. Quand elle atteignit la petite maison dans laquelle Rhys avait disparu, elle posa la main sur la poignée de la vieille porte de chêne. Elle s'attendait à la trouver fermée, mais le battant s'ouvrit en grinçant sur ses gonds rouillés. Après le grand soleil d'après-midi qui inondait le jardin, il fallut quelques secondes à la jeune femme pour s'adapter à la pénombre qui régnait dans la pièce.

Elle pouvait à peine distinguer les formes qui l'entouraient, mais une forte odeur de lavande flottait dans l'air et elle comprit qu'elle se trouvait dans un local où l'on entreposait les plantes pour les faire sécher. Les volets étaient tirés sur des fenêtres petites et étroites, de façon à ne pas laisser entrer trop de lumière, et de longs crochets destinés à recevoir les gerbes de fleurs après la récolte étaient suspendus aux poutres. Dans un coin, elle vit un alambic qui servait à fabriquer l'essence de lavande, et des flacons verts destinés à contenir le précieux liquide parfumé étaient alignés sur des étagères le long des murs. Tout était couvert de poussière et semblait à l'abandon depuis fort longtemps.

— J'ai toujours aimé cet endroit.

Prudence se retourna en entendant sa voix. Rhys était assis sur une longue table de travail poussée contre un mur. Il était adossé à la paroi de pierre, les talons de ses bottes calés contre le bord de la table, les bras entourant ses genoux. Les rais de lumière qui filtraient par les volets dessinaient des ombres sur sa silhouette.

— C'est la seule partie de cette maudite maison que je supporte, ajouta-t-il. J'ai toujours aimé l'odeur. Une odeur d'été, douce, fraîche… comme tes cheveux.

Il ferma les yeux, respirant profondément. Prudence ne sut que répondre. Rien ne lui vint à l'esprit.

— Ô mon Dieu ! Je déteste cette maison, dit-il en cachant sa tête entre ses mains. Je la hais !

Prudence comprit qu'elle devait le réconforter, trouver un moyen d'éloigner les pensées qui le torturaient. Elle s'approcha de lui lentement, comme si elle tentait d'amadouer un animal blessé.

— J'ai essayé d'oublier ce cauchemar, reprit-il en se redressant pour appuyer la tête contre le mur. J'ai essayé.

Elle s'arrêta devant lui et posa les mains sur ses genoux.

— Je suis désolée. Je ne savais pas… Vous auriez dû me dire que vous ne vouliez pas venir ici.

— Il le fallait. Il fallait que je sache si les fantômes avaient disparu. Cela fait vingt ans, pour l'amour du ciel ! Ils auraient dû disparaître. Mais ils sont toujours là.

Son regard se perdit dans le vague, et il ferma brièvement les yeux.

— Je ne crois pas qu'ils disparaîtront un jour.

— Quels fantômes ?

Il la regarda et sourit faiblement en lui effleurant la joue du bout des doigts.

— Je pensais que si vous étiez avec moi, ça irait. Je croyais que ce serait peut-être différent, que vous pourriez tout effacer…

Il baissa la tête et laissa retomber sa main en soupirant.

— J'étais stupide de croire que ce serait aussi facile, aussi simple que ça.

— Mais quels sont ces fantômes ? Pourquoi cet endroit vous trouble-t-il tant ? Que s'est-il passé ici ?

Le sourire de Rhys s'évanouit, et il fronça les sourcils.

— Vous devriez retourner dans la maison.

— Rhys, je vais devenir votre femme…

Elle se pencha vers lui.

— Il faut que nous puissions avoir confiance l'un en l'autre. Je vous ai dit des choses sur ma famille, sur ma vie. Pourquoi ne voulez-vous pas me parler à votre tour ? De cette maison, par exemple ?

— Ce n'est pas une question de confiance, bonté divine !

Il se redressa et lui agrippa les bras.

— Je ne veux pas en parler, Prudence. Je ne peux pas. N'insistez pas ! ajouta-t-il avec une véhémence qui la déconcerta.

— Très bien. Nous n'en parlerons plus.

L'étreinte de Rhys se relâcha.

— Je suis désolé, marmonna-t-il en s'adossant de nouveau au mur. Je n'aurais jamais dû vous amener ici.

Le regard perdu au loin, fixant Dieu sait quoi, il retomba dans le silence,.

Prudence l'observa sans savoir que faire. Elle ignorait ce qui pouvait l'aider ou ce qui risquait de le blesser plus encore.

— Nous partirons dès demain, si c'est ce que vous voulez.

Il ne répondit pas, ne la regarda même pas. Prudence lui posa tendrement les mains sur les joues, en lui faisant tourner le visage vers elle. Elle voulait qu'il la regarde elle, et non tous ses vieux fantômes. Il tressaillit et se pencha en avant pour lui attraper les poignets et la repousser.

— Retournez à la maison.

Elle secoua la tête en signe de refus. Il y avait de profondes blessures en lui, liées à cette maison. Si elle ne pouvait les guérir, peut-être pouvait-elle adoucir sa peine, en attendant que le temps et l'amour fassent leur effet.

— Je ne partirai pas sans vous.

Il demeura immobile, rigide, quand elle noua les bras autour de ses jambes. Elle déposa un baiser sur son genou et posa sa joue à l'endroit qu'elle venait d'embrasser.

— Je vous aime, dit-elle.

Un frisson parcourut Rhys qui se redressa brusquement. Il baissa les jambes et glissa vers le bord de la table, ses cuisses de part et d'autre des hanches de Prudence.

— Je veux que vous partiez. Tout de suite.

Elle jeta un coup d'œil à la porte, derrière elle, et vit que celle-ci était munie d'un verrou. Elle secoua la tête.

— Je vous ai dit de partir ! s'exclama-t-il.

Toutefois, tout en prononçant ces mots, il lui agrippa les bras, comme pour l'empêcher d'obéir.

— Vous ne voulez pas que je m'en aille, répondit-elle en repoussant une mèche sur son front. Si vous n'aviez pas voulu que j'entre, vous auriez poussé le verrou.

— Bon sang, Prudence, je ne suis pas de marbre, vous savez ! Si vous restez, je ne pourrai pas tenir la promesse que je vous ai faite ce matin.

Ces paroles la firent réfléchir un instant mais, curieusement, les stricts principes moraux dans lesquels elle avait été élevée lui paraissaient déplacés en ce moment. Rhys avait besoin d'elle. Elle ne savait pas pourquoi il était à ce point bouleversé, mais c'était la première fois que quelqu'un avait besoin d'elle.

— Je comprends, dit-elle simplement.

— Vous voulez que ça se passe ici ? Dans cette vieille distillerie de lavande ? Parce que si vous restez, c'est ce qui arrivera, vous savez. Nous ne pourrons pas revenir en arrière.

— Je ne vous le demanderai pas, répondit-elle en lui caressant tendrement la nuque. Je vous aime.

Rhys l'entoura de ses bras et l'attira contre lui, l'emprisonnant entre ses jambes.

— Dieu nous vienne en aide ! marmonna-t-il en capturant ses lèvres.

Le matin, ses baisers avaient été tendres et sensuels. À présent, il n'y avait plus rien de tendre dans son étreinte. Son baiser était dur, passionné, exigeant, possessif. Elle sut alors avec certitude qu'il n'y aurait pas de retour en arrière.

Prudence ferma les yeux et entrouvrit les lèvres. Le baiser se fit alors plus doux, et Rhys glissa les mains sous ses bras et il effleura du pouce les côtés de ses seins. Comme elle avait revêtu une robe d'intérieur pour le thé, elle ne portait pas de corset. À travers le tissu de sa chemise, le contact de ses doigts lui parut brûlant

Il l'embrassa de plus belle, et elle passa les doigts dans ses cheveux soyeux. De son autre main, elle caressa sa joue ombrée de barbe, la ligne dure de ses mâchoires, et la peau douce juste sous son oreille. Elle respira son parfum poivré qui se mêlait aux senteurs de lavande et ce mélange puissant l'enivra un peu. Son corps était dur ; elle sentait la preuve de son désir se presser contre son ventre.

Avec un grognement, il interrompit leur baiser et la repoussa légèrement avant de reposer les pieds sur le sol. Tout en l'entourant de ses bras, il la fit pivoter en même temps que lui puis glissa les mains dans ses cheveux. Il reprit ses lèvres en un long baiser qui fit frémir Prudence.

Il était tellement plus grand et plus puissant qu'elle ! Elle noua les bras sur sa nuque, comme pour l'amener encore plus près d'elle, et se lova contre lui.

Rhys poussa un nouveau grognement. Sans cesser de l'embrasser, il s'écarta pour retirer sa veste. Il la posa sur la table derrière Prudence, puis agrippa sa jupe et ses jupons de mousseline rose et blanche et les ramena entre eux, afin de pouvoir plaquer les mains sur ses hanches et la soulever pour l'asseoir sur la table.

Surprise, elle interrompit leur baiser, tandis que sa jupe vaporeuse retombait sur ses genoux dans un amas de soie et de dentelle. Alors, il défit les rubans qui retenaient son fin pantalon de batiste.

Il fit glisser celui-ci le long de ses jambes, et le laissa tomber sur le sol poussiéreux. Les hanches nues, Prudence sentit contre sa peau la doublure soyeuse de sa veste.

Prudence leva les yeux, examinant son visage dans les ombres de la maison. Une fois de plus, elle fut frappée par sa beauté virile. Le visage grave, les cils baissés sur ses yeux magnifiques, il semblait totalement absorbé par sa tâche.

Tout en défaisant les boutons de sa robe, il dégrafa également les minuscules perles nacrées qui fermaient sa chemise, lui effleurant les seins du dos de la main. Elle poussa un léger soupir, et il marqua une pause pour la regarder, tout en insinuant les mains sous le vêtement. Quand il lui caressa les mamelons du bout des doigts, elle ferma les yeux en gémissant. Une vague d'excitation l'envahit, et elle s'arc-bouta contre la table.

— Cela te plaît ? murmura-t-il.

Elle hocha la tête, et il prit la pointe d'un sein entre ses doigts, avec tant de douceur et de tendresse qu'elle gémit de nouveau.

— Et cela ? demanda-t-il en prenant ses seins au creux de ses mains. Tu aimes ?

Elle émit un son inarticulé. Une chaleur intense se répandait en elle, l'empêchant de répondre.

— Et ça ?

Il se pencha pour prendre un mamelon entre ses lèvres, et la sensation fut si violente que Prudence tressaillit. Il se mit à taquiner la pointe du bout des dents, lui faisant éprouver un plaisir si exquis qu'elle ne put réprimer de petits cris.

— C'est bon ?

— Oui, murmura-t-elle, dans un souffle. Oui, oui.

Il continua de taquiner un mamelon du bout des lèvres, tout en faisant rouler l'autre entre ses doigts. Et quand il fit glisser une main sous les jupons de mousseline, elle fut envahie par une puissante vague d'impatience. Après l'expérience de ce matin, elle devinait ce qui allait suivre.

Elle fut stupéfaite quand, au lieu de la caresser comme le matin, il passa légèrement la main à l'intérieur de sa cuisse.

— Rhys..., murmura-t-elle, en proie à un désir fou.

Elle crispa les mains dans ses cheveux, pressant sa tête contre ses seins. Chaque fois que sa main remontait sur sa cuisse, elle s'approchait un peu plus du point qui détenait la clé de son plaisir. Très vite, la sensation fut si aiguë qu'elle devint insupportable.

— Oh non ! Non !

— Non ? répéta-t-il doucement, en relevant la tête.

Il effleura le mamelon du bout de la langue, et ses doigts s'immobilisèrent entre ses jambes.

— Je t'ai dit que je n'arrêterais pas, tu te souviens ?

Le voir arrêter ses caresses était bien la dernière chose que Prudence souhaitait en ce moment. Désespérée, elle lui prit la main.

— Touche-moi, chuchota-t-elle, embarrassée elle-même par son manque de pudeur et guidant pourtant sa main vers l'endroit où il l'avait touchée auparavant. Je… je ne veux pas que tu arrêtes, parvint-elle à articuler d'une voix saccadée.

Rhys la repoussa pour la faire allonger sur la table. Sa main glissa de nouveau entre ses jambes, et recommença de la taquiner en la caressant très légèrement autour du point magique. Elle arqua son corps pour l'inciter à se presser contre elle, mais il l'ignora et continua ses caresses. Alors, elle gémit en prononçant son nom, dans ce qui ressemblait à la fois à une plainte et à un ordre. Il ne céda toujours pas.

— Touche-moi ! ordonna-t-elle alors, incapable d'endurer plus longtemps cette exquise torture. Touche-moi…

— C'est ce que je fais.

— Tu sais ce que je veux dire, protesta-t-elle en secouant la tête. Touche-moi comme tu l'as déjà fait.

— Non.

Rhys retira sa main, lui arrachant un cri de frustration qui se mua en gémissement quand il pressa les lèvres contre son ventre.

— J'ai quelque chose de mieux en tête, ma jolie.

Prudence ne voyait pas ce qu'il pouvait y avoir de mieux que ce qu'il lui avait fait dans le train, jusqu'à ce qu'il lui écarte les jambes des deux mains, et pose la bouche à l'endroit même qu'il avait touché le matin.

Elle poussa un cri et tressaillit sous la sensation merveilleuse. Il s'interrompit et leva très légèrement la tête.

— Tu m'aimes ?

— Oui, murmura-t-elle en s'arquant pour mieux s'offrir. Oui.

Rhys fit passer sa langue sur le point où tout son plaisir semblait se concentrer.

— Dis-le… Je veux t'entendre le dire.

— Je t'aime, Rhys, dit-elle en crispant les doigts sur ses cheveux. Je t'aime.

Il se remit à la caresser du bout de la langue, faisant une fois de plus surgir cet incroyable plaisir, en vagues encore plus chaudes et plus puissantes. Elles déferlèrent, les unes après les autres, et Prudence crut mourir de plaisir.

Parmi ses cris incohérents, Rhys entendit des mots d'amour et il éprouva alors une satisfaction qu'il n'avait encore jamais connue. Elle était douce, si douce…

Il n'aurait su dire ce qui l'avait poussé à exiger une telle déclaration, car il ne croyait plus vraiment à l'amour. Et comme il n'était qu'un cynique, il soupçonnait les sentiments de Prudence de n'être dus qu'à l'émerveillement de la découverte.

Pourtant, même si son amour n'était pas réel, il avait besoin d'entendre ces mots. Ici, dans cet endroit où il n'y avait jamais eu d'amour, mais seulement d'horribles imitations de l'acte d'amour. Il avait voulu entendre ces mots de la bouche de Prudence, car elle était tendre et fraîche et ignorait tout des dépravations qu'il avait connues étant enfant. Parce qu'elle avait l'odeur douce et innocente de la lavande, et parce que dans sa générosité et sa douceur, il avait peut-être trouvé un refuge bien plus sûr que ne l'avait été la cachette de son enfance.

Le désir lui embrasait les reins, mais il résistait à la vague brûlante pour l'entendre encore répéter qu'elle l'aimait. Et quand elle le lui dit une fois encore, emportée par une vague de jouissance suprême, il les savoura comme un homme qui étouffe absorbe une bouffée d'oxygène.

Finalement, il n'y tint plus et se redressa pour se débarrasser rapidement de son pantalon. Son désir était si ardent qu'il craignit de ne pas savoir se maîtriser, ce qui ne lui était pourtant plus arrivé depuis l'âge de quinze ans, quand il avait connu sa première maîtresse.

— Prudence, murmura-t-il en se hissant au-dessus d'elle.

Elle était vierge, et il se dit qu'il devrait la préparer, aller lentement. Cependant, la sensation qu'il éprouva quand son sexe effleura la moiteur de sa chair fut telle qu'il renonça à toute idée de douceur, et la pénétra d'un seul et puissant coup de reins.

Prudence poussa un cri, qui n'était pas un cri de plaisir. Tout en se maudissant intérieurement, Rhys l'embrassa, avalant ses gémissements.

Elle enfouit le visage au creux de son cou et noua les bras sur sa nuque en étouffant un sanglot. Comme s'il pouvait par ses baisers compenser la perte de son innocence, il l'embrassa sur les joues, dans le cou, dans les cheveux. Puis, lorsqu'il sentit ses jambes lui enlacer les reins et qu'elle s'arqua pour mieux l'attirer en elle, son corps s'embrasa comme une torche, chassant en un instant toute culpabilité.

Il se mit à bouger en elle, en essayant de ne pas aller trop vite, mais elle était si délicieusement étroite qu'il avait du mal à contenir ses mouvements. Il se perdit dans la douceur de son corps, la pénétrant profondément et avec force. En même temps, il continua de lui caresser les seins, et de lui embrasser le visage, tout en murmurant des mots rassurants. Bientôt il perdit le contrôle de lui-même, et ne sut même plus ce qu'il disait. Quand le plaisir le submergea enfin, ce fut si puissant qu'il eut l'impression que tout autour de lui volait en éclats.

En revenant peu à peu à la réalité, il se laissa retomber sur elle avec un soupir de bonheur, mais il voulait encore l'entendre prononcer ces mots.

— Tu m'aimes ? chuchota-t-il, les lèvres sur son cou.

— Oui.

Il se hissa de nouveau au-dessus d'elle, et lui mordilla les lèvres.

— Dis-le encore.

— Je t'aime.

Prudence se mit à rire, et il fit de même. Bon sang ! Dans ce lieu où il n'avait encore jamais ri de sa vie...

Une vague de satisfaction l'envahit et lui gonfla la poitrine. Il l'embrassa de nouveau, puis l'enlaça et la tint serrée contre lui. Il avait pourtant cessé de croire en l'amour des années auparavant... Et même si elle était sincère en lui disant qu'elle l'aimait, il ne méritait absolument pas cet amour.

Mais tout cela n'avait aucune importance. Tout ce qui comptait, c'était que ces mots avaient fait taire les fantômes qui le harcelaient.

Du moins, pour le moment.

14

D'après les rumeurs, le duc de St Cyres et sa fiancée auraient décidé de vivre au château de St. Cyres après leur mariage. Les millions de Mlle Abernathy serviront sans nul doute à transformer le manoir délabré en palais de conte de fées.

Les Potins mondains, *1894*

Quand Rhys s'éveilla, Prudence n'était partie. Il ne savait pas combien de temps il avait dormi, mais cela avait sûrement duré plusieurs heures, car quand il regarda par la fenêtre le crépuscule était tombé. Il roula sur le dos en grimaçant, car le plateau de chêne était dur, et ses membres engourdis.

Son regard alla vers le plafond. Les poutres n'étaient pas garnies de bouquets de lavande comme dans son souvenir, mais on était encore qu'en mai. Thomas et lui n'étaient arrivés à Winter Park qu'en juin, à la fin de l'année scolaire.

Evelyn détestait l'odeur de la lavande et ne venait jamais ici, ce qui avait fait de ce cottage une sorte de refuge, mais de jeunes garçons ne pouvaient pas passer leurs nuits dans une dépendance de la maison. Ils étaient censés dormir dans la nursery, après avoir dîné, et joué avec oncle Evelyn.

Les souvenirs de l'été qu'il avait passé ici remontèrent de très loin ; il les avait enterrés depuis fort longtemps. Le souvenir des talons d'oncle Evelyn montant l'escalier pour venir à la nursery, dîner avec eux et jouer aux cartes…

Il valait mieux ne plus penser à ces choses-là. Comme il l'avait fait tant de fois auparavant, Rhys repoussa de sa mémoire les horreurs de cet été de son enfance, et s'efforça de se ressaisir. Il ferma les yeux et respira profondément, fuyant les épisodes sordides de son passé pour penser à Prudence.

Elle était tellement adorable ! Une image se forma dans son esprit, et il vit son joli visage rond, et ses grands yeux sombres. Elle avait voulu savoir ce qui s'était passé ici. Comment aurait-il pu le lui dire ? Elle était si loin de soupçonner la laideur du monde ! Comment aurait-il pu lui raconter le cauchemar ignoble qu'il avait vécu cet été-là ? Elle était si innocente…

Du moins l'avait-elle été, jusqu'à ce qu'il lui dérobe cette innocence et la fasse souffrir. Il savait parfaitement ce qu'il avait fait, et la culpabilité le taraudait, mais il se rappelait aussi la façon dont elle avait noué les bras autour de son cou pour l'accueillir en elle. Il ne pouvait pas vraiment éprouver de remords…

Il continua de respirer profondément, en savourant le parfum de la lavande et en imaginant qu'il embrassait les cheveux de Prudence. Une sensation de paix l'enveloppa, qui tint les fantômes à distance jusqu'à ce qu'il se soit rendormi.

Rhys ne revint pas pour le dîner. En fait, il ne rentra pas de la nuit et ne dormit pas dans la chambre du maître de maison qui avait été préparée pour lui. Prudence apprit par sa femme de chambre que cette absence avait suscité beaucoup de bavardages ce matin, et que M. Fane s'était inquiété pour son maître. Il avait été tranquillisé en apprenant par la gouvernante au petit déjeuner que le maître avait vraisemblablement dormi dans le petit cottage de pierre où l'on distillait la lavande, car son frère et lui le faisaient souvent autrefois, quand ils séjournaient ici en été. Après une rapide exploration des lieux, M. Fane s'était aperçu que la gouvernante avait vu juste.

— Mais sur quoi a-t-il bien pu dormir, mademoiselle ? Moi, je n'en ai aucune idée, dit Woddell en fixant une épingle dans le chignon élaboré de Prudence. M. Fane dit qu'il n'y a même pas de couchette dans le cottage. Juste un sol de pierre et une vieille table.

Prudence se rappelait très bien cette table… et les choses extraordinaires qui s'étaient passées là. La façon dont Rhys l'avait touchée et embrassée intimement, en lui demandant de déclarer à haute voix son amour pour lui. Elle se rappelait le poids de son corps sur le sien, la sensation éprouvée quand il avait pénétré au plus secret de sa chair.

Cela n'avait pas été aussi agréable que le reste, elle était bien obligée de le reconnaître, et d'ailleurs elle était encore un peu endolorie. Mais quand il l'avait embrassée ensuite, la douleur avait été oubliée et remplacée par une passion mêlée de tendresse qu'elle n'avait encore jamais éprouvée.

Elle ferma les yeux pour mieux savourer le souvenir de ces moments où elle l'avait tenu dans ses bras. Le visage enflammé, elle songea aux mots qu'il avait prononcés au plus fort de la passion. Il lui avait dit qu'elle était belle, que son corps était parfait, et qu'il l'aimait. Ces instants l'avaient emplie d'un bonheur encore plus intense que les exquises sensations physiques qu'il lui avait fait connaître. Car elle savait qu'alors il avait atteint le but qu'il recherchait, qu'il avait réussi à oublier. Quel était ce secret qu'il voulait tant oublier, elle l'ignorait. Elle ne l'avait pas questionné ; elle s'était contentée de le tenir dans ses bras et de lui caresser les cheveux pendant qu'il s'endormait. Elle aurait aimé rester avec lui, mais ils n'étaient pas encore mariés, et si leur absence avait duré trop longtemps, tante Edith serait partie à sa recherche. Craignant qu'on ne les découvre dans le cottage, elle était partie en laissant Rhys dormir dans la seule pièce de tout le domaine qu'il semblait tolérer.

— Et M. le duc a dit à M. Fane que nous partirions aujourd'hui pour Hazelwood, annonça Woddell, tirant Prudence de ses pensées. Je ne sais pas où c'est, mais il a demandé à M. Fane de prendre toutes les dispositions pour le train. Il faut préparer les bagages et se tenir prêts à partir à trois heures.

Prudence approuva d'un hochement de tête. La nouvelle ne l'étonnait pas, et elle était plutôt soulagée de quitter cette maison.

— Je suis contente de partir, Woddell. Très contente.

Ô mon Dieu ! Je déteste cette maison. Je la hais.

Les paroles de Rhys lui revinrent en mémoire, et elle frissonna.

— Mais pourquoi ? murmura-t-elle. Que s'est-il passé ici ?

— Je vous demande pardon, mademoiselle ?

Woddell se figea, les mains sur la chevelure de sa maîtresse, et croisa son regard dans le miroir. Prudence fit un geste vague de la main.

— Rien, Woddell. Je pensais tout haut. C'est tout.

Rassurée, la jeune femme planta une dernière épingle dans le chignon de Prudence, et se dirigea vers le dressing.

Perdue dans ses pensées, Prudence garda les yeux fixés sur le miroir. Quelle que soit la raison de son aversion pour Winter Park, sa mère n'y était pas étrangère. Lady Edward était la femme la plus glaciale qu'elle ait jamais vue. Totalement différente de sa propre mère, qui avait été si chaleureuse, gaie, affectueuse. Prudence ne pouvait imaginer lady Edward en train de rire, ou de montrer de l'affection à qui que ce soit. L'ancien duc, oncle Evelyn, faisait aussi partie du mystère. Et que penser du frère de Rhys, qui était mort ?

— Voulez-vous porter le costume de voyage beige, aujourd'hui, mademoiselle ? Ou bien le rouge ?

— Le rouge, répondit-elle en se levant. Le rouge, sans hésitation.

La seule consolation qu'elle pouvait apporter à Rhys pour le moment, c'était de porter sa couleur préférée. Ce n'était pas grand-chose, mais c'était tout ce qu'elle pouvait faire.

Au cours des deux semaines suivantes, Rhys lutta sans cesse pour garder son équilibre. Les autres domaines ne recelaient pas de souvenirs aussi affreux que Winter Park, mais il y découvrit d'autres fantômes, plus inattendus.

Au fur et à mesure qu'ils progressaient dans leurs visites, son malaise grandissait. La situation était aussi désespérée qu'on le lui avait dit, bien pire en fait que ce qu'il avait avoué à Prudence, et particulièrement pénible à constater. L'oncle et la tante de la jeune femme savaient très bien pourquoi il épousait leur nièce, et leur rancœur était palpable. Stéphane, comme promis, tenait sa langue mais Edith ne pouvait s'empêcher de faire des commentaires sur l'état des propriétés. Rhys essayait bien de se dire qu'il se moquait de ce qu'ils pensaient, mais il avait beau avoir la peau dure, le silence accusateur de Feathergill et les remarques narquoises de sa femme l'atteignaient plus profondément qu'il ne voulait l'admettre.

Dépouillées au fil des ans de leur mobilier et de leurs objets de valeur, négligées avant d'être finalement abandonnées, aucune des maisons n'était réellement habitable. Seuls les rats, cafards et autres vermines, pouvaient encore y élire domicile. La famille De Winter avait été autrefois l'une des plus puissantes d'Angleterre, et on retrouvait la trace de ses ancêtres dès le règne d'Edward Ier. Sous les poutres pourries de Hazelwood, les briques écroulées de Seton Place, et dans le parc dévasté d'Aubry Hill, seuls de lointains échos de cette gloire passée subsistaient.

De tous les domaines, le château de St. Cyres était certainement le plus délabré. Lorsque la voiture s'engagea dans l'allée défoncée et envahie par les mauvaises herbes, et qu'il vit les vitres cassées et les portes rouillées de ce vieux manoir fortifié dans lequel il avait vécu petit garçon, Rhys pensa aussitôt à son père, qui avait tant aimé cette demeure. Son malaise se transforma en une honte profonde.

Prudence et lui pénétrèrent dans le hall de l'ancien donjon, où les toiles d'araignées constituaient la seule décoration de l'immense cheminée de pierre sculptée. Des traces sombres sur les murs indiquaient les endroits où avaient été accrochées les armes de ses ancêtres. Rhys songea que son père devait se retourner dans sa tombe.

« Voilà tout ce qui reste, papa, se dit-il en posant les yeux sur le dallage de pierre qui avait été posé en 1298. Cinq tas de pierres sans valeur, dispersés au centre de l'Angleterre. » Cette idée l'attrista, et il n'aurait même pas su dire pourquoi, car il avait tourné le dos à tout cela et cessé de s'en préoccuper depuis très longtemps.

Il entendit au loin la voix aiguë et haut perchée d'Edith et celle, plus grave, de son mari. Elles leur parvenaient d'une autre aile de la maison, se mêlant à des échos que Rhys seul pouvait entendre. Son père leur racontant, à Thomas et à lui, des légendes de la famille. Il se revit, assis près de la cheminée avec son père et son frère, tard dans la nuit. Il entendit aussi le bruit des battes de cricket et des épées de bois, lorsque leur père jouait avec eux. Et le rire de deux garçons insouciants et innocents, qui ne se doutaient pas de ce qui les attendrait après la mort de leur père. Tout cela était loin, si loin… Il posa les mains sur ses tempes.

— Rhys, que se passe-t-il ?

— Rien, répondit-il en se massant le visage. Je me… souvenais juste de certaines choses.

Il ne se tourna pas vers Prudence, mais il sentit son regard sur lui et chercha quelque chose à dire.

— Il y avait un tapis rouge, ici, dit-il en désignant le sol devant la cheminée. Les jours de pluie, mon frère et moi nous venions nous allonger là, et notre père nous racontait des histoires.

Prudence sourit, et jeta dans la salle un regard circulaire.

— C'est dans cette maison que tu as passé ton enfance ?

— Jusqu'à l'âge de onze ans. Ensuite… ensuite, à la mort de mon père, mon frère et moi nous avons été envoyés à l'école. Je n'étais encore jamais revenu.

Prudence l'observa en penchant la tête de côté.

— Tu aimais cette maison ?

La question désarçonna Rhys. Il n'avait jamais pensé aux propriétés du duché en ces termes. Les maisons avaient toujours appartenu à Evelyn, et maintenant elles ne représentaient plus que des fardeaux, des responsabilités, des dettes.

— Je ne comprends pas ce que tu veux dire.

Prudence alla vers lui et lui prit les mains.

— Il va falloir décider dans laquelle de ces maisons nous allons vivre, élever nos enfants. Est-ce que celle-ci te plaît ?

Rhys se sentit soudain mal à l'aise. Il avait vaguement imaginé qu'ils vivraient à l'étranger, qu'ils voyageraient en Amérique, en Europe, et passeraient de temps à autre la saison à Londres. Il n'avait pas du tout envisagé d'avoir des enfants, et encore moins de les élever quelque part.

— Elle ne me déplaît pas.

— Étais-tu heureux, quand tu vivais ici ?

Heureux ? Il se dégagea et alla vers l'une des fenêtres. Appuyé au chambranle, il regarda à travers les vitres en forme de losanges qui avaient été installées à l'époque de la reine Elizabeth Ire, et dont il ne restait que des débris.

Quelle aurait été sa vie, si son père avait vécu ? Son regard se perdit sur la vaste étendue qui avait été une pelouse, et il revit un homme et deux petits garçons avec des épées en bois et des boucliers, comme les chevaliers d'autrefois. À l'époque, naturellement, il ignorait que le tempérament nerveux et énergique de son père tout comme ses perpétuelles insomnies étaient dus à la cocaïne, la drogue qui avait fini par le tuer.

Lui s'était adonné à l'absinthe pendant ses années parisiennes. Qui était-il, pour juger son père ? Les yeux fixés sur ce lieu où il s'était tant amusé avec son père et son frère, la tête emplie des rires qui résonnaient alors dans la maison, il s'aperçut que la colère l'avait abandonné.

Son père les avait aimés, Rhys en prenait conscience à présent. Il les avait choyés et s'était occupé d'eux, sans même avoir la certitude qu'ils étaient réellement ses fils. Il ferma les yeux en sentant quelque chose de chaud lui serrer le cœur. Dans toute l'horreur qui avait suivi cette période, il avait oublié cela. Il avait oublié ce qu'étaient l'amour, l'affection, et le bonheur.

— Tu es bien silencieux, remarqua Prudence en s'approchant de lui. À quoi penses-tu ?

— Regarde, dit-il en désignant l'ancienne pelouse qui avait disparu sous les mauvaises herbes. C'est là que mon père nous apprenait à manier l'épée et à jouer au cricket. Et là-bas, au loin, tu vois ce rocher sur la colline ? De l'autre côté se trouve le lac où il nous a appris à pêcher.

— Parfait, dit-elle en lui prenant la main. Viens.

— Où allons-nous ? demanda-t-il tandis qu'elle l'entraînait vers la porte.

— Nous allons pêcher.

Une heure plus tard, Rhys se retrouva assis dans l'herbe, au bord d'un lac où il n'était plus venu pêcher depuis son enfance. Son père et son frère n'étaient plus à ses côtés, mais il avait une compagnie tout à fait différente, et délicieuse.

Il coula un regard de côté à Prudence assise à côté de lui. Avec sa jupe blanche et verte, sa chemise de coton blanc et son canotier de paille, elle était aussi belle et fraîche qu'un jour de printemps.

— Et tu as laissé cette pauvre Woddell expliquer ta disparition à ta tante ?

— Je n'ai pas disparu, répondit-elle avec de grands yeux innocents. Je fais le tour de la maison, en dressant la liste du mobilier à acheter. Et toi, où es-tu ?

— Je travaille. J'évalue la situation et le rendement des fermes du domaine. C'est du moins ce que Fane est censé raconter. C'est un excellent valet, en vérité. Digne de confiance, loyal, et qui sait très bien mentir.

— Et toi ? Sais-tu mentir ?

Le cœur de Rhys tressauta, mais il s'obligea à soutenir le regard de Prudence.

— Que veux-tu dire ?

Elle l'observa attentivement.

— Ils vont peut-être nous questionner, à notre retour à l'auberge, et nous serons obligés de mentir un peu. Tu pourras faire ça, tu crois ?

Impassible, Rhys se pencha vers elle.

— Je m'efforcerai d'être convaincant.

— Bien, fit-elle, tranquillisée. Ces convenances sont vraiment idiotes et Edith tient son rôle de chaperon avec trop de zèle. Nous avons besoin de passer un peu de temps en tête à tête de temps à autre.

— Je suis entièrement d'accord.

Son regard glissa sur les boutons de son corsage, et sur les rondeurs de ses seins. Cela suffit à lui enflammer les reins, et il se mit à imaginer les aréoles pâles et les minuscules mamelons dressés. Pure imagination, bien sûr. Il connaissait assez Prudence pour savoir qu'elle avait des couches et des couches de sous-vêtements. Il faudrait qu'il écarte des mètres de mousseline avant de toucher sa peau nue, qu'il dénoue des rubans de satin, qu'il dégrafe des crochets argentés et des boutons couverts de tissu, qu'il fasse glisser des jarretières de dentelle et des bas de soie… À cette pensée, son corps s'embrasa de désir. Il posa sa canne à pêche et passa la tête sous le bord de son canotier pour lui embrasser le lobe de l'oreille.

— Rhys ! protesta-t-elle en regardant autour d'elle. Ce n'est pas du tout ce que j'avais en tête.

— Non ? fit-il en lui prenant sa canne des mains. Enfin un moment de tête à tête, et tu laisserais perdre ces précieuses minutes ?

Elle rougit puis se mit à rire.

— Tu es un coquin !

— Oui, dit-il en déposant un baiser sur ses lèvres.

Il ôta l'épingle qui retenait son canotier.

— Mais je t'avais prévenue…

Il cala l'épingle à l'intérieur du chapeau, et déposa celui-ci dans l'herbe. Puis il agrippa les épaules de Prudence et, tout en l'embrassant, la fit basculer dans l'herbe. À sa grande surprise, elle résista.

— Qu'y a-t-il ?

— Nous ne pouvons pas faire cela ! répondit-elle, rougissante. Il fait grand jour.

— Cela ne nous a pas posé de problème, la dernière fois.

Ces paroles ne parurent pas l'apaiser, et Rhys comprit qu'il allait devoir se montrer plus persuasif.

— Pourquoi est-ce un problème maintenant ? demanda-t-il en déposant de petits baisers sur son visage.

— Mais… l'autre jour, à Winter Park… nous avions… un abri.

Elle était rouge comme une pivoine, mais il était bien décidé à ne pas laisser sa pudeur de jeune fille les priver d'un délicieux moment dans l'herbe ! Il lui agrippa les cheveux et lui tira doucement la tête en arrière, afin de lui embrasser le cou.

— De… de plus, balbutia-t-elle en faisant mine de le repousser, ce n'est pas pour cela que je voulais que nous restions seuls. Je voulais que nous en profitions pour parler.

— Parler ? répéta Rhys en se figeant. De quoi ?

— De rien en particulier. Je pensais que nous pourrions essayer de mieux nous connaître.

Certain qu'il avait mal entendu, il leva la tête, éberlué.

— Tu veux dire que nous avons envoyé Fane au village chercher des cannes à pêche, que nous avons inventé des histoires compliquées pour ton oncle et ta tante, et que nous sommes venus jusqu'ici en empruntant des chemins différents, tout ça pour faire la conversation ?

— Oui. Nous ne nous connaissons pas depuis longtemps, et nous ne savons presque rien l'un de l'autre.

Rhys n'avait pas du tout l'intention de parler. Tout ce qui l'intéressait, c'était de faire l'amour. De toute évidence, il allait avoir un peu de mal à la convaincre.

Il se pencha pour lui embrasser de nouveau le cou, et tira légèrement sur le col de son corsage.

— Trouve un sujet de conversation, suggéra-t-il en lui déboutonnant le col pour l'embrasser sur l'épaule.

Prudence s'agita un peu et demanda, d'une voix haletante :

— Rhys, qu'est-ce qu'une duchesse est censée faire, exactement ?

Il introduisit les doigts dans l'ouverture de son chemisier, juste au-dessus des dentelles de son corset. Sa peau était douce comme de la soie.

— Que veux-tu dire ?

Elle le repoussa pour le regarder.

— Quand je serai ta femme, je deviendrai duchesse, et je veux savoir quel sera mon rôle. Je ne voudrais pas commettre d'erreurs, ajouta-t-elle en fronçant un peu les sourcils.

Elle avait l'air si inquiète, que Rhys ne put contenir un petit rire.

— Ma chérie, la plupart des duchesses sont comme les ducs ! Et comme les marquis, les comtes, et tous les autres… Nous ne faisons rien. Nous menons des vies désœuvrées, nous donnons des réceptions fastueuses, nous assistons à des bals, nous dilapidons notre fortune au jeu si nous en avons une, nous mangeons une nourriture trop riche, nous buvons des quantités de porto et de champagne, nous voyageons, nous accumulons des dettes énormes, et nous nous engageons dans des exploits invraisemblables. Tout cela, parce que nous souffrons tous d'un ennui incurable.

— Je parlais sérieusement.

— Moi aussi.

Il l'embrassa, tout en lui caressant le cou et les épaules.

— Les aristocrates sont comme des lis des champs, ma chérie. « Ils ne peinent ni ne filent. »

Prudence se renversa en arrière et s'accouda dans l'herbe, l'air troublé.

— C'est ce que nous allons faire, Rhys ? Vivre comme des lis des champs ?

C'était bien ce qu'il avait voulu dire, en effet, mais il vit à son expression que cette idée ne lui plaisait pas. Et il y avait toutes ces sornettes sur les responsabilités d'un duc qu'il lui avait racontées l'autre jour à Little Russell Street.

— Nous ne serons pas oisifs, bien entendu, affirma-t-il d'un ton solennel. Nous nous occuperons de… euh… d'œuvres charitables.

— Quelles œuvres ?

— Eh bien…

Il écarta les pans de son chemisier, et recommença à lui embrasser le cou.

— Nous aurons beaucoup d'argent, continua-t-il en posant les lèvres sur ses seins, juste au-dessus du corset de satin. Nous en donnerons donc à ceux qui ont moins de chance que nous.

Il effleura un sein du bout des doigts, puis le serra dans sa paume. Elle mit la main sur son bras, mais n'essaya pas de l'arrêter.

— À quelles œuvres penses-tu ? demanda-t-elle, d'une voix hachée.

— Celles que tu voudras. Les hôpitaux, l'Armée du Salut, les veuves de guerre…

Il s'interrompit et l'embrassa rapidement sur le nez.

— Nous pourrions fournir des logements à des prix abordables aux jeunes filles qui travaillent dans des ateliers de couture.

— J'aimerais faire quelque chose pour mes amies de Little Russell Street.

— Nous ferons tout ce que tu voudras pour tes amies, répondit-il en approchant les lèvres du creux délicieux entre ses seins.

— Je me disais… je me disais que nous pourrions les aider, mais…

Prudence poussa une petite exclamation quand il posa les lèvres sur le renflement de ses seins.

— … mais elles sont trop fières pour accepter de l'argent.

— Nous trouverons un autre moyen, pour qu'elles ne pensent pas que c'est de la charité, dit Rhys en continuant ses baisers.

Cette fois, quand il la renversa dans l'herbe, elle se laissa tomber sans résistance.

— Pourrons-nous aussi venir en aide aux orphelins ?

— Absolument.

Il prit ses lèvres et glissa en même temps une main sous sa jupe. Lorsqu'il sentit la chaleur de son corps à travers la mousseline, son désir se fit encore plus brûlant. Approfondissant son baiser, il insinua les doigts sous une jambe de son pantalon de coton. Quand il sentit le haut de son bas et la toucha au-dessus de la jarretière, la douceur de sa peau le rendit fou.

Quittant ses lèvres, il lui embrassa et lui mordilla les seins, tout en lui caressant les jambes.

Prudence enfouit les doigts dans ses cheveux, en laissant échapper de petits gémissements rauques. Rhys savait qu'il lui avait fait mal la dernière fois. Désormais, il voulait ne lui faire éprouver que du plaisir. Ramenant sa main vers sa poitrine, il finit de déboutonner sa chemise. Il aurait aimé lui enlever ce vêtement, mais elle protesta tant qu'il renonça. Quand il en arriva au corset, il ignora cependant ses protestations. Comme elle prétendait être trop ronde sans le corset pour la maintenir, il déclara d'un ton ferme :

— Tu es parfaite. Sensuelle. Les danseuses du moulin rouge seraient vertes de jalousie, si elles te voyaient. De plus, ajouta-t-il en s'écartant pour défaire les agrafes, une femme ne peut pas faire l'amour avec ça...

Il lui ôta le vêtement de soie et de dentelle, le jeta dans l'herbe, et la fit de nouveau rouler sur le dos. Penché sur elle, il l'embrassa dans le cou.

Sa peau était rose et brûlante, et elle enfouit la tête au creux de son épaule, comme pour se cacher.

— Oh ! Rhys, non ! chuchota-t-elle en essayant en vain de repousser sa main. On pourrait nous voir.

Rhys ne put s'empêcher de rire, mais quand elle voulut savoir ce qui était si drôle, il secoua la tête sans répondre. Inutile de lui faire remarquer que lorsque deux personnes batifolaient ensemble dans l'herbe, n'importe qui pouvait comprendre ce qu'elles faisaient, vêtements ou non.

Il se remit à l'embrasser, dans l'espoir de lui faire oublier toutes ses réticences et sa pudibonderie de jeune fille innocente.

Elle était adorable ainsi, à demi dévêtue, toute blanche, rose et ronde. Par endroits, il apercevait de petits bouts de peau nue sous la dentelle et la mousseline. Il se hissa au-dessus d'elle et s'appuya sur un bras, écartant de sa main libre les pans de sa chemise.

— Tu es parfaite, murmura-t-il en admirant ses seins ronds et en les caressant.

Il inspira sa chaleur et son parfum, tout en taquinant les pointes de ses seins du bout des doigts, et en les prenant entre ses lèvres.

Prudence frissonnait de plaisir, et toutes ses réserves semblaient oubliées. Il brûlait d'envie de la posséder, mais il s'efforça de contenir son propre désir.

Sa main glissa sous sa jupe et son jupon, remontant le long de sa cuisse vers l'endroit qu'il voulait toucher. Elle s'arqua sous lui pour mieux s'offrir à ses caresses. Lentement, avec douceur, il insinua un doigt dans la fente de son pantalon et dans le fourreau chaud et étroit de sa féminité.

Elle était moite, prête à le recevoir, et il ne put résister davantage à l'envie de la pénétrer.

— Viens sur moi, chuchota-t-il en roulant sur le dos.

Elle obéit, et il lui releva ses jupes pour lui permettre de passer ses jambes de part et d'autre de ses hanches. Puis il passa une main dans l'ouverture de son pantalon de batiste et déchira la toile fine. Après quoi, délicatement, il écarta les pétales humides de son sexe et souleva les hanches pour la pénétrer.

Elle étouffa une exclamation, et il se figea.

— Je t'ai fait mal ? demanda-t-il.

Prudence secoua la tête si énergiquement que ses boucles brunes retombèrent en effleurant le visage de Rhys.

— Non. Oh ! non !

Le soulagement le submergea, aussitôt suivi par un désir puissant. Elle était si délicieusement moite, prête à le recevoir ! Il souleva de nouveau les hanches pour accélérer le mouvement, mais elle avait du mal à s'adapter à son rythme. Elle bougeait avec la maladresse de l'inexpérience, et il comprit qu'il devrait attendre un peu. Il inspira donc longuement pour conserver le contrôle de lui-même.

Puis il lui agrippa les hanches, et la pénétra encore et encore, imprimant à leurs corps un rythme régulier. Toutefois, chaque mouvement était pour lui une torture et lui arrachait un grognement de frustration.

Il continua de la caresser tout en la regardant et sut qu'il ne verrait jamais d'aussi beau visage que le sien, alors que le plaisir déferlait en elle.

Sous les rayons du soleil d'après-midi, sa peau avait pris une teinte rosée. Une fine couche de sueur faisait briller son front, et elle avait fermé les yeux. Ses longs cils noirs se détachaient sur ses joues. Ses lèvres étaient entrouvertes, et elle les humectait du bout de la langue, tout en poussant de petits cris. Elle était si concentrée, si érotique dans cette attitude, qu'il sourit. Et quand la jouissance survint, et qu'il sentit ses muscles intérieurs se contracter sur lui, il éprouva un plaisir tel qu'il n'en avait jamais connu.

Un peu plus tard, quand elle se blottit entre ses bras en chuchotant : « Je t'aime », la chaleur qui se répandit en Rhys balaya le froid qui occupait son âme, ce que même l'absinthe parisienne et la chaleur du soleil d'Italie n'avaient jamais réussi à faire.

— C'est ici que nous vivrons, dit-il.

Et alors qu'il embrassait sa chevelure au parfum de lavande, et qu'il écoutait le pépiement des oiseaux dans les ormes anglais, Rhys de Winter se sentit gagné par un profond sentiment de plénitude.

Enfin, il était de retour chez lui.

15

Le mariage est un engagement solennel. Les fiançailles, elles, sont faites pour être rompues.

La Gazette sociale, *1894*

Rhys était un bien meilleur menteur que Prudence ne le croyait. Le soir, au dîner, il discuta avec oncle Stéphane de l'état des fermes et du travail qui devait y être fait, avec tant de précision, qu'elle se demanda si finalement elle n'avait pas rêvé. Il avait dû visiter les fermes cet après-midi, et non passer des heures au bord du lac avec elle.

Toutefois, si c'était un rêve, il avait été très charnel. Chaque fois qu'elle y pensait, elle était envahie à la fois de honte et d'excitation et avait envie de recommencer.

Le lendemain matin, Rhys ne parut pas au petit déjeuner et la servante du Cygne Noir qui leur apporta leur plat d'œufs au bacon leur dit qu'il avait déjà déjeuné et qu'il avait annoncé son intention de s'occuper des affaires du domaine toute la journée.

— M. le duc s'est dit que vous voudriez peut-être aller voir les boutiques dans High Street, expliqua-t-elle en soulevant le couvercle qui protégeait les toasts beurrés. Mais il est parti à cheval et vous a laissé la voiture, mademoiselle, au cas où vous voudriez plutôt retourner au château de St. Cyres.

— C'est très bien. Je vous remercie.

La servante fit la révérence, puis sortit de la salle à manger.

— Je suis contente qu'il m'ait laissé la voiture, dit Prudence en prenant un toast, car j'ai très envie en effet de retourner au château.

— Dans cet endroit abominable ? s'exclama Edith en reposant sa tasse. Mais pourquoi ?

— Cet endroit abominable va devenir ma maison, ma tante. Le duc et moi avons décidé que le château de St. Cyres deviendrait notre résidence principale, et il y a beaucoup de travail à faire.

— Vous feriez mieux de vous installer à Winter Park, bougonna Stéphane en se servant une cuillerée de rognons. C'est plus près de Londres, et la maison est en bien meilleur état.

Prudence songea à l'expression de Rhys, le jour où ils avaient pris le thé avec lady Edward. Elle savait qu'ils ne vivraient jamais à Winter Park.

— Nous préférons le château de St. Cyres.

— Cette vieille baraque pleine de courants d'air ? C'est ridicule ! s'esclaffa Edith. Il faudra attendre des mois pour qu'elle devienne habitable. Sans parler du coût des réparations !

Prudence sourit.

— C'est une chance que j'aie des revenus aussi importants, n'est-ce pas ?

— Mais tu vas gaspiller beaucoup d'argent ! répliqua sa tante avec un soupir exaspéré.

— Peut-être... Mais cet argent m'appartient, après tout.

Elle marqua une pause et posa sur sa tante un regard appuyé.

— Bien sûr, déclara Stéphane d'un ton apaisant. Bien sûr, c'est ton argent.

Prudence se remit à manger, puis ajouta :

— En outre, je suis sûre que Rhys saura le dépenser à bon escient.

— Je n'en doute pas, rétorqua sèchement Edith. Il a besoin de tes revenus pour rembourser ses dettes. Et aussi pour financer son amour du jeu, et ses femmes de...

— Cela suffit, Edith ! dit Stéphane en posant sur sa femme un regard sévère. Nous avons déjà parlé de ça, n'est-ce pas ? Prudence a fait son choix, nous devons l'accepter.

— Oh ! je ne te comprends plus, Stéphane ! Vraiment plus ! soupira Edith en laissant bruyamment tomber sa fourchette dans son assiette. Que Prudence ait accepté d'épouser cet homme est déjà assez incompréhensible, mais que tu prennes son parti et que tu laisses tomber ce pauvre Robert, qui ne recevra que...

— Je n'ai plus faim.

Prudence posa sa serviette et se leva. Si elle restait une minute de plus, elle finirait par se disputer avec Edith, et elle était de trop bonne humeur pour laisser celle-ci lui gâcher sa journée.

— Je retourne au château de St. Cyres. Seule, précisa-t-elle en voyant sa tante se lever.

Elle sortit, mais les voix de son oncle et sa tante qui se querellaient la suivirent tout le long du corridor.

— Il nous laissera mourir de faim sur le bord de la route, une fois qu'il sera marié, Stéphane ! Et tu restes là, à ne rien faire. Prudence est aveugle ! Aveugle ! Et toi aussi, apparemment.

— Je ne pense pas que nous mourrons de faim. Le duc a décidé de nous verser vingt mille livres par an, ce qui est une somme très généreuse.

— Généreuse ? Comment oses-tu dire cela ? Vingt mille livres, ce n'est rien du tout, en comparaison de ce qu'il aura ! Quand il sera le mari de Prudence, il disposera de toute sa fortune, alors qu'il n'a rien fait pour la mériter. Ce n'est qu'un chasseur de dot !

— Nous n'y pouvons rien. Et tout ce que tu obtiendras en t'opposant à elle, c'est de la dresser encore plus contre toi. Laisse-la tranquille, Edith, pour l'amour du ciel ! Et contente-toi de ces vingt mille livres.

Edith, se contenter de quelque chose ? songea Prudence avec un hochement de tête incrédule. Cela arrivera quand les poules auront des dents !

Elle enrageait encore un instant plus tard devant la porte de l'auberge, en attendant qu'on lui amène la voiture. En vertu de quoi Edith aurait-elle dû avoir droit à une partie de la fortune Abernathy ? Certainement pas à cause de l'affection et des soins qu'elle avait prodigués à sa nièce ! Et Robert ? Pourquoi devrait-il recevoir quelque chose, alors que Millicent et lui l'avaient ignorée pendant des années ?

Un coupé entra dans la cour, et Prudence fit quelques pas, avant de se rendre compte que ce n'était pas le sien. Croisant les bras, elle s'adossa au mur en regardant le valet sauter à terre et déplier le marchepied.

Un couple descendit du véhicule. L'homme, d'une quarantaine d'années, était beau. Il fut suivi par une jolie jeune femme aux cheveux auburn, dont le visage lui parut vaguement familier. Oubliant ses préoccupations, Prudence l'observa, sans parvenir à se rappeler où elle l'avait vue.

— Un verre de madère, je vous prie, Mortimer, dit la jeune femme au valet. Je meurs de soif.

Prudence fut certaine d'avoir déjà entendu cette voix quelque part.

Le valet passa devant elle pour se précipiter dans l'auberge. Le couple le suivit d'un pas plus tranquille, mais quand ils approchèrent, la jeune femme poussa une exclamation de surprise.

— Oh ! mais c'est Mlle Abernathy ! dit-elle en tendant à Prudence sa main gantée. Vous ne vous souvenez sans doute pas de moi. Je suis…

— Lady Standish ! s'exclama Prudence en reconnaissant finalement la voix chaude et enjouée. Comment allez-vous ?

— Oh ! Vous m'avez reconnue ? Je ne l'aurais jamais cru. Vous aviez cette expression… vous savez, quand vous essayez désespérément de vous rappeler où vous avez vu une certaine personne… Voici mon mari, le comte Standish. Mon chéri, voici Mlle Abernathy.

L'homme s'inclina pour saluer Prudence puis jeta un coup d'œil à sa femme.

— Vous avez certainement envie de bavarder un peu.

— Et vous avez certainement envie d'une pinte de bière ! répondit lady Standish en riant. Allez-y. Je boirai mon madère ici, avec Mlle Abernathy.

Son mari s'éloigna, et elle reporta son attention sur Prudence.

— Je n'aurais pas été étonnée si vous ne m'aviez pas reconnue. Vous étiez très agitée, le jour où nous avons été présentées.

— C'était la cohue, chez Madame Marceau.

— En effet ! Et c'était à cause de vous, ma chère. Marceau n'en avait que pour vous.

— Oui. J'étais soudain devenue très importante, dit Prudence avec une mimique désabusée.

Lady Standish lui lança un regard perçant, et néanmoins compréhensif.

— La nature humaine est ainsi faite, j'en ai peur. Il faudra vous y habituer, car ce sera pire quand vous serez duchesse. Car vous allez devenir duchesse, n'est-ce pas ? On m'a dit que vous devez épouser St. Cyres.

Prudence confirma d'un signe de tête, et lady Standish battit joyeusement des mains, comme une petite fille.

— Je le savais ! J'ai tout de suite su que ça marcherait, entre vous deux !

— Vraiment ?

Prudence éprouva un peu de curiosité, car elle ne se rappelait pas avoir vu lady Standish ailleurs que chez Madame Marceau. Avant qu'elle ait pu en apprendre davantage, le valet les interrompit.

— Votre vin de madère, madame.

Lady Standish se tourna vers le valet, qui déposa près d'elle un plateau d'argent et un verre de cristal contenant un liquide ambré.

— Ah ! c'est exactement ce qu'il me faut. Merci, Mortimer.

L'homme s'inclina et se retira. La comtesse se retourna vers Prudence.

— Nous avons tellement pris l'habitude de voyager en train que le voyage en voiture paraît long et ennuyeux, n'est-ce pas ? On a besoin de se rafraîchir en route, même si on ne traverse qu'un comté ou deux.

— Vous êtes simplement de passage dans le village ?

— Oui. Nous nous rendons à Tavistock, et nous devrions arriver chez nos amis pour le dîner. Mais assez parlé de moi. C'est vous qui m'intéressez, ma chère. Vous, et St. Cyres. J'ai été enchantée d'apprendre la nouvelle de vos fiançailles dans la *Gazette*. C'est tellement plus amusant de lire des potins qui concernent les autres plutôt que vous-même !

Sans laisser à Prudence la moindre opportunité de faire un commentaire, elle poursuivit :

— Je m'attribue tout le mérite de cette union, bien entendu. Quand j'ai vu le duc vous regarder, avec ses jumelles de théâtre, j'ai tout de suite compris qu'il était complètement fou de vous, le pauvre ! Mais il croyait que vous étiez encore couturière.

Elle s'interrompit, et fronça légèrement les sourcils.

— Comment pouvait-il connaître votre profession, je n'en ai pas la moindre idée. Mais bon, je savais déjà tout, puisque lady Marley m'avait raconté toute l'histoire chez Madame Marceau. J'ai tout de suite mis le duc au courant.

Dans le débit rapide de la comtesse, deux mots avaient particulièrement frappé Prudence.

— Des jumelles de théâtre ? répéta-t-elle, en proie à un léger malaise.

La comtesse but une gorgée de madère, et hocha la tête.

— Oui, à Covent Garden. St. Cyres observait la salle avec ses jumelles, et il vous a repérée dans une loge, en face de nous. Quand je lui ai demandé ce qu'il regardait, il…

— Attendez…

Prudence leva la main devant elle, interrompant lady Standish au milieu de sa phrase. Il devait y avoir une erreur. Elle n'était allée à l'opéra qu'une seule fois, et elle se rappelait parfaitement cette soirée. C'était un horrible opéra allemand, et elle avait vu Rhys à l'entracte. Il ne savait pas qu'un changement était intervenu dans sa vie, et elle avait délibérément évité d'en parler. Ensuite, il lui avait envoyé du champagne, et ils avaient levé leur verre en même temps. Lady Standish était-elle assise à côté de lui, ce soir-là ? Impossible de se rappeler ; elle n'avait eu d'yeux que pour Rhys. Elle avait gardé gravée dans son esprit l'image de celui-ci se renversant dans son fauteuil pour la regarder, un léger sourire aux lèvres. Et à l'heure actuelle, son cœur se serrait encore de bonheur quand elle pensait à ce moment.

— Vous avez parlé de moi au duc, dit-elle, essayant de comprendre. Vous lui avez parlé de mon père, et de mon héritage ? À l'opéra ?

— Naturellement ! s'exclama lady Standish, manifestement très contente d'elle. Je voyais bien que vous aviez attiré son attention, mais un duc ne peut pas épouser une couturière ! St. Cyres encore moins qu'un autre, car il est fauché comme les blés.

Elle fit un clin d'œil complice à Prudence, et enchaîna :

— Dans ce monde, une belle dot fait toute la différence pour une jeune fille, n'est-ce pas, ma chère ? Avec ça, une couturière peut se transformer en duchesse. J'en sais quelque chose, car je n'avais pas de dot quand j'ai connu Standish, et...

Les paroles de la comtesse se perdirent dans une sorte de brouillard. Prudence pressa le bout de ses doigts sur ses tempes et s'efforça de réfléchir, mais elle se sentait un peu étourdie. C'est à l'opéra qu'il avait appris qu'elle possédait une fortune, et non à Little Russell Street. Mais cela n'avait pas de sens !

— Ma chère mademoiselle Abernathy, vous vous sentez mal ?

Le ton inquiet de la comtesse pénétra sa conscience. Elle leva la tête.

— Un petit mal de tête, expliqua-t-elle avec un sourire. Ce n'est rien. Continuez. Votre histoire est fascinante. Vraiment fascinante.

— Il m'adorait, mais j'étais sans le sou, mademoiselle Abernathy. Et nous ne pouvions pas nous marier. Mais alors, mon grand-père mourut...

La comtesse continua de lui raconter joyeusement son histoire avec lord Standish. Prudence sourit et hocha la tête, mais elle n'entendit pas un mot. Elle était trop occupée à essayer de repousser l'horrible, l'impossible pensée qui s'insinuait dans son esprit.

Il y avait forcément une erreur ! Rhys ne pouvait pas avoir appris à l'opéra qu'elle avait hérité d'une fortune. Il n'était pas au courant quand ils s'étaient vus le jour suivant à la National Gallery. Ni le jour du pique-nique. Ni au bal. Elle eut l'impression qu'un poing lui serrait le cœur. Il ne savait pas. Il ne savait pas.

À moins qu'il ne lui ait menti depuis le début…

À cette idée, Prudence sentit le monde basculer, changer de forme et de couleur. Il n'y avait plus de regards éperdus, plus d'amour romantique. Juste la dure réalité.

Elle se revit avec lui, comme si elle feuilletait les pages d'un livre, mais tout ce qu'elle voyait était devenu différent.

Il avait pu la suivre jusqu'à la National Gallery ou apprendre d'une façon ou d'une autre qu'elle devait s'y rendre. Leur rencontre avait pu être provoquée, et il s'était arrangé pour la faire passer pour le fruit du hasard.

Et leur pique-nique n'était qu'une mascarade, au cours de laquelle il avait fait semblant d'être amoureux.

Le bal, et lady Alberta, et l'après-midi à Little Russell Street… ce n'était qu'une farce destinée à jouer sur ses émotions. Il lui avait menti sur ses véritables motifs, tout en leur donnant une apparence de vérité par sa franchise au sujet de sa situation financière. Et il avait réussi à paraître noble, alors qu'il jouait avec elle comme avec un pion dans un jeu d'échecs.

Des mensonges. Tout était mensonge.

Non ! Tout son être protesta contre cette idée. Cet homme s'était montré galant et héroïque dès le début. Elle ne pouvait le croire capable d'une telle tromperie, de telles manipulations. Elle refusait de le croire.

Il devait y avoir une autre explication au fait qu'il ait prétendu si longtemps tout ignorer de son héritage. Désespérée, elle essaya de trouver une bonne raison. Dans son cœur, le doute et la peur livraient une bataille sans merci à l'amour et à l'espoir. Mais quelle explication pouvait-il y avoir ?

Les cloches de l'église se mirent à sonner. Prudence eut l'impression qu'elles sonnaient le glas de ses illusions.

— Seigneur ! Déjà midi ?

Lady Standish termina son madère d'un seul trait.

— Il faut que j'aille chercher Standish. Il est encore dans la taverne, en train de boire sa bière en discutant avec les gens du coin. Il adore ça, et ce n'est pas mauvais car cela nous apporte des votes. Mais lady Tavistock déteste que ses invités soient en retard. Cela retarde le dîner et cause toutes sortes de tracas au personnel. Vous me pardonnez, mademoiselle Abernathy ?

Prudence s'obligea à sortir de ses réflexions, et fixa sur ses lèvres un sourire artificiel.

— Bien sûr. Je suis enchantée de vous avoir revue.

— Et moi aussi. Transmettez mes amitiés à St. Cyres.

Alors qu'elle s'apprêtait à franchir le seuil, elle fit une pause, et considéra longuement Prudence avant de déclarer avec un hochement de tête satisfait :

— Oui, vous ferez un couple parfait, St. Cyres et vous.

— Oui, parfait, répéta Prudence d'une voix enjouée, en s'efforçant de cacher la peur qui lui nouait l'estomac. Nous sommes faits l'un pour l'autre.

Rhys visita les fermes toute la matinée. Il discuta des récoltes et des systèmes de drainage avec son régisseur. Il rencontra les quelques métayers qu'il avait encore, examina le bétail, et décida des réparations qu'il fallait faire dans les bâtiments. L'après-midi, il s'efforça de définir les besoins de la maison, et fit le tour des ateliers, de la buanderie, des étables, et des cuisines, en prenant des notes concernant les modifications à apporter et le personnel nécessaire pour faire du château de St. Cyres un domaine viable et actif.

Surtout, il réfléchit à ce qu'il fallait lui apporter pour en faire une maison de famille.

Un foyer. Ce mot l'accompagnait à chaque pas, résonnant dans son esprit au même rythme que les battements de son cœur. Tout en déambulant dans la maison et sur les terres du domaine, il pensait à Prudence, qui allait devenir sa femme. Il passa une heure dans la nursery, à imaginer les enfants qu'ils auraient. Leur enfance n'aurait rien à voir avec l'enfer qu'il avait connu.

À la fin de la journée, quand il reprit le chemin du village, il s'arrêta au sommet de la colline et fit tourner son cheval pour jeter un dernier regard au château. Ses murs de pierre brillaient comme de l'or sous le soleil de fin d'après-midi, et il savait que sous ces pierres se trouvait tout ce qu'il avait toujours voulu, tout ce qui avait vraiment de l'importance.

Le village de St. Cyres était calme, et son cheval était le seul dans la rue principale, car c'était l'heure du dîner. Tout en avançant au pas sur les pavés de la rue déserte, Rhys observa le presbytère, le champ communal, et la forge, comme il l'avait fait pour ses propriétés.

Ce village était devenu prospère à l'époque des Tudor, car les forêts qui l'entouraient constituaient l'un des terrains de chasse favoris du roi Henry VIII. Cette prospérité avait continué jusqu'au règne de George IV. Depuis une soixantaine d'années, le village s'était appauvri en raison des conditions économiques et de la gestion catastrophique des six derniers ducs de St. Cyres. À présent, c'était devenu un petit coin tranquille et oublié. Alors qu'il passait devant les cottages délabrés et les boutiques miteuses, Rhys imagina ce que cela pourrait devenir.

Tous ces gens se tournent vers moi, ils attendent et ils espèrent que je vais les sauver, dans cette période de calamité pour l'agriculture.

Il songea à ce qu'il avait dit à Prudence, dans le salon de Little Russell Street, et sourit tristement. À ce moment-là, il croyait que ce n'étaient que des sornettes. Mais maintenant, en regardant autour de lui, il était conscient de la vérité contenue dans ces paroles. Il pouvait rendre ce village prospère, ainsi que tous les autres qui dépendaient du duché. Pas comme autrefois, par un contrôle féodal des terres, mais d'une façon moderne. Avec des usines, des moulins, une industrie.

Il y avait aussi l'empire commercial que le père de Prudence avait bâti en Amérique. Il fallait s'occuper de cet héritage, et le gérer correctement pour le transmettre à la génération suivante.

Toutes ces responsabilités étaient à la fois grisantes et effrayantes. Par bonheur, Prudence était une femme solide et intelligente. Elle serait une excellente duchesse ; elle l'aiderait à tenir le cap. Elle l'aimait.

En arrivant au Cygne Noir, il confia son cheval à un valet et entra dans l'auberge. Une servante attendait près de la porte.

— S'il vous plaît, monsieur le duc, dit-elle en faisant une révérence. Mlle Abernathy vous attend dans le salon.

Rhys lui donna son chapeau, ses gants et son manteau.

— Elle n'est pas en train de dîner ?

— Non, monsieur. M. et Mme Feathergill ont déjà dîné, mais Mlle Abernathy n'avait pas faim. Elle a dit qu'elle vous attendrait.

— Vraiment ?

Il sourit à la pensée qu'elle l'avait attendu. S'ils bavardaient dans le salon jusqu'à ce que les autres clients de l'auberge aient fini leur repas, ils pourraient peut-être dîner en tête à tête.

Enchanté à cette perspective, il traversa la salle de l'auberge où quelques hommes sirotaient leur bière et entra dans le petit salon situé à l'arrière.

Prudence était là. Les yeux fixés sur la cheminée vide, elle tournait le dos à la porte.

— Ma chérie, dit-il en allant vers elle. Tu es merveilleuse de m'avoir attendu pour dîner !

Elle ne se retourna pas. Quand Rhys arriva derrière elle, elle fit mine d'arranger les vases sur le manteau de cheminée, et il vit que ses mains tremblaient.

— Tu as froid ? demanda-t-il en glissant un bras autour de sa taille. Il fait une belle soirée de printemps, mais si tu as froid je te réchaufferai.

Il lui prit les mains, et les serra dans les siennes.

— Je suis désolé de rentrer si tard, mais j'ai eu une journée très bien remplie. Je pense que nous planterons du lin l'année prochaine, et que nous ferons construire une usine pour fabriquer les vêtements. Tu imagines comme ce village pourra prospérer avec une manufacture ?

— J'ai eu une journée bien remplie, moi aussi.

— Vraiment ? dit-il en lui embrassant la tempe. Tu as acheté des objets pour la maison ?

— Non, je ne suis pas allée dans les magasins.

Elle dégagea ses mains, lui prit les bras et le repoussa, tout en s'écartant doucement. Rhys se rembrunit, et tous ses sens furent en alerte quand il la vit s'éloigner à l'autre bout de la pièce.

— Qu'y a-t-il ? Que s'est-il passé ?

— J'ai rencontré une de tes connaissances, aujourd'hui.

Il y avait une nuance étrange dans sa voix, un ton qu'il ne put définir. En la voyant se retourner et le regarder en levant le menton, il eut un mauvais pressentiment.

— Lady Standish.

Choqué par son expression, Rhys prit une brusque inspiration. Il n'y avait plus d'amour dans les yeux de Prudence. Celui-ci avait disparu, ainsi que l'adoration, la tendresse, cette sorte de conviction qu'il était son héros. Tout avait disparu. Toutes les choses douces qu'il n'avait jamais eues avant de la connaître, des choses qui en l'espace de deux mois lui étaient devenues indispensables, et qu'il recherchait comme un drogué recherche l'opium. Tout s'était envolé, et il ne voyait plus rien en elle qu'une attitude glaciale. Il essaya de comprendre ce que Cora avait pu lui dire pour qu'elle le regarde ainsi, mais son esprit semblait avoir cessé de fonctionner.

— Ils se rendaient chez des amis, à la campagne. Lady Standish a bavardé un peu avec moi, pendant que le cocher changeait de chevaux. Elle pense que tout le mérite lui revient pour nos fiançailles, puisque c'est elle qui t'a mis au courant de mon héritage, *à l'opéra*. À l'opéra, où tu as fait semblant de ne rien savoir à ce sujet.

L'opéra. *Oh non ! Non, non...*

Elle fit un pas vers lui et le regarda droit dans les yeux. Alors il vit la certitude s'inscrire dans son regard, et aussi une émotion qui lui brisa le cœur.

— Ô mon Dieu, je le savais ! dit-elle. Mais jusque-là, j'essayais de ne pas le croire. J'ai tenté de me persuader que lady Standish avait fait une erreur, ou qu'elle avait menti, ou... n'importe quoi d'autre. J'ai essayé de trouver des explications, mais il n'y en a pas. Quand je t'ai parlé de mon argent, tu savais déjà. Tu l'as toujours su, depuis le début.

Rhys ouvrit la bouche pour nier, mais le mensonge ne put passer ses lèvres.

— Tu ne m'as pas rencontrée par hasard à la National Gallery. C'était arrangé. Mais comment as-tu fait ?

Il inspira, et avoua la vérité.

— Fane. Il a découvert où tu allais.

Prudence le contempla, les yeux ronds.

— M. Fane n'a jamais travaillé pour un comte italien, n'est-ce pas ? Il travaillait pour toi. Il a trompé Mlle Woddell, exactement comme tu m'as trompée. Mon Dieu ! Est-ce que tu as un instant pensé à quelqu'un d'autre que toi ? Mlle Woddell est amoureuse de M. Fane, mais il lui ment sur ses sentiments, comme toi. Tout cela n'est qu'un tissu de mensonges !

— Non, pas tout, Prudence. Tu vois…

— Et le pique-nique. C'était aussi un mensonge. Tu as… tu as fait semblant d'être amoureux de moi ce jour-là.

— Je n'ai jamais fait semblant. Je te le jure.

Il alla vers elle, désespéré, pour lui expliquer, mais elle refusa de l'écouter.

— Et le bal ? continua-t-elle. Ton attitude avec lady Alberta, c'était aussi de la comédie, n'est-ce pas ? Une façon de jouer sur mes sentiments, de maintenir le suspense. Et ta déclaration à Little Russell Street, ton discours sur tes responsabilités de duc et la nécessité d'épouser une héritière ? Tu savais ce que serait ma réaction. Tu savais que je te parlerais de l'héritage.

Elle pressa une main tremblante contre ses lèvres, comme si elle était en proie à une nausée.

— Tu m'as manipulée. Tu as joué avec moi comme si j'étais un pion sur un échiquier !

Rhys songea qu'il pourrait sans doute tout arranger. Il suffisait qu'il trouve les mots justes.

— Je peux t'expliquer...

— Tu as dû bien rire, en voyant cette stupide vieille fille à la silhouette trop enrobée se pâmer d'amour pour toi !

Rhys sursauta. Elle était la chose la plus douce et la plus belle qui lui soit arrivée ! Il eut la nausée à l'idée qu'elle pouvait croire qu'il s'était moqué d'elle.

— Je n'ai jamais ri de toi. Jamais !

Elle haussa les épaules d'un air incrédule, et voulut se tourner, mais il lui agrippa les bras et la fit pivoter vers lui. Il fallait qu'il trouve un moyen de lui faire voir les choses de son point de vue.

— Oui, je savais que tu avais hérité, je l'admets. Cora me l'a dit à l'opéra, c'est vrai. Oui, j'ai arrangé les choses, j'ai provoqué les rencontres, mais c'était parce que je ne voyais pas comment je pouvais être honnête à propos de mes motifs. Tu as des idées très romantiques, Prudence, et je...

— Des idées ridicules, tu veux dire ! s'exclama-t-elle dans un sanglot. Je t'ai pris pour un héros. Pour un vrai gentleman, un homme honorable et chevaleresque. J'ai cru que tu m'aimais !

— Mais je t'aime !

À l'instant où les mots franchirent ses lèvres, Rhys sut que c'était vrai. Il l'aimait. Il comprit aussi en voyant une lueur dure dans les yeux de Prudence qu'il l'avait compris trop tard.

— Espèce de goujat !

Sa main s'abattit sur sa joue avec tant de force qu'il tourna la tête.

— Tu n'es qu'un goujat et un menteur !

La rancœur qu'il perçut dans sa voix lui fit éprouver un frisson de panique. Il ne pouvait croire qu'il allait la perdre. Pas maintenant, alors qu'ils avaient tout à portée de la main pour connaître un vrai bonheur.

— Prudence, écoute-moi ! Je t'ai voulue dès l'instant où j'ai posé les yeux sur toi. Je t'ai toujours désirée. Ce n'était pas de la comédie, je te le jure. J'avais besoin d'argent, c'est vrai, mais je t'ai toujours désirée.

Il inspira longuement, en s'efforçant de rassembler ses idées. Il fallait qu'il lui dise tout ce qu'il ressentait, tout ce à quoi il avait pensé aujourd'hui, tout ce qu'il projetait pour leur avenir, mais le désespoir le paralysait. Il voyait la rancœur et le chagrin se transformer en détestation dans les yeux de Prudence. Trouver les mots pour lui exposer ses sentiments était au-dessus de ses forces.

— Je t'aime.

— Menteur !

Il eut l'impression qu'un poignard lui perçait les entrailles. Elle recula en secouant la tête, comme si son effronterie la stupéfiait.

— Tu es un tel menteur…

— Je ne mens pas ! Je ne mens pas !

— Et tu imagines que je vais te croire, alors que je sais que tu me mens depuis le début ? C'est mon argent que tu aimes, pas moi, assena-t-elle avec une expression de profond mépris.

— Ce n'est pas vrai !

— Eh bien, tu n'auras pas mon argent, continua-t-elle comme si elle ne l'avait pas entendu. Tu te trouveras une autre héritière. Après tout, ajouta-t-elle avec un petit rire sans joie, tu es duc. Tu ne pourras jamais gagner ta vie, comme le font la plupart des gens. Tu as un titre, mais sans argent, qu'est-ce que tu es ? Un lis des champs.

Elle lui tourna le dos, et ajouta :

— Tu n'es rien.

Désespéré, Rhys la regarda se diriger vers la porte. Il pouvait supporter sa fureur et même sa haine, car elles étaient la preuve qu'elle éprouvait pour lui des sentiments qui pouvaient encore se transformer en amour.

Mais son mépris, c'était différent. Si elle n'avait plus que mépris pour lui, ce qu'elle avait dit devenait la vérité. Il n'avait rien. Il n'était rien.

Elle franchit la porte, et il vit tous ses rêves tomber en poussière.

16

L'héritière de la fortune Abernathy rompt ses fiançailles ! Le duc semble anéanti.

La Gazette sociale, *1894*

Avant sa discussion avec Rhys, Prudence n'était pas restée inactive. Ses bagages étaient prêts, et elle avait réglé sa note au propriétaire de l'auberge. Elle avait supporté les supplications de son oncle, et les remarques triomphantes de sa tante. Elle avait aussi loué une voiture pour les conduire jusqu'à la minuscule gare du village, et demandé à ce que le train soit prêt à partir dès qu'ils seraient montés à bord.

Quand elle sortit du salon, elle n'avait plus rien à faire, à part révéler à Woddell la pénible vérité qu'elle venait d'apprendre au sujet de M. Fane. Elle quitta l'auberge et s'assit dans la voiture, à côté de sa femme de chambre. Elle n'aurait su dire si Rhys la suivait, car elle ne jeta pas un regard en arrière.

Arrivée à la gare, elle monta dans le train que Rhys avait acheté pour elle, mais n'alla pas dormir dans son compartiment. Elle n'aurait pas supporté de s'allonger sur la couchette où Rhys l'avait embrassée et caressée. Elle resta donc seule, assise dans le salon, pendant que les autres dormaient. Les yeux fixés sur la vitre sombre, elle essaya de décider ce qu'elle allait faire.

La fortune de son père serait perdue, car elle ne se voyait pas épouser quelqu'un d'autre, à présent. Elle ne supporterait pas qu'un autre l'embrasse ou la touche comme l'avait fait Rhys. De plus, la trahison de ce dernier lui avait prouvé qu'elle ne pouvait croire en l'amour sincère d'un homme, quand des millions étaient en jeu. Elle songea à tous ceux qui s'empressaient autour d'elle depuis deux mois. Edith, Robert, Millicent... des gens qui n'auraient pas eu la moindre pensée pour elle si elle n'avait pas hérité. Et elle éprouva une profonde amertume.

Elle avait toujours cru qu'avoir de l'argent était la chose la plus merveilleuse du monde. Comme elle se trompait ! Maria et M. Whitfield avaient tous deux essayé de la mettre en garde et de lui dire que l'argent ne lui apporterait peut-être pas le bonheur qu'elle escomptait. Sur le moment, elle ne les avait pas crus, mais maintenant elle comprenait. Certes, elle avait apprécié les jolis vêtements, le séjour au Savoy, et le voyage dans son train privé. Mais rien de tout cela ne pouvait remplacer les choses qui vous rendaient réellement heureuse.

Pour cette raison, renoncer à son héritage ne lui posait aucun problème. Son seul regret était de ne pas pouvoir aider ses amies comme elle l'avait espéré. En ce qui la concernait, elle avait vécu comme une riche héritière pendant deux mois, et elle estimait que c'était suffisant. Tout ce qu'elle voulait, c'était redevenir elle-même. Prudence Bosworth avait été heureuse. Elle connaissait sa place dans le monde, elle avait de vraies amies sur qui elle pouvait compter, et un petit appartement douillet où elle se sentait chez elle. Tout cela, et un peu d'argent pour vivre, voilà ce dont une personne avait réellement besoin dans la vie.

Il faudrait qu'elle trouve une nouvelle situation, quelque chose où elle n'aurait pas besoin de travailler autant que chez Madame Marceau. La rente sur la fortune de son père continuerait de lui être versée jusqu'à ce que l'année soit écoulée, et elle pouvait disposer de cet argent à sa guise. Peut-être pourrait-elle utiliser cette somme pour ouvrir à son tour un atelier de couture ? Son amie Emma, qui était vicomtesse, l'aiderait à se faire une clientèle. Quant au train, il faudrait le rendre à Rhys, puis rompre officiellement leurs fiançailles. M. Whitfield s'en chargerait.

Tout en prenant ces décisions pour son avenir, elle s'efforça de ne pas penser à Rhys. Hélas ! rien dans la nuit qui l'enveloppait ne pouvait distraire ses pensées, rythmées par le bruit régulier du train. Il lui était impossible de donner une autre direction à ses réflexions. Impossible de ne pas songer à la beauté de son sourire, à la magie de ses caresses, à ses baisers doux et chauds, et au frisson qu'elle avait éprouvé en pensant qu'il l'aimait.

Elle avait beau se répéter qu'il ne valait pas la peine que l'on souffre pour lui, elle ne parvenait pas à rester insensible. Son cœur était à vif.

Embrasse-moi, ma jolie.

Prudence ferma les yeux, et une larme roula sur sa joue. Elle l'essuya du revers de la main, mais une autre suivit et sa colère resurgit. Elle s'en voulait de verser des larmes pour ce menteur, ce mufle ! Pourtant, quand les pleurs vinrent, elle n'eut pas la force de les arrêter.

Recroquevillée dans le fauteuil, incapable de lutter, elle ramena les genoux contre sa poitrine et laissa libre cours à ses sanglots. Elle pleura sur ses illusions perdues, sur la mort de son idéal romantique et de ses rêves de petite fille. Et surtout, elle pleura sur l'amour qui n'avait existé que dans son cœur, et pas dans celui de Rhys.

Le jour allait se lever. Rhys contemplait le lac qui se teintait de bleu et de rose sous le soleil levant. Mais tout ce qu'il voyait, c'était la déception et la colère qui avaient remplacé l'amour et l'adoration dans les yeux de Prudence. Le silence régnait autour de lui, mais il croyait encore entendre l'expression de son mépris.

Tu n'es rien.

Elle ne lui avait rien dit qu'il ne sache déjà. Il savait depuis des années que sa vie était un gâchis. Tous ces jours passés à Paris, à boire de l'absinthe. Et en Italie… le jeu, le champagne, le sexe… Tout était bon pour l'aider à engourdir son esprit, et à oublier qu'il n'avait pas su aider son frère. Plus rien ne devait avoir d'importance. Il avait érigé une carapace de cynisme et d'ironie autour du vide qui emplissait son cœur depuis l'âge de douze ans.

Menteur. Tu es un tel menteur !

Les accusations de Prudence résonnaient dans sa tête, et le ramenaient des années en arrière. Laetitia lui avait dit la même chose quand il lui avait parlé d'Evelyn, quand il avait essayé d'éviter à Thomas de passer un deuxième été à Winter Park. Quelle ironie ! Chaque fois que la vérité avait été si importante, on n'avait pas voulu le croire.

Il posa les coudes sur ses genoux et enfouit la tête dans ses mains. Tout allait mieux quand il mentait, songea-t-il avec lassitude.

Perché sur les hautes branches d'un orme, un pinson se mit à chanter. Rhys se redressa, écoutant ce qui lui avait semblé une promesse naguère, et il sentit la carapace qui le protégeait se fissurer.

Il se leva et se mit à grimper sur la colline, cherchant à échapper à ce chant joyeux qui lui brisait le cœur. Mais quand il atteignit le haut du monticule et vit le château de St. Cyres, où Prudence et lui avaient envisagé de vivre, il sentit que sa carapace se déchirait un peu plus. La peur et le désespoir lui lacéraient le cœur.

Qu'allait-il faire, maintenant ? Les quelques jours qu'il avait passés ici avec elle avaient été les plus heureux de sa vie. À présent qu'elle était partie, il se sentait plus vide et plus perdu que jamais. Il ne pouvait pas reprendre la vie qu'il avait menée avant de la connaître et, sans elle, il n'était pas capable d'envisager quoi que ce soit pour l'avenir.

Le soleil s'éleva dans le ciel et ses rayons caressèrent les pierres du château, de sa maison. Il avait cherché un foyer en vain depuis qu'il était parti, tant d'années plus tôt, alors que le château était là, qui l'attendait. Il ne voulait pas le perdre encore une fois. Cette demeure était celle où il vivrait avec Prudence, où ils élèveraient leurs enfants, où ils vieilliraient ensemble. Il savait au fond de son cœur que c'était cela la vie qu'il voulait, et il allait se battre de toutes ses forces pour l'obtenir. Prudence était la femme qu'il voulait, et il ferait tout pour la retrouver. Mais cette fois, il n'utiliserait ni la ruse ni le mensonge.

Pour obtenir l'amour, la confiance, et le respect de Prudence, il allait devoir les mériter.

Quand on passait toute une nuit éveillée dans un train, on avait tout le temps de réfléchir. Aussi, lorsque le train entra dans Victoria Station, Prudence avait-elle formé toutes sortes de projets pour sa vie future.

Il y avait foule sur le quai, mais ils n'eurent aucun mal à trouver des porteurs pour les aider. Les gens fortunés qui avaient un train privé obtenaient naturellement plus d'attention que le commun des mortels.

— Oui, oui, tous les bagages doivent être envoyés au Savoy, dit Edith à l'homme désigné pour s'occuper de leurs bagages. Tout ça, précisa-t-elle en montrant les malles et les valises. Et cela aussi.

— Non, ma tante.

Prudence s'avança, et prit une valise noire dans la pile de bagages.

— Pas celle-ci. Celle-ci vient avec moi.

— Comment cela ? demanda Edith. Tu viens au Savoy avec nous.

— Non, répondit-elle en indiquant quatre malles au porteur. Je veux que vous apportiez celles-ci au 32 Little Russell Street. Pour Prudence Bosworth. Vous pouvez faire cela ?

L'homme acquiesça d'un signe de tête, et Prudence sortit son porte-monnaie. Ignorant les protestations de son oncle et de sa tante, elle paya la course au porteur, en y ajoutant un large pourboire.

— Cela devrait suffire pour transporter mes affaires jusqu'à Holborn, dit-elle en déposant les pièces dans la main de l'homme. Et quand mes malles seront arrivées à bon port, vous aurez encore cinq shillings.

— Très bien, mademoiselle, dit-il avec un grand sourire.

— Comment ça, Little Russell Street ? s'exclama Edith, sidérée. Prudence, mais enfin, que fais-tu ?

— Je rentre chez moi.

— Chez toi ? Mais tu vis avec nous, à présent. Du moins, jusqu'à ton mariage.

— Je ne me marie plus. Vous avez déjà oublié ?

— Mais il te reste encore huit mois avant l'échéance fixée par le testament ! Tu trouveras sûrement un jeune homme convenable, d'ici là. Robert…

— Je ne veux pas épouser Robert, tante Edith. Je ne l'épouserai jamais. Vous finirez peut-être par accepter cette idée, quand le 15 avril arrivera. Et une fois que cette date sera passée, ajouta-t-elle avec un cynisme tout nouveau pour elle, je suis certaine que l'affection que me porte Robert disparaîtra comme par enchantement.

— Personne ne te demande d'épouser Robert, Prudence, dit son oncle d'un ton conciliant.

Le regard d'avertissement qu'il lança à sa femme n'échappa pas à Prudence.

— Après tout, c'est le duc que tu aimes. De toute évidence, ses méthodes peu orthodoxes t'ont choquée, mais je suis sûr qu'il se rachètera si tu lui en laisses l'opportunité. Il est…

— Je n'épouserai pas le duc non plus, mon oncle. Il faudra bien vous faire à cette idée.

— Il faut pourtant que tu épouses quelqu'un, Prudence ! s'écria Edith. Et tu ne rencontreras pas le moindre homme comme il faut, si tu retournes vivre dans cette pension pour jeunes femmes célibataires !

— Eh bien, dans ce cas, je ne me marierai pas, et l'argent sera perdu. Cela m'est égal.

— Tu laisserais perdre une somme pareille ? s'exclama Stéphane. Tu ne peux pas faire ça ! Tu es manifestement bouleversée, mais quand tu auras réfléchi…

— C'est tout réfléchi.

Elle fit face à son oncle et à sa tante, et prit une profonde inspiration.

— J'ai réfléchi toute la nuit, et j'ai pris certaines décisions. Pour commencer, je vais voir M. Whitfield cet après-midi. Je veux qu'il soit bien clair qu'à partir de maintenant, ma rente me sera versée directement.

Elle ne leur laissa pas le temps de protester, et enchaîna :

— Je suis libre de faire ce que je veux de ces cinquante livres mensuelles, jusqu'au quinze avril, dit-elle d'un ton sans réplique. Je ne vois aucune raison de dépenser cet argent dans des hôtels luxueux. Vous pouvez rester au Savoy jusqu'au prochain week-end, mais si vous décidez de prolonger votre séjour au-delà de vendredi, ce sera à vos frais. Comme je viens de vous le dire, je retourne à Little Russell Street, et je vous conseille de repartir dans le Sussex. La vie à Londres est devenue très chère.

Prudence se tourna vers Woddell, dont le visage criblé de taches de rousseur gardait la trace des larmes qu'elle avait versées pendant la nuit.

— Je n'aurai plus besoin d'une femme de chambre, mademoiselle Woddell, dit-elle en ouvrant de nouveau son porte-monnaie. Mais si vous voulez m'accompagner, poursuivit-elle en comptant les gages de la jeune femme, je suis certaine que ma logeuse trouvera une petite place pour vous, en attendant que vous ayez décidé ce que vous voulez faire.

— Merci, mademoiselle, mais j'ai une sœur à Clapham. Je resterai chez elle jusqu'à ce que j'aie trouvé une nouvelle place. Si vous acceptiez de me faire une lettre de recommandations, je vous en serais très reconnaissante.

— Bien sûr. Passez chez moi, à Little Russell Street, demain. Si je dois sortir, je laisserai la lettre à ma logeuse.

— Très bien, mademoiselle. Merci.

Prudence lui tendit la main.

— J'ai été heureuse de faire votre connaissance, mademoiselle Woddell.

Comme si elle était gênée de passer si brusquement du rôle de femme de chambre à celui de connaissance, la jeune femme hésita un instant avant de serrer la main de Prudence.

— Je vous souhaite bonne chance, mademoiselle, dit-elle en accompagnant ses mots d'une révérence.

— Bonne chance à vous aussi. Au revoir.

Nancy Woddell partit à la recherche du quai d'où partait le train pour Clapham, et Prudence prit la direction opposée. Mais à peine eut-elle fait un pas que son oncle l'arrêta en lui prenant le bras.

— Prudence, sois raisonnable !

— J'ai été raisonnable trop longtemps, répondit-elle en se dégageant. J'en ai assez. À partir de maintenant, je ferai ce que je voudrai. Et je me moque que ce soit raisonnable ou non.

— Mais quelle mouche t'a piquée ? s'exclama Edith. Après tout ce que nous avons fait pour toi, c'est ainsi que tu nous remercies ? Tu te débarrasses de nous et tu renonces à tout cet argent sans même essayer de trouver un mari ? Oh ! Prudence, je ne te comprends plus du tout ! ajouta-t-elle en se mettant à pleurer.

— C'est votre problème, tante Edith. Vous ne m'avez jamais comprise, et je crois bien que vous ne me comprendrez jamais.

Rien n'avait changé au 32 Little Russell Street. La maison était toujours la même, mais bien qu'elle ne l'ait quittée que depuis un mois, Prudence avait l'impression qu'une éternité s'était écoulée. Elle s'arrêta sur le trottoir et considéra avec affection le bâtiment de brique rouge, aux volets verts et aux fenêtres garnies de géraniums en pots. C'était bon de rentrer chez soi, songea-t-elle en poussant la porte.

— Hello ! Il y a quelqu'un ?

Des voix féminines répondirent par l'affirmative, et un instant plus tard Mme Morris franchit la porte du salon, suivie par quelqu'un que Prudence ne s'attendait pas à voir.

— Emma ! s'écria-t-elle en se précipitant vers la jeune femme mince, aux cheveux auburn.

Elle serra son amie dans ses bras.
— Comme je suis contente de te voir ! Quand es-tu rentrée d'Italie ?
— Nous avons débarqué à Douvres il y a trois jours. C'est merveilleux de te revoir. J'ai été si heureuse en apprenant la bonne nouvelle ! Félicitations, Prudence. Tu as bien mérité ce qui t'arrive.
— Mais j'ai lu dans les journaux que vous étiez dans le Derbyshire ! s'exclama Mme Morris. L'article disait que vous batifoliez dans la campagne et que vous visitiez les propriétés du duc, comme une grande dame. Vous n'étiez pas censée revenir en ville avant la date du mariage, d'après les journaux. Bien sûr, il ne faut pas croire tout ce qu'on lit dans les journaux, je le sais bien, mais… Mais ma chère, qu'est-ce qui ne va pas ?
Le cœur serré, Prudence secoua la tête.
— Rien. C'est juste que… j'ai rompu mes fiançailles.
— Oh !
Il y eut un silence. Emma et la logeuse échangèrent un regard, puis Mme Morris prit le bras de Prudence et l'entraîna dans le salon.
— Venez vous asseoir, ma chérie. Il vous faut un petit verre de ma liqueur de prune.
— Non, non, protesta Emma, tandis que Prudence prenait place sur le canapé de crin. Le thé est la seule chose qui convienne dans des moments comme celui-ci. Elle a besoin d'un stimulant.
Mme Morris hésita, mais Emma tira fermement le cordon pour appeler la femme de chambre.
— Apportez-nous du thé, Dorcas, s'il vous plaît.
Dorcas ressortit aussitôt, et Emma s'assit à côté de Prudence.
— Maria n'est pas là, je suppose ? demanda cette dernière à Mme Morris, tandis que la logeuse s'asseyait dans son fauteuil de chintz, de l'autre côté de la table.

— À cette heure-ci ? Non, ma chère. Elle est à la pâtisserie, naturellement. Mais elle doit dîner ici ce soir.

— Savez-vous si elle a trouvé une nouvelle colocataire ?

— Non, mais...

Mme Morris la dévisagea avec perplexité.

— Pourquoi cela vous intéresse-t-il ? Vous n'avez pas l'intention de réintégrer votre ancien appartement !

Comme Prudence hochait la tête, la logeuse se récria :

— Enfin, ma chère, vous ne pouvez plus vivre ici ! Vous êtes une riche héritière, à présent.

— Je ne le resterai pas longtemps. Comme je ne vais pas me marier, je ne remplirai pas les conditions du testament et l'argent sera perdu pour moi.

Mme Morris la considéra avec un sourire indulgent.

— C'est votre cœur brisé qui vous fait parler ainsi. Attendez juste un peu, mon petit, et vous verrez ce qui se passera dans un mois ou deux. Vous changerez d'avis, ou alors vous serez réconciliée avec votre duc.

— Non, cela n'arrivera pas, et je ne changerai pas d'avis ! répondit Prudence d'un ton plus vif qu'elle ne l'aurait souhaité.

Voyant l'air décontenancé de la logeuse, Prudence soupira.

— Je suis désolée, reprit-elle. Mais il n'y a pas de réconciliation possible.

— Même si c'est vrai, intervint Emma, crois-tu que ce soit une bonne idée de te réinstaller dans ton ancienne chambre ?

Intriguée par la remarque, Prudence leva la tête.

— Pourquoi pas ?

— Je n'étais pas là quand ça s'est passé, mais l'histoire de ton héritage et de tes fiançailles avec

St. Cyres était dans tous les journaux, même sur le Continent. La presse londonienne ne parle que de toi.

— Je n'en sais rien, avoua Prudence avec lassitude. J'ai cessé de lire les potins il y a une éternité. Mais qu'est-ce que cela a à voir avec le fait que je revienne habiter ici ?

— La nouvelle de ta rupture se répandra très vite et tu risques d'être assiégée par les journalistes. Pas ceux qui travaillent pour les Editions Marlowe, naturellement ; nous pouvons les retenir. Mais les autres n'auront pas autant de délicatesse. Si tu restes ici, rien ne pourra les empêcher de t'accoster dès que tu franchiras la porte. La pension t'offre moins de protection qu'un hôtel.

— Je ne veux pas aller à l'hôtel. J'ai vu assez d'hôtels et d'auberges ces derniers temps. Je veux juste rentrer chez moi.

— Mais Prudence, vous êtes une héritière, à présent ! reprit Mme Morris. Vous n'aurez pas de chaperon, si vous habitez ici. Ne vaudrait-il pas mieux que vous continuiez de vivre avec votre oncle et votre tante ? Vous pourriez retourner quelque temps dans le Sussex ?

— Non. Ce n'est pas possible. Et je n'ai pas besoin de chaperon, puisque je n'ai pas l'intention d'aller dans la bonne société. Je vous en prie, je n'ai pas envie de discuter de ça.

Emma lui entoura les épaules du bras, dans un geste réconfortant.

— Et si tu venais chez moi ? Dans notre maison de Hanover Square, tu auras la protection qui te manque ici. Je suis sûre que Harry sera d'accord. Ses concurrents l'accuseront de te cacher pour avoir l'exclusivité en ce qui te concerne, mais il se moque de ce que pensent les autres. Et je pourrai te servir de chaperon, si nécessaire. Quand la tempête causée par cette histoire se sera calmée et que les journalistes se désintéresseront de toi, tu pourras revenir à Little Russell Street. C'est l'affaire de quelques mois.

— Quelques mois ? répéta Prudence, consternée. Il faudra aussi longtemps ?

— Je ne sais pas. Mais comme j'ai travaillé pour les Editions Marlowe, j'ai un peu l'expérience de ces choses-là, et je pense que les journalistes joueront au chat et à la souris avec toi pendant un moment.

Prudence émit un grognement de dépit.

— Oh ! comme j'aimerais que tout redevienne comme avant !

— On ne peut jamais revenir en arrière, Pru. On ne peut qu'aller de l'avant.

Prudence essaya de se résigner à cet état de choses. Après tout, si revenir en arrière signifiait aussi revivre les deux derniers jours, elle préférait éviter.

Même un futur incertain était préférable à un cœur brisé.

— Pas de veine, mon vieux !

Weston désigna la bouteille de porto que le serveur de chez Brook's était en train d'ouvrir pour eux.

— Tu aurais dû me le dire plus tôt. Il nous faudra quelque chose de plus fort que du porto, si nous voulons nous enivrer.

— Je ne veux pas m'enivrer. Laissez-nous la bouteille, ordonna-t-il au serveur qui s'éloignait après avoir transféré le vin dans une carafe.

L'homme fronça les sourcils avec perplexité, mais déposa la bouteille vide sur la table et se retira.

— Tu n'as pas envie de boire ? reprit Weston avec un regard interrogateur. Les journaux racontent que ton héritière t'a laissé tomber. Tu viens de me dire que tes créanciers vont débouler chez toi pour te prendre tout ce qui te reste. Tu me traînes jusqu'à mon club, et maintenant tu me dis que tu ne veux pas boire ? Parbleu, St. Cyres, tu as le caractère mieux trempé que moi ! À ta place, je serais déjà en train de rouler sous la table.

— Merci, Wes. La vue optimiste que tu as de ma situation est réconfortante.

— Désolé. Je voulais juste dire que rien ne semble pouvoir te faire perdre ton sang-froid.

Rhys ne répondit pas et se demanda ce que Wes aurait dit s'il l'avait vu deux jours plus tôt, effondré, au bord du lac.

— Mais je suppose, reprit le baron, que tu as une autre héritière qui t'attend en coulisses ?

Rhys but une gorgée de porto.

— Non. À vrai dire, je n'ai personne en vue.

— Ah, je sais ! s'exclama Wes en claquant des doigts. Maintenant que Mlle Abernathy est hors de portée, tu voudrais savoir si je connais des héritières à marier.

— Non.

Wes leva les mains, comme pour dire qu'il renonçait à comprendre.

— Alors, pourquoi sommes-nous ici ?

— Je crois que le vicomte Marlowe est l'un de tes amis ?

— Marlowe ? répéta Wes, déconcerté par le brusque changement de sujet. Oui, nous sommes amis. Pourquoi ?

— J'ai entendu dire qu'il venait de rentrer d'Italie.

— En effet, il était en voyage de noces, mais je ne l'ai pas encore vu. Pourquoi me parles-tu de Marlowe ?

Rhys désigna la carafe de porto sur la table.

— Je crois que le Graham est son porto préféré ?

— Oui, je crois… Mais je nage complètement ! Pourquoi cet intérêt soudain pour Marlowe et son porto préféré ? Et d'ailleurs, comment diable sais-tu quel porto il aime boire ? Par Fane, je suppose ?

Rhys n'avait pas pu confier cette enquête à Fane, mais il s'était arrangé pour obtenir l'information.

— Je voudrais que tu me présentes à Marlowe.

— Je ne demande pas mieux, à condition que tu me dises pourquoi.

— C'est une question d'affaires.

— D'affaires ? répéta Wes en riant. Et tu me dis que tu n'as pas une autre héritière en vue ?

— Je ne vois pas à quoi tu fais allusion.

— Marlowe a deux sœurs qui ne sont pas encore mariées, et comme il roule sur l'or, leur dot est considérable. Mais ne te fais pas d'illusions. Avec la réputation que tu as, il ne te laissera jamais approcher de Phoebe ou de Viviane. Il est très protecteur avec ses sœurs.

— Je ne m'intéresse pas aux filles Marlowe, déclara Rhys avec brusquerie. Je veux épouser Prudence Abernathy.

Wes se pencha en avant.

— Je te rappelle qu'elle a rompu vos fiançailles.

— Justement. C'est la raison pour laquelle je veux être présenté à Marlowe.

— Tu fais beaucoup de mystères, mon cher ami. Mais si tu veux faire la connaissance de Marlowe, c'est le moment. Il vient d'entrer.

Wes se leva et se dirigea vers un grand homme aux cheveux bruns, qui semblait un peu plus âgé que Rhys.

Lorsque les deux hommes revinrent vers la table, Rhys se leva à son tour. Wes les présenta, et Rhys remarqua avec un brin d'amusement l'expression quelque peu méfiante du vicomte.

— Voulez-vous vous joindre à nous, Marlowe ? suggéra-t-il en approchant un troisième fauteuil de la table. Nous avons justement un excellent porto, si ça vous dit. Un Graham de 1862.

— Un Graham soixante-deux ? répéta Marlowe en examinant la bouteille et la carafe. Une excellente année. C'est un de mes préférés.

— Vraiment ? s'exclama Rhys, feignant la surprise. Dans ce cas, asseyez-vous, je vous en prie. Et goûtez-le avec nous.

Comme Marlowe était encore hésitant, Rhys comprit qu'une approche trop subtile ne fonctionnerait pas.

— Il m'a fallu tout l'après-midi pour dénicher cette bouteille à votre intention, avoua-t-il en souriant. Il faut que vous en buviez au moins un verre avec nous, sinon j'aurais fait tous ces efforts pour rien. D'autre part, ajouta-t-il, craignant que le vicomte ne continue de s'inquiéter pour ses sœurs, je voudrais célébrer mes fiançailles avec Mlle Abernathy.

Marlowe prit place dans le fauteuil qu'il lui désignait.

— J'ai entendu dire que vous aviez rompu.

— Apparemment, je suis le seul à ne pas être au courant, répondit Rhys en se rasseyant. J'ai remarqué que *La Gazette sociale* avait consacré toute une page de l'édition d'aujourd'hui à notre rupture.

Le vicomte eut un large sourire.

— Vous niez ?

— Absolument. Je vais épouser Prudence Abernathy.

— Cette dame ne semble pas de votre avis.

Tout en servant un verre de porto à son invité, Rhys s'efforça de prendre un air désolé.

— Je n'ai jamais su accepter les refus. Vous pouvez citer cette phrase dans votre journal, si vous voulez.

— C'est dans ce but que vous avez fait tant d'efforts pour acheter cette bouteille de vin, et vous faire présenter, dans ce club dont vous n'êtes pas membre, soit dit en passant. Parce que vous voudriez que je publie votre version de l'histoire ?

— Pas du tout. Votre journal peut raconter ce qu'il veut sur moi. Que ce soit vrai ou pas, je n'en ai cure.

— Mes journaux ne disent que la vérité, s'empressa de préciser Marlowe. Mais si ce n'est pas là votre but, alors je suppose que vous voulez me demander la permission de lui rendre visite chez moi. Comment vous avez bien pu apprendre aussi vite qu'elle vivait sous notre toit, voilà qui me laisse perplexe.

Rhys cligna des yeux.

— Je vous demande pardon ?

— Vous ne le saviez pas ?

— Non, répondit Rhys, stupéfait. Pourquoi Mlle Abernathy résiderait-elle chez vous ?

— Ma femme l'a invitée ; elle est l'une de ses amies intimes. Ses malles sont arrivées ce matin. J'ai cru que vous l'aviez appris, et que vous vouliez me soutirer une invitation pour passer chez nous.

Rhys n'aurait su dire si cette situation était de nature à servir ses plans ou non. Pour le moment, ce n'était pas sa préoccupation principale. Il avait d'autres chats à fouetter.

— Non. J'ai provoqué cette rencontre « fortuite », parce que je désirais parler avec vous de vos affaires d'éditions.

Marlowe prit son verre et s'installa confortablement dans son fauteuil.

— Si vous vouliez piquer ma curiosité, mon cher duc, vous avez réussi.

— Bien.

Rhys leva son verre et sourit.

— Et tant mieux, car cela pourrait se révéler lucratif pour vous comme pour moi.

17

Pourquoi un gentleman anglais à l'esprit habituellement rationnel devient-il complètement idiot quand il est amoureux ?

Les Potins mondains, *1894*

Face au numéro 32 de Little Russell Street, William Fane avait les yeux fixés sur l'entrée de la pimpante pension de famille aux fenêtres garnies de rideaux de dentelle, qui se trouvait de l'autre côté de la rue. Il s'efforçait de ne pas faire les cent pas pour ne pas attirer l'attention sur lui. Cela faisait six heures maintenant qu'il était là, et sa nervosité augmentait de minute en minute.

Chaque fois qu'une femme s'engageait dans la rue, il se figeait, dans l'espoir que c'était Nancy. La servante de la pension n'avait pas su lui dire où logeait l'ancienne femme de chambre de Mlle Prudence, mais cette information décevante avait été suivie par une nouvelle inespérée : Mlle Woddell était attendue à Little Russell Street. Mlle Prudence avait laissé une lettre pour elle, et elle était censée venir la chercher aujourd'hui. Or, les heures passaient, et elle n'apparaissait toujours pas. Fane commençait à craindre le pire.

Peut-être était-elle malade ? songea-t-il, angoissé. Il sortit sa montre de sa poche. Trois heures et demie. À cette heure-ci, sûrement...

Il leva la tête au moment précis où une femme vêtue d'une robe vert clair apparut à l'autre bout de la rue. Ses cheveux roux étaient dissimulés sous un chapeau de paille, mais cela ne l'empêcha pas de reconnaître Nancy au premier coup d'œil. Il l'aurait reconnue n'importe où, à sa silhouette souple et à sa démarche gracieuse. Soulagé, il remit sa montre dans sa poche.

Elle entra dans la maison et en ressortit quelques minutes plus tard, une lettre à la main. Il attendit qu'elle soit repartie en sens inverse dans la rue, puis traversa et accéléra le pas pour la rattraper.

— Mademoiselle Woddell ?

Elle jeta un coup d'œil par-dessus son épaule. Quand elle le reconnut, son joli visage parsemé de taches de rousseur s'assombrit, et ses yeux verts s'étrécirent. Puis elle lui tourna le dos, et poursuivit son chemin comme si elle ne l'avait pas vu.

— Mademoiselle Woddell ! Nancy ! Attendez !

Nancy pressa le pas, mais ses longues jambes donnaient l'avantage à Fane, et il n'eut aucun mal à la rattraper pour marcher à sa hauteur.

— J'ai attendu toute la journée, en espérant avoir l'occasion de parler avec vous.

— Nous n'avons rien à nous dire, monsieur Fane, répondit-elle sans le regarder.

— Un policier qui faisait sa ronde est passé deux fois pendant que j'attendais. La deuxième fois, il m'a regardé d'un air soupçonneux et m'a ordonné de circuler. S'il me voit encore dans cette rue, je serai probablement arrêté.

— Vous vous en sortirez sans nul doute en lui racontant une histoire ou une autre. Il sera peut-être impressionné d'apprendre que vous êtes le valet d'un comte italien. Oh ! mais non ! Vous n'êtes pas vraiment le valet du comte Roselli, l'époux de la princesse Eugénie. C'est un mensonge.

— Il faut que vous me laissiez vous expliquer.

— Vraiment ? répliqua-t-elle en levant le nez d'un air hautain. Et qui êtes-vous, pour me dire ce que je dois faire ?

— Vous avez le droit d'être en colère, mais écoutez-moi, Nancy, je vous en prie. Laissez-moi une chance de vous exposer ma version de l'histoire.

Elle ne répondit pas mais ne fit pas mine non plus de traverser la rue pour lui échapper. William prit cela pour un encouragement.

— J'ai été le valet du comte Roselli avant son mariage. Quand il a épousé la princesse Eugénie, il m'a demandé de rester, mais j'avais envie de changement. C'est alors que je suis devenu le valet du duc. Je suis à son service depuis cinq ans.

Nancy s'arrêta au bout de la rue, regarda de chaque côté, puis traversa, agissant comme s'il n'était pas là. William ne se laissa pas décourager.

— J'ai été très heureux de servir M. le duc, continua-t-il en la suivant. Le fait d'être son valet m'a donné l'occasion de voyager. J'ai appris beaucoup de choses en travaillant pour lui...

Il s'interrompit en se disant qu'il valait sans doute mieux éviter ce sujet, car les choses qu'il avait apprises au contact du duc n'étaient pas toujours honnêtes.

— M. le duc est un très bon maître, très généreux... du moins quand il est en fonds. Il est facile à contenter et a un esprit vif et agréable. C'est un gentleman affable et courtois.

Ces paroles provoquèrent une réaction, mais pas celle qu'il espérait. Nancy émit une petite exclamation dédaigneuse.

— Je ne suis pas le moins du monde surprise que vous ayez une si bonne opinion d'un gredin, monsieur Fane.

Elle tourna brusquement sur la gauche et entra dans un petit établissement de couture d'apparence assez modeste.

William la suivit sans hésiter.

— Quand j'accepte une situation, dit-il, ignorant les regards curieux des clientes de la boutique, je fais mon devoir.

Nancy lui coula un coup d'œil tout en se dirigeant vers le comptoir.

— Partez, chuchota-t-elle. C'est une boutique pour dames. Vous n'avez rien à faire ici !

— Je suis un valet loyal, poursuivit-il comme s'il ne l'avait pas entendue. Quand M. le duc m'a demandé de découvrir quels étaient les projets de Mlle Abernathy, j'ai fait de mon mieux pour exécuter ses ordres.

— Ses ordres ?

Elle s'arrêta au milieu de la salle et se retourna si brusquement qu'il faillit la heurter.

— Vous m'avez menti.

Il vit tant de peine dans son regard que son cœur se serra.

— Je le sais, et je le regrette, Nancy, croyez-moi. Mais c'était nécessaire. Mlle Abernathy aurait pu s'apercevoir que le duc voulait…

— Qu'il voulait quoi ? s'exclama Nancy. L'espionner ?

— Oui.

— Donc, vous avez menti avec lui. Avez-vous jamais eu l'intention de me dire la vérité ?

— Non.

Excédée, elle fit mine de s'éloigner.

— J'ai quitté le service du duc, lança-t-il.

— Vraiment ? répondit-elle sans le regarder. Et que voulez-vous que ça me fasse ?

William ignora la question.

— Étant donné les circonstances, je ne peux plus travailler pour lui.

— Je ne vois pas pourquoi. Qui se ressemble s'assemble.

Elle lui tourna le dos, ce qu'il ne put supporter. Il lui agrippa le bras pour la retenir.

— Nancy…

— Lâchez-moi ! dit-elle en tentant de se dégager.

William n'obéit pas. S'il la laissait partir, il craignait de ne pas avoir de deuxième chance avec elle. Or, il voulait cette deuxième chance plus que tout.

— Nancy, j'ai donné ma démission parce que je ne pouvais pas faire autrement, expliqua-t-il, ignorant les murmures outrés des clientes autour d'eux. Un valet ne peut pas se marier ; cela ne se fait pas.

Nancy cessa brusquement de se débattre et le dévisagea, les yeux étrécis.

— Et qui comptez-vous épouser ? demanda-t-elle, les mâchoires serrées.

— Vous, si toutefois j'arrive à vous convaincre. Je vous aime.

Il l'embrassa, puis s'agenouilla devant elle en gardant une de ses mains serrée dans les siennes.

— Je sais qu'il faudrait un miracle pour que vous acceptiez, mais j'attendrai aussi longtemps qu'il le faudra. J'ai l'intention de trouver une nouvelle situation. Car quand un homme tombe amoureux, quand il veut se marier et fonder une famille, il faut qu'il ait un travail sûr et des revenus réguliers. Je travaillerai dur pour économiser et acheter une maison. Pour nous. Et je vais passer le reste de ma vie à vous demander chaque jour de m'épouser, en espérant que, dans un moment de folie, vous finirez par me répondre oui. Vous m'autorisez à faire cela ?

Elle se mordit la lèvre et le dévisagea sans rien dire.

— Répondez-moi, Nancy.

Il attendit, à genoux, la gorge serrée, certain qu'il pourrait attendre mille ans sans parvenir à la fléchir.

— Oui, monsieur Fane, finit-elle par murmurer. Je vous autorise à faire cela.

Il se releva aussitôt. L'attirant passionnément contre lui, William Fane, valet de son état, choqua toutes les clientes de la boutique de Madame Oliver en embrassant avec fougue Mlle Nancy Woddell, femme de chambre.

Comme l'avait prédit Emma, les journalistes envahirent Little Russell Street dès que la *Gazette sociale* eut annoncé la rupture des fiançailles de Prudence et de St. Cyres. Hanover Square, dans Mayfair, étant entouré de grilles, Prudence trouva dans la maison de Marlowe la protection qu'Emma lui avait promise.

Étant donné les circonstances, Prudence ne pouvait aller prendre le thé traditionnel du dimanche à la pension. Mais comme elle avait plus que jamais besoin du soutien de ses amies, Emma les invita à venir toutes prendre le thé à Mayfair, ce qu'elles acceptèrent avec joie.

Quatre jours après la rupture de ses fiançailles, Prudence se retrouva donc assise sur un élégant canapé de brocart blanc, dans le salon de lord et lady Marlowe, à discuter avec ses amies de ses projets d'avenir. Elle trouva un peu de réconfort dans leurs encouragements.

Toutes approuvèrent sans réserve sa décision de gérer elle-même son argent. Si quelqu'un était capable d'établir un budget avec économie et habileté, c'était bien une jeune femme célibataire. De l'avis général, les gentlemen ne savaient pas dépenser leur argent à bon escient. Les courses, les cotisations des clubs et le porto n'étaient rien en comparaison de choses aussi importantes que du linge de maison de bonne qualité, et un garde-manger bien rempli.

La décision de Prudence de renvoyer son oncle et sa tante dans le Sussex et son refus d'épouser Robert furent aussi approuvés à l'unanimité. Elles furent toutes d'avis que quelqu'un qui ignorait un membre de sa famille pendant onze ans, puis se souvenait de son existence et l'entourait de prévenances en apprenant qu'elle avait hérité d'une immense fortune, ne méritait pas vraiment qu'on lui fasse confiance. Et comme toutes ses amies avaient eu l'occasion de voir tante Edith, elles décidèrent d'un commun accord qu'Emma serait un bien meilleur chaperon.

L'idée de Prudence de créer un établissement de couture fut également approuvée, et Emma lui proposa de l'aider en usant de son influence pour lui constituer une clientèle issue de la haute société.

Prudence aborda tous ces sujets avec facilité. Cependant, quand on en arriva à la rupture de ses fiançailles, elle éprouva plus de difficultés. Elle s'était fait la promesse de ne plus jamais verser une larme pour Rhys. Or, le chagrin était encore trop frais pour qu'elle puisse tenir parole si elle se mettait à expliquer à ses amies les circonstances de cette rupture. Sentant sa réticence, elles s'abstinrent de lui poser des questions.

Par chance, Emma venait juste de rentrer d'Italie. Les lunes de miel faisaient partie des sujets de conversation préférés des jeunes femmes. Seuls les mariages et les bébés pouvaient susciter encore plus d'intérêt.

— Est-ce que tu as vraiment vu l'Arno, Emma ? demanda Miranda avec un soupir rêveur. Oh ! comme j'aimerais aller à Florence !

Emma alla prendre un album dans un secrétaire.

— J'ai rapporté des photographies que j'ai achetées à un artiste, à Rome.

Cette déclaration fut accueillie par des exclamations enthousiastes. Emma fit passer des vues de l'Arno, du Colysée, et d'autres lieux encore, qui étaient recommandés par le guide de voyage de Baedeker, et que les touristes anglais adoraient.

Deux mois plus tôt, Prudence aurait probablement été heureuse de les admirer avec elles. À présent, à chaque photo qu'elle voyait passer, elle ne pouvait s'empêcher de penser à Rhys. Après la nuit épuisante qu'elle avait passée dans le train, elle n'avait pas eu beaucoup de temps pour penser à lui. Elle avait fait transporter ses affaires à Hanover Square, ignorant les lettres de son oncle et sa tante qui la suppliaient de revenir sur sa décision. Elle s'était assurée qu'ils avaient bien quitté le Savoy, puis elle avait eu une entrevue avec M. Whitfield, au cours de laquelle il lui avait confirmé que la rente de cinquante livres lui serait versée jusqu'au prochain mois d'avril, qu'elle pouvait en disposer à sa convenance, et qu'elle n'aurait jamais à rembourser cette somme. Durant les mois à venir, elle aurait sans aucun doute de quoi s'occuper pour monter son atelier de couture.

En attendant, cependant, c'était Rhys qui occupait toutes ses pensées. Elle observait les photos en se demandant s'il s'était trouvé sur cette place, s'il avait déjeuné dans ce café, s'il s'était baigné nu dans cette fontaine.

Elle eut un pincement au cœur en regardant une photo de la fontaine de Trévise, à Rome, et le souvenir de leur journée à la National Gallery lui revint brusquement en mémoire.

Comme elle avait été heureuse, ce jour-là, et loin d'imaginer qu'il avait tout manigancé ! Il lui avait posé des questions sur sa famille et lui avait demandé si elle était toujours couturière, alors qu'il savait parfaitement qu'elle avait hérité. Il l'avait prise pour une idiote; il avait menti avec une habileté et une facilité étonnantes. Elle n'en était toujours pas revenue.

Je vous trouve sensuelle et appétissante.

Encore un mensonge. Le pincement se fit un peu plus douloureux. Au fond d'elle-même, Prudence avait toujours su qu'elle n'était pas sensuelle, mais de tels mensonges étaient tellement doux à entendre...

Elle passa la photo de la fontaine de Trévise à Maria, et prit celle que lui tendait Mme Inkberry. Au lieu de la contempler, elle ferma les yeux, incapable de supporter toutes ces vues d'Italie qui lui rappelaient irrésistiblement Rhys.

Jackson, le majordome du vicomte, entra alors dans le salon.

— Madame, M. le vicomte est rentré. Il est avec un ami, et il voudrait savoir s'ils peuvent se joindre aux dames pour prendre le thé.

— Cela dépend, déclara Maria avec espièglerie. Est-ce que l'ami du vicomte est célibataire ?

Tout le monde éclata de rire, excepté Jackson qui conserva l'attitude digne et hautaine qui convenait à un bon majordome.

— Je ne saurais le dire, mademoiselle, murmura-t-il avant de se retirer.

Des gloussements étouffés suivirent son départ, mais le silence se fit brusquement quand le vicomte Marlowe entra, suivi du duc de St. Cyres.

Comme sous l'effet d'une décharge électrique, Prudence bondit de son siège. Elle n'éprouva aucune vague d'euphorie en le voyant. Pas le moindre élan de plaisir, pas de nostalgie non plus. Elle ne ressentit qu'une vive douleur, mêlée à la fureur d'avoir été trahie.

— Que faites-vous ici ? s'exclama-t-elle tandis que ses amies se levaient avec plus de retenue qu'elle ne l'avait fait. Sortez sur-le-champ !

— Oh ! Harry ! gémit Emma. Qu'avez-vous fait ?

— C'est pour les affaires, Emma, répondit le vicomte d'un air faussement innocent. Vous savez bien qu'avec moi, les affaires sont primordiales ; elles passent toujours avant le reste.

Prudence devança la question d'Emma, mais ce fut à Rhys qu'elle la posa, et non au vicomte.

— Quelle affaire pouvez-vous bien avoir à traiter avec le vicomte Marlowe ?

Rhys mit la main dans la poche de sa veste et en sortit un journal plié en deux.

— Le vicomte m'a interviewé pour un article dans *La Gazette sociale*. Voici un exemplaire de l'édition de demain. Vous voulez y jeter un coup d'œil ?

Sans attendre sa réponse, il déplia le journal et le tint devant lui pour qu'elles puissent toutes lire le titre.

Le duc choisit l'Amour plutôt que l'Argent !

Prudence écarquilla les yeux.

— Qu'est-ce que c'est que ça ?

— Je vous l'ai dit, c'est l'édition de *La Gazette Sociale* qui va paraître demain. J'ai accordé une interview exclusive au journal de Marlowe, dans laquelle j'ai déclaré publiquement que si vous consentiez à m'épouser, je ne recevrais pas un sou de votre héritage.

Des murmures de surprise parcoururent la petite assemblée, mais Prudence croisa les bras et posa sur Rhys un regard noir.

— Je me moque des mensonges que vous faites paraître dans les journaux. Je ne vous épouserai pas. Quelle raison aurais-je de le faire ?

— Je n'en vois pas une seule, admit Rhys. Je sais que je vous ai menti et que je me suis conduit comme un malotru. Vous avez le droit de me détester. Mais dans tout ce que je vous ai dit, il y avait une chose de vraie. C'est que je vous aime.

Il lui tendit le journal et ajouta :
— C'est la seule façon que j'ai trouvée de vous le prouver.
— Je ne vous crois pas. C'est encore une de vos ruses.
— Ce n'est pas une ruse. Lisez l'article, et vous verrez bien. Je vous en prie, Prudence, insista-t-il comme elle ne faisait pas mine de prendre le journal. Lisez-le.
Prudence jeta à regret un coup d'œil à la première page du journal, qui représentait le plus fort tirage des Editions Marlowe. Toutefois, avant qu'elle ait pu commencer à lire, la main de Rhys passa dans son champ de vision, et il lui désigna un paragraphe précis.
— C'est dans cette partie-là que je déclare que si Mlle Abernathy accepte de m'épouser, le mariage aura lieu le 16 avril de l'année prochaine.
Elle leva les yeux en se demandant si elle avait bien entendu.
— Le 16 avril ?
— Un jour après la date limite fixée par le testament d'Henry Abernathy. Naturellement, sa fortune sera perdue.
— Vous accepteriez de faire cela ? demanda-t-elle, sceptique.
— C'est la seule façon que j'ai trouvée de vous prouver ma sincérité. J'aurais pu décider de vous donner le contrôle exclusif de votre fortune, dans une sorte de contrat prénuptial, mais mes créanciers auraient tout de même su que vous aviez l'argent et auraient exigé le paiement de mes dettes. Si bien que vous auriez toujours eu un doute sur les motifs pour lesquels je vous épousais.
— D'autant que, à peine mariés, vous auriez cherché à m'embobiner pour prendre le contrôle de ma fortune. Vous auriez continué de tricher.

— Je sais que c'est ce que vous pensez. C'est pourquoi j'ai agi ainsi, afin que vous n'ayez plus aucun doute sur ma sincérité.

Des doutes, Prudence en avait beaucoup. Elle l'observa, et bien qu'elle ne vît ni sourire ravageur ni mine enjôleuse, elle savait qu'il pouvait mentir et ressentait toujours une profonde douleur pour avoir été dupée.

— Vous semblez vous donner énormément de mal. C'est étonnant, pour un coureur de dot aussi charmant que vous. Pourquoi ne cherchez-vous pas une autre héritière ? Lady Alberta accepterait votre demande sans hésiter, j'en suis certaine.

— Je ne veux pas épouser Alberta. Je ne veux pas d'autre héritière ; je ne veux pas d'autre femme que vous. Je vous l'ai déjà dit, je vous ai désirée dès le début, dès l'instant où je vous ai vue la première fois, au bal. Mais j'avais désespérément besoin d'argent, et la seule façon de sortir de l'impasse était d'épouser une riche héritière. Quand je vous ai revue à l'opéra et que Cora m'a raconté que vous veniez d'hériter, je n'ai pas eu besoin d'en savoir davantage. À partir de ce moment, l'idée d'épouser une autre femme, héritière ou non, ne m'a plus effleuré.

Prudence eut un reniflement hautain.

— Et vous n'avez pas songé un instant à m'exposer franchement la situation ?

— Étant donné votre nature romantique, je n'ai pas osé prendre le risque. Je savais que vous me considériez comme une sorte de héros, et j'ai pensé que la meilleure stratégie serait de vous faire la cour.

— Le mensonge n'est jamais un bon choix. Or, vous m'avez menti. Après tout ce que vous m'avez fait, vous croyez que cet article suffira pour me reconquérir ?

— Non, mais j'espère qu'au cours des dix prochains mois je saurai vous convaincre. Je sais que je ne serai plus jamais pour vous un héros en armure blanche...

Il s'interrompit un instant et détourna les yeux, puis toussota et reprit :

— Je sais que j'ai détruit cette image. J'espère cependant que je saurai au moins regagner votre respect.

Il se pencha sur le journal et désigna un autre paragraphe.

— Là, j'annonce publiquement qu'à partir de maintenant, je vais gagner ma vie. Je vais écrire des livres pour les Editions Marlowe.

Prudence lança un coup d'œil au vicomte, qui confirma d'un signe de tête.

— Vous allez devenir écrivain ?

— J'écrirai des guides de voyage pour l'Europe. Des livres destinés aux aristocrates cultivés, dans lesquels j'expliquerai comment parcourir le globe sans dépenser trop d'argent. Je leur dirai où aller et ce qu'il faut voir. Un peu comme Baedeker... Je sais bien que cela ne me rapportera pas grand-chose, poursuivit-il, comme elle gardait un silence stupéfait, mais c'est le seul travail pour lequel je sois un peu qualifié. Et j'espère ainsi convaincre la femme que j'aime que je vaux mieux qu'un lis des champs.

Prudence ferma les yeux en songeant aux accusations qu'elle avait lancées contre lui. Elle avait dit cela pour se venger, pour qu'il se sente aussi offensé qu'elle l'avait été elle-même par son comportement. Et il l'avait bien mérité.

— C'est aussi écrit ici, annonça-t-il.

Elle rouvrit les yeux.

— Qu'est-ce qui est écrit ? Que vous êtes un lis des champs ?

— Cela, et aussi que c'est vous que j'aime, pas votre argent. Je ne vous aimais peut-être pas vraiment au début, mais je vous aime maintenant, et je vous aimerai jusqu'à ma mort. Et si jamais vous acceptez de m'épouser, vous ferez de moi l'homme le plus heureux du monde.

Prudence regarda les mots imprimés sur la page du journal, et ceux-ci se brouillèrent sous ses yeux. Elle se mit à trembler légèrement, car une lueur d'espoir venait de resurgir au plus profond d'elle-même, et cela l'effrayait un peu. Son chagrin était encore tout frais, et elle craignait que cet espoir ne la fasse souffrir plus encore.

— Comment pourrais-je vous épouser? s'exclama-t-elle. Vous m'avez dupée! Comment puis-je être sûre que vous ne me mentirez pas de nouveau, si cela vous arrange? Comment pourrais-je avoir confiance en vous?

Avant que Rhys ait pu répondre, quelqu'un toussota discrètement derrière eux. Se rappelant qu'ils n'étaient pas seuls, Prudence le fixa durement.

— Je veux que vous partiez.

Toutes ses amies se levèrent, comme si elle s'était adressée à elles.

— Non! s'exclama-t-elle, déconcertée, en les voyant se diriger vers la porte. Ce n'est pas à vous que je parlais, mais à lui.

Ses amies avaient dû brusquement devenir sourdes, car elles franchirent la porte malgré tout. Emma, qui fermait la marche, s'arrêta sur le seuil et se tourna vers Rhys.

— Je suis le chaperon de Prudence, St. Cyres. J'attendrai donc de l'autre côté de la porte.

— Non, attends! s'écria Prudence.

Emma sortit en tirant le battant derrière elle, et Prudence resta seule avec Rhys. Elle fit mine de sortir à son tour, mais il lui glissa le bras autour de la taille pour la retenir.

— Prudence, écoutez-moi, dit-il en la serrant contre lui. Je sais que vous n'avez pas confiance en moi, et cela se comprend. Mais à part renoncer à votre fortune, je ne vois pas comment vous persuader de ma sincérité. Dites-moi ce que je dois faire.

Elle leva la tête et croisa son regard aussi vert que les prairies du Yorkshire en automne. Elle se rappela ce qu'elle avait pensé de lui quand elle l'avait vu pour la première fois.

— Je ne sais pas, chuchota-t-elle. Vous n'êtes pas l'homme que je croyais… Je ne sais pas qui vous êtes.

Elle lui tourna le dos et alla vers la porte. Cette fois, Rhys ne tenta pas de la retenir. Elle posa la main sur la poignée de cuivre.

— Mon frère s'est suicidé.

Prudence relâcha la poignée et se retourna.

— Quoi ?

— Il s'est pendu à la rambarde de l'escalier de l'école, parce que ma mère voulait l'envoyer passer une deuxième fois les vacances d'été à Winter Park. Seul. Elle le renvoyait là-bas seul. Il n'a pas pu le supporter.

Prudence sentit un frisson glacé lui parcourir le dos. La même sensation qu'elle avait éprouvée dans le salon de Winter Park.

— Il ne voulait pas y aller ?

— Non, répondit Rhys en renversant la tête en arrière pour contempler le plafond. Il y a des hommes, Prudence, qui n'aiment pas les femmes. Ils ont… des goûts différents. Ils aiment les garçons. Evelyn était comme ça.

— Ô mon Dieu ! Non !

— Au début, c'était juste des jeux. Et puis c'est allé plus loin. Nous n'étions que des enfants, mais nous savions que ce n'était pas bien et nous allions nous cacher dans le cottage. Evelyn détestait cet endroit à cause de l'odeur de la lavande et n'y allait jamais. Malheureusement, on ne peut pas vivre en se cachant tout le temps…

— Il a fait du mal à votre frère. Et c'est à cause de cela qu'il s'est tué.

— Oui.

— Et vous ? chuchota-t-elle. Que vous est-il arrivé ?

Il posa les yeux derrière elle, sur la porte fermée.

— J'ai planté une fourchette dans la main d'Evelyn, la première fois qu'il a voulu me toucher. Pour me punir, il m'a fait enfermer dans une chambre pendant trois jours. Ensuite, quand Thomas m'a raconté ce qui lui était arrivé, nous nous sommes enfuis jusqu'à Hazelwood ; ma mère s'y trouvait à ce moment-là. J'ai essayé de lui expliquer ce qui s'était passé, mais…

Une grimace crispa ses traits, et il ajouta dans un souffle :

— Elle m'a traité de menteur.

Réprimant une vague de nausée, Prudence pressa une main contre ses lèvres.

— Elle a renvoyé Thomas à Winter Park. Avec ce monstre ! Je l'ai suppliée de ne pas le faire, mais elle n'a pas voulu m'écouter.

Rhys passa une main dans ses cheveux et se laissa tomber dans un fauteuil.

— Moi, elle m'a envoyé chez des amis, dans le nord de l'Ecosse. Après ce que je lui avais fait, Evelyn ne voulait plus de moi à Winter Park. Je n'avais même plus la possibilité d'essayer de protéger Thomas… À l'automne, nous avons été envoyés dans des écoles différentes, car j'étais en âge d'entrer à Eton. Nous nous écrivions, mais je n'ai plus jamais revu mon frère. Quand le printemps est arrivé et qu'il a su qu'il devait retourner passer l'été à Winter Park, il s'est tué. Je n'ai pas pu le protéger. J'ai essayé, mais j'ai échoué.

— Vous n'étiez qu'un petit garçon ! C'était votre mère, la coupable.

Elle alla s'agenouiller près de lui.

— Pourquoi ne m'avez-vous pas dit cela plus tôt, quand je vous ai questionné à ce sujet ?

— Je ne pouvais pas, répondit-il d'un ton brusque en se massant le visage. Pour l'amour du ciel, Prudence, vous êtes si innocente ! Je ne pouvais pas vous raconter une histoire aussi sordide.

Elle posa une main sur son genou.

— Et pourtant, vous me le dites, maintenant.

— Je ne le fais pas pour vous apitoyer, ni dans l'espoir de vous reconquérir, si c'est ce que vous pensez, répliqua-t-il avec une lueur de colère dans les yeux.

Il se leva, et s'écarta de quelques pas.

— Grâce au ciel, je ne suis pas encore tombé aussi bas.

— Ce n'est pas ce que je pensais, dit-elle en le suivant jusqu'à la cheminée. Je voulais simplement savoir pourquoi vous me racontez cela. Vous n'étiez pas obligé de le faire.

— Je n'ai jamais dit à qui que ce soit pourquoi Thomas s'était tué. Des rumeurs ont couru pendant des années, mais personne ne sait la vérité. Personne ne sait quel monstre était Evelyn. Personne, à part ma mère. À l'heure actuelle, elle refuse encore de l'admettre. Prudence, je vous confie le secret le plus sordide de ma vie, en espérant que cela vous prouvera que vous pouvez aussi avoir confiance en moi. Vous disiez que vous aviez l'impression de ne pas me connaître, que vous n'aviez pas de raison d'avoir confiance en moi. C'était vrai. Quand deux personnes vont se marier, il faut qu'elles aient confiance l'une en l'autre. Mais je ne dis pas cela en pensant que vous allez dire oui, s'empressa-t-il d'ajouter. Je me contente simplement d'espérer.

Prudence le regarda et sut qu'elle pouvait le croire. Elle l'aimait. Dès l'instant où elle avait posé les yeux sur lui, elle l'avait aimé. Et elle l'aimait encore, en dépit de tout.

— Dieu sait que je ne suis pas une affaire, ajouta Rhys dans le silence qui suivit. Vous pourriez choisir qui vous voulez ; je n'ai absolument rien à vous offrir. Demain, quand ce journal paraîtra, mes créanciers voudront aussitôt se faire rembourser et ils me prendront tout ce que j'ai. Ce qui ne représente pas grand-chose, je vous l'accorde… Ils videront Winter Park, la seule propriété qui contienne encore quelques babioles de valeur, et ils me prendront toutes mes terres, à l'exception du château de St. Cyres, bien entendu. Personne ne peut me le prendre, car c'est un bien inaliénable. Le seul point en ma faveur, c'est qu'on ne peut me dépouiller de mon titre. Je suis duc, et je possède un château.

Prudence pencha la tête de côté d'un air pensif, comme si elle n'avait pas encore pris de décision.

— Le fait de posséder un château donne un certain cachet, murmura-t-elle.

— Je ne sais pas trop à quoi cela nous avancera. Vous avez vu vous-même qu'il n'est pas en état d'être habité, et je doute qu'il le soit un jour. Si je dois gagner ma vie comme écrivain et rembourser mes dettes, soyez sûre si vous m'épousez que nous serons toujours pauvres.

— Quand vous décidez d'être franc, vous l'êtes jusqu'au bout, n'est-ce pas ?

— Oui, je suppose.

Il assortit ces paroles du sourire ravageur qui serrait toujours douloureusement le cœur de Prudence. Mais cette fois, la douleur s'était envolée. Peut-être parce qu'elle avait survécu à leur rupture, et que son amour pour lui en était sorti intact.

— De toute façon, il serait vain de mentir au sujet du château de St. Cyres, ajouta-t-il en souriant de plus belle. Vous l'avez vu de vos yeux. Cependant, si je travaille beaucoup et si j'écris des tonnes de livres, je gagnerai peut-être assez pour faire réparer la toiture, acheter du mobilier, et remettre la fontaine en état.

Prudence ne put réprimer un sourire.

— La fontaine ?

— Pour se baigner nus.

— En effet, il est important d'avoir une fontaine ! dit-elle en riant.

— La situation n'est pas aussi sombre que je l'ai dépeinte, continua-t-il. Nous aurions aussi un couple de domestiques. Fane et Woddell vont se marier et ils cherchent une maison. Je leur ai offert un cottage et un terrain sur le domaine. En échange, ils acceptent de rester à mon service pour des gages dérisoires. C'est absurde de leur part, mais c'est ainsi. Ils sont amoureux, ces idiots ! S'ils travaillent pour d'autres maîtres que nous, ils ne pourront jamais se marier. Au fait, Woddell m'a affirmé qu'elle savait cuisiner.

Revenant spontanément au tutoiement qui les rapprochait, il prit le visage de Prudence entre ses mains.

— Je t'aime, Prudence Bosworth. Si tu m'épouses, je te protégerai toujours, quoi qu'il arrive. J'en fais le serment. Et tu seras duchesse. Seule une princesse serait au-dessus de toi dans la hiérarchie sociale, aussi personne n'osera plus jamais te regarder de haut, sous prétexte que tes parents n'étaient pas mariés. Et tu n'auras plus jamais besoin de te mettre à genoux pour travailler, ni de te faire houspiller par des personnes aussi horribles qu'Alberta Denville. Et donc… accepteras-tu de m'épouser, le 16 avril prochain ? Ou bien ma cause est-elle définitivement perdue ?

Prudence plongea le regard dans ses superbes yeux verts. Quelle femme aurait pu lui résister ?

— Oui, Rhys. Je t'épouserai.

— Vraiment ? fit-il en clignant les paupières. Ça par exemple !

— Tu as l'air étonné, remarqua-t-elle en lui passant les bras autour du cou. Avec cette déclaration d'amour qui va être publiée dans tous les journaux demain matin, croyais-tu vraiment que je refuserais ?

— Je croyais que je n'avais pas la moindre chance de réussir, avoua-t-il en l'embrassant.

Leurs lèvres s'unirent, et Prudence songea que le 16 avril était encore terriblement loin. Ces dix mois allaient leur paraître une éternité ! Il n'était pas absolument nécessaire de repousser le mariage jusque-là...

Elle interrompit leur baiser et recula pour le regarder.

— Nous n'avons pas besoin d'attendre le 16 avril pour renoncer à l'argent. J'ai vu M. Whitfield hier, et il m'a dit que même si nous nous réconciliions et nous mariions le 17 juin comme prévu, ce serait sans effet. En raison de ta duplicité, tu ne peux être considéré comme un gestionnaire acceptable de la fortune Abernathy. M. Whitfield refuserait de donner son approbation, et comme le verdict des administrateurs doit être unanime, l'argent ira aussitôt à la famille de la femme de mon père.

— Je n'en suis pas étonné. Si j'étais administrateur, je ne donnerais jamais mon approbation à un gredin coureur de dot dans mon genre.

Il lui enlaça la taille et reprit :

— Puisque l'argent est perdu de toute façon, tu veux bien m'épouser tout de suite ? Pourquoi attendre, si nous n'y sommes pas obligés ?

Prudence sourit tendrement.

— Tu recevras dans quelques jours une lettre de M. Whitfield déclarant officiellement que ta candidature n'est pas acceptable. N'imagine surtout pas qu'en m'épousant plus tôt, tu auras peut-être la possibilité de mettre la main sur ma fortune.

— J'attends avec impatience de recevoir cette lettre, si cela signifie que je peux te persuader de m'épouser au plus vite, dit-il en lui caressant les reins et les hanches. Ce serait une torture de devoir attendre si longtemps. Tu comprends, pour te prouver que j'ai changé, je serais obligé d'avoir une conduite irréprochable jusqu'au mariage…

— C'est vrai, répondit-elle en fronçant les sourcils, l'air consterné. Je n'avais pas pensé à cela !

Il lui déposa de petits baisers dans le cou.

— Tout ce à quoi j'aurais droit, ce seraient quelques chastes baisers, en admettant que nous arrivions à échapper aux journalistes. Car ils vont nous suivre partout, pour voir s'il est vrai que l'amour surmonte tous les obstacles. Plus vite nous serons mariés, plus vite je pourrai te prouver mon amour d'une manière digne de ma réputation de gredin.

— Hmm… Quelle femme pourrait résister à ce genre d'argument ?

— Alors ? Veux-tu te marier au plus vite ou attendre ? C'est à toi de décider.

— Bon, très bien. J'accepte de t'épouser tout de suite, répondit Prudence comme si elle se laissait enfin fléchir.

Elle lui passa la main dans les cheveux et l'attira vers elle pour l'embrasser, mais Rhys s'immobilisa à quelques centimètres de ses lèvres.

— Qu'ai-je fait pour mériter une femme aussi séduisante que toi ?

— Tu m'as prise au piège, dit-elle en pressant ses lèvres contre les siennes. C'était le seul moyen.

Épilogue

Le duc de St. Cyres et Mlle Prudence Bosworth-Abernathy se sont mariés ce matin à la cathédrale St. Paul. Trois cent quatre-vingt-six personnes ont assisté à la cérémonie, probablement dans le but de voir de leurs yeux un événement qui, il y a encore un mois, paraissait hautement improbable.

Les Potins Mondains, *1894*

Le déjeuner de mariage eut lieu dans la demeure londonienne de Milbray. Faire servir le repas de mariage dans la maison du marié était contraire à l'étiquette, mais il était hors de question d'aller au Savoy. La famille de la mariée ne pouvait se permettre une telle dépense.

À l'issue du repas, Prudence quitta la salle à manger la première, accompagnée par sa principale demoiselle d'honneur, Maria Martingale, pour aller changer de robe. Rhys sortit peu après elles pour aller ôter son costume de mariage. Lorsqu'il passa devant la porte ouverte de son bureau pour gagner l'escalier, il s'arrêta un bref instant et contempla sa table de travail, à l'autre bout de la pièce.

Des piles de lettres non encore ouvertes s'entassaient sur le plateau de chêne, car Fane et lui avaient été trop occupés ces quatre dernières semaines pour tenir sa correspondance à jour. Rhys savait que parmi les invitations et les messages de félicitations se trouvaient aussi les factures non payées et les lettres de créanciers. Il était conscient d'être endetté pour le reste de ses jours, mais il n'éprouvait pas le moindre regret de ce qu'il avait fait.

Il entra dans la pièce et alla jusqu'au bureau. Au sommet de la pile se trouvait la lettre de Whitfield, Joslyn et Morehouse, Avocats, qui était arrivée quelques jours après l'interview qu'il avait accordée à *La Gazette sociale,* et l'annonce qu'en dépit des rumeurs prétendant le contraire, le duc de St. Cyres et Mlle Prudence Abernathy avaient l'intention de se marier le 17 juin, comme prévu.

Il prit la lettre, la déplia, et alla s'asseoir à son bureau. Un sourire aux lèvres, il relut les lignes tapées à la machine déclarant que les fidéicommissaires de la fortune Abernathy ne pouvaient, en toute bonne conscience, approuver son mariage avec Mlle Abernathy, et que si le couple persistait à vouloir se marier, il ne recevrait rien de la fortune du millionnaire disparu.

Sans cesser de sourire, Rhys replia la lettre et la reposa sur la pile de courrier. Prudence et lui devraient peut-être allumer un feu dans la cheminée de Milbray, ce soir, et la brûler avec les factures. Il songea à tout l'argent qu'il avait hérité de son père et qu'il avait gaspillé à la poursuite d'un bonheur qu'il n'avait jamais trouvé. À présent, il n'avait plus un sou vaillant, mais il n'avait jamais été aussi heureux de sa vie. Finalement, l'honnêteté était peut-être la meilleure politique, se dit-il en riant.

— Pourquoi ris-tu ?

Il leva la tête et vit que Prudence se tenait sur le seuil. Elle avait revêtu un costume de voyage rose, mais il la revit trois heures plus tôt, quand elle avait remonté l'allée centrale de la cathédrale St. Paul au bras de son oncle, vêtue de sa robe de soie blanche. À cet instant, il avait éprouvé une joie profonde, telle qu'il n'en avait jamais connu. Et maintenant, en la regardant, il ressentait la même chose. C'était la femme la plus adorable, la plus douce, la plus sensuelle qu'il ait jamais approchée, et il ne parvenait toujours pas à croire qu'il avait fait sa conquête.

— Tu ne veux pas me dire pourquoi tu riais ?

Il ramassa une poignée de lettres avec un sourire ironique.

— Je pensais à faire un feu de joie. Nous pourrions inviter ma mère, ton oncle et ta tante, et tous nos amis endettés. Ils apporteraient leurs factures aussi, et nous les jetterions toutes ensemble dans le feu. Il y en aurait tellement que la maison finirait par s'embraser aussi et par brûler entièrement. Ce serait une bonne blague à faire à Milbray.

Prudence l'observa un moment, puis entra et referma la porte à clé avant d'aller vers le bureau. Rhys se leva, un peu décontenancé, et elle noua les bras autour de son cou.

— Tu as des regrets ?

— Aucun, répondit-il en l'enlaçant. Je me moque des factures. J'espère seulement que tu ne regretteras pas de m'avoir épousé. La vie ne va pas être facile, tu sais.

— Elle sera bien plus facile que tu ne le penses, répliqua-t-elle avec un grand sourire.

La remarque et le sourire le laissèrent perplexe. Au cours des quatre dernières semaines, ils avaient longuement discuté de leur situation financière, établissant un budget sévère afin de survivre avec l'avance que Marlowe allait lui verser pour son prochain livre.

— Nous aurons tout juste de quoi vivre, dit-il.

— Non, non, nous aurons tout ce qu'il nous faut, mon amour. Tu vois…

Elle fit une pause et prit une profonde inspiration avant d'annoncer :

— Nous avons toujours ma fortune.

— Ma chérie, que veux-tu dire ?

— Eh bien… Toute cette histoire au sujet des mandataires qui désapprouvaient notre mariage… C'était… euh… une petite ruse de ma part.

— Une ruse ? s'exclama Rhys en se raidissant. Tu m'as menti ?

— Oui, avoua-t-elle avec un hochement de tête.

— Mais les fidéicommissaires ? J'ai leur lettre de refus, là…

— Oui, mais c'était aussi un mensonge. M. Whitfield a accepté de jouer le jeu, et il a écrit cette lettre à ma demande.

— Quoi ? Tu m'as menti ?

Qu'un avocat mente, il ne voyait là rien d'étonnant. Mais Prudence ? Non, il ne pouvait pas le croire ! Avec sa moralité stricte de fille de la classe moyenne…

— Oui, j'en ai peur.

— Pendant quatre semaines, tu m'as laissé croire que nous serions pauvres comme Job. Et… et c'était un mensonge ?

— J'ai été obligée de le faire Rhys. Je voulais être certaine que tu étais sincèrement amoureux de moi.

— Tout ce que tu avais à faire, c'était d'accepter de m'épouser en avril, une fois que l'héritage était perdu !

— Cela n'aurait pas marché, protesta-t-elle en secouant la tête.

— Et pourquoi ?

— Mon chéri, je n'aurais jamais été capable de te résister tout ce temps ! Tu aurais réussi à me soutirer une promesse de mariage avant Noël, et l'ombre d'un doute aurait subsisté entre nous. Il fallait que je sois *sûre*.

Essayant de comprendre les conséquences de ce qu'elle avait fait, Rhys secoua la tête.

— Tu ne plaisantes pas ? Nous allons vraiment avoir cet argent, en fin de compte ?

— Un million de livres par an, à quelques milliers de livres près, naturellement.

— Mon Dieu ! murmura-t-il, la tête entre les mains. Mon Dieu !

— Cela te laisse sans voix ? dit-elle en riant et en l'embrassant. Tu ne trouves pas de remarque drôle à faire ? Pas de plaisanterie ?

— Pas la moindre. Tu m'as coupé le sifflet.

Il plongea le regard dans les prunelles sombres de sa femme et secoua la tête, encore éberlué.

— Tu m'as menti. Je ne suis pas sûr que ça me plaise… Ce n'est pas très fair-play, Prudence, vraiment. Nous étions censés apprendre à nous faire confiance, tu as oublié ?

Prudence le contempla d'un air inquiet et soupira.

— Quoi ? Qu'est-ce qui ne va pas ? demanda Rhys.

— Ne prends pas cet air digne et offensé. J'aimais mon duc à la mauvaise réputation, et ses manières de coquin.

— Oh ! mais je suis toujours très coquin, ma chérie ! D'ailleurs, je vais passer le reste de ma vie à te le montrer.

— Allons-nous commencer dès ce soir ?

— Oh non ! Nous allons commencer tout de suite ! Tu as bien fermé cette porte à clé, n'est-ce pas ?

— Oui.

— Alors, embrasse-moi, ma jolie.

Leurs lèvres se joignirent, et Rhys sut alors qu'il avait tiré de cette affaire une leçon très importante. L'honnêteté était peut-être la meilleure politique, mais il était beaucoup plus amusant d'être un coquin.

Découvrez les prochaines nouveautés de nos différentes collections J'ai lu pour elle

Le 6 avril :

La famille Huxtable — 4. Le temps du désir ☙

INÉDIT

Mary Balogh

Autrefois soupçonnée de meurtre, Cassandra a été bannie de Londres. C'est donc une femme blessée, mais bien décidée à retrouver son mode de vie extravagant, qui revient dans la capitale. Elle entreprend alors de séduire Stephen Huxtable, riche marquis aux airs angéliques, qui accepte d'en faire sa maîtresse. Mais les anges ne sont pas tous innocents… et en séduire un n'est jamais sans conséquences.

Les sœurs d'Irlande — 1. Eliza, la rebelle ☙

INÉDIT

Laurel McKee

Dublin, fin du XVIIIe siècle. Le pays se révolte contre le joug britannique. Alors qu'Eliza Blacknall se bat aux côtés des indépendantistes, son amour d'enfance, Will, a rejoint les rangs de l'armée britannique. Leur passion est plus forte que jamais, mais résistera-t-elle à l'effondrement de leur monde ?

Les frères Malory —3. Passagère clandestine ☙

Johanna Lindsey

Georgina n'a pas le choix. Il lui faut absolument quitter l'Angleterre au plus vite ! Le seul navire à appareiller pour l'Amérique ne prend aucun passager mais cherche un mousse... C'est risqué, mais jouer avec le feu la tente plutôt. Elle se coupe les cheveux, se déguise en garçon, et le tour est joué ! Bien sûr, le capitaine James Malory n'est pas dupe. Se faire passer pour un mousse ! Quel toupet ! Toutefois, il n'a pas l'intention de la démasquer tout de suite. Auparavant, il va s'amuser un peu…

Le 20 avril :

La chanson d'Annie ☙ **Catherine Anderson**

Annie, l'idiote, la simple d'esprit, la sauvageonne... Elle erre sans fin dans les bois, car c'est finalement là qu'elle est le mieux. Sa riche famille se préoccupe si peu de son sort... Un jour, cet être totalement démuni se heurte à la concupiscence d'un homme : le détestable et cruel Douglas, qui abuse de son innocence... La scène a eu des témoins. Alors, Alex, le frère de Douglas, le jette à la porte. Et lorsqu'il apprend qu'Annie est enceinte, il décide de réparer la faute de son cadet en épousant la sauvageonne. C'est une question d'honneur !

La rose de Mayfair ☙ **Hope Tarr**

À Londres, en 1890, le mouvement des suffragettes n'a pas que des alliés. Certains sont même bien décidés à empêcher la création d'une loi autorisant le vote des femmes. Pour cela, une idée brillante : discréditer la meneuse, la très vertueuse Caledonia Rivers. On engage alors un photographe, Hadrian St. Claire, pour la séduire et on la compromet en images…

Passion intense

Quand l'amour vous plonge dans un monde de sensualité

Le 20 avril :

L'amant de mes songes ☙ **Robin Schone**

INÉDIT

Une vieille fille de trente-six ans engage un homme pour l'initier au plaisir charnel. Ce qu'elle ignore, c'est que son amant éphémère cache un tragique secret et que par cette initiation, elle deviendra l'instrument d'une terrible vengeance…

***Les combattants du feu* — 3.** Flamme secrète ☙
Jo Davis

INÉDIT

Un pompier sexy qui cache un lourd secret, une avocate glaciale et pourtant prête à lui offrir son corps, un tueur dont le jeune homme se retrouve la cible… Voilà les ingrédients du nouveau tome tant attendu de la série brûlante de Jo Davis !

2 romans tous les 2 mois aux alentours du 15 de chaque mois.

Sous le charme d'un amour envoûtant

CRÉPUSCULE

Le 6 avril :

Les ombres de la nuit* — *4. Âme damnée ☙
Kreysley Cole

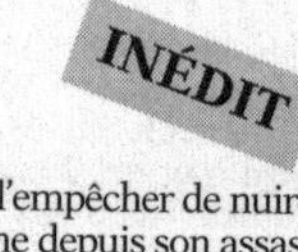

Le vampire Conrad Wroth a été enfermé par ses frères pour l'empêcher de nuire aux humains. Néomi Laress, de son côté, est devenue fantôme depuis son assassinat. Personne ne peut la voir… sauf Conrad, tourmenté par le violent désir qu'elle lui inspire. Jusqu'où ira-t-il pour la conquérir ?

L'exécutrice* — *1. Le baiser de l'Araignée ☙
Jennifer Estep

On l'appelle l'Araignée. C'est une tueuse professionnelle, qui maîtrise le pouvoir de la Pierre (qui lui permet d'entendre les graviers comme les montagnes) et celui de la Glace.
Depuis qu'un tueur maîtrisant l'Air a assassiné son mentor, elle ne pense qu'à sa vengeance… et rien ni personne ne pourra l'empêcher de l'assouvir…

Nouveau ! 2 romans tous les 2 mois aux alentours du 1er de chaque mois.

Une toute nouvelle collection,
cocktail de suspense et de passion

FRISSONS

INÉDIT

Le 20 avril :

Les enquêtes de Joanna Brady — 2. Tombstone courage ☙

J.A. Jance

Récemment élue shérif de Cochise, dans l'Arizona, Joanna Brady doit maintenant gérer les préjugés de la police machiste de la région. Tâche d'autant plus difficile que deux corps brûlés par le soleil ont été découverts dans le désert, et qu'elle découvre qu'ils sont liés par de terribles secrets familiaux.

Ricochet ☙ **Sandra Brown**

Savannah, Georgie. Elise, la jeune épouse du juge Laird, a tué un cambrioleur. Légitime défense ou règlement de comptes ? Pour répondre à cette question, l'inspecteur Hatcher et sa coéquipière DeeDee Brown mènent l'enquête. Et découvrent que la séduisante Elise a un passé trouble. Ensuite que son mari la fait suivre par un détective privé. Enfin, qu'elle serait la maîtresse de deux hommes, dont un célèbre joueur de base-ball.
Hatcher a d'autant plus de mal à démêler le vrai du faux qu'il succombe lui aussi au charme d'Elise...

Nouveau ! 2 romans tous les 2 mois
aux alentours du 1er de chaque mois.

Et toujours la reine du roman sentimental :

Le 20 avril :

La malédiction vaincue
Un regard mélancolique

9306

Composition
CHESTEROC LTD

Achevé d'imprimer en Italie
par GRAFICA VENETA
le 16 février 2011.

Dépôt légal février 2011.
EAN 9782290025390

ÉDITIONS J'AI LU
87, quai Panhard-et-Levassor, 75013 Paris
Diffusion France et étranger : Flammarion